啄木鸟·红色侦探系列

华东特案组

东方明 魏迟婴　著

群众出版社

· 北京 ·

目 录

一伙儿不良少年突然间成了"重要人物"，警方在寻找他们，台湾"保密局"和美国中情局在上海的特务组织也盯上了他们。这伙儿不良少年平时无非就是干些坑蒙拐骗的勾当，其作案手段更没什么技术含量可言，为何会引起多方关注？

1949 年底，华东特案组接到一个特殊的任务，寻访一名资深情报专家。此人曾经为国民党、美苏以及中共的情报机构提供过不少有价值的情报，却神秘失踪了。当时寻访的条件极差，专家的姓名、年龄、籍贯一概不知，从事何种职业不明，甚至连相貌也描述不清楚。失踪的专家究竟藏身何处？华东特案组又该如何寻找这样一个"三无"人员？

　　1950 年 10 月，华东特案组接手一起大案，一对曾经组织过"还乡团"反动武装、身负累累血债的夫妻拒捕潜逃，从青岛出发，每到一地，都在旅馆里杀人劫财，死在他们手中的无辜旅客达八人之多。最后，他们在上海一带失去踪迹。这对夫妻究竟要逃往何处？在逃亡路上留下如此明显的痕迹，究竟意欲何为？

华东特案组之秘密图纸

　　1949 年夏秋之交的一个中午，正在苏州出差的中共中央华东局社会部泰山情报组组长焦允俊接到上级通知，让他迅即返沪，限下午三时前抵达华东局社会部机关。

　　自打三年前华东局社会部成立，焦允俊被任命为泰山情报组组长以来，这种正在外出执行使命时被紧急召回的情况只遇到过一次。那是1948 年 11 月，他正在尚未解放的南京从事秘密工作，忽然接到南京地下党秘密交通站送来的一份紧急通知，让其迅即前往杭州。到了杭州，刚下车还没走出长途汽车站，又接到化装成小贩的当地地下交通员递交的火车票，让他马不停蹄直奔上海。抵达上海后方才知道，原来是根据社会部副部长扬帆的命令，全方位收集上海的情报，泰山情报组即是华东局社会部派遣到上海的数个情报组之一。就这样，焦允俊率领的情报组在上海开展秘密工作，直到上海解放。

那么，这次被紧急召回又是什么情况呢？焦允俊猜不出来，而且还有些情绪。他来苏州三天，刚把手头的案子梳理出一些线索，正准备进行全面调查，却来了这样一个紧急命令。没办法，命令必须无条件执行，他只好打道回府，于下午三时出现在领导面前。领导没有任何解释，只是给了焦允俊一个地址，让他当晚七点前报到，反复关照绝对不能迟到。不过，临出门时，这位领导却一反平日对待下级的刻板严肃，竟破例跟焦允俊握了握手。以焦允俊的机灵，立刻从这看似漫不经心的动作中捕捉到一个信息：自己可能被调动了，这一握就是告别。

其时上海已经解放，过去的地下党大多摇身一变成了"地上党"，不必再伪装身份，有些还穿上了军装或警服，可对于焦允俊这样的秘密工作者来说，依旧与军装或警服无缘。出于对付敌对势力渗透和破坏的需要，其处境基本没有变化，一举一动都必须小心翼翼，否则，一旦身份暴露，可能会导致无法弥补的严重后果。

当晚七时差五分，焦允俊化装成一个商贩模样，抵达华东局社会部设在上海西郊虹桥路的一处秘密联络点。很快，又陆续进来了六个男子，或高或矮，或胖或瘦，但都有一个共同点，那就是其貌不扬，在大庭广众之中绝对不会引人注目。

七点整，新领导准时出现在众人面前。这位领导焦允俊以前曾经见过，但没打过交道。焦允俊大约是营职级别（当时还没定级），而这位领导是红军出身，早就是相当于旅一级的处长了。领导的记忆力惊人，根本没问什么，进门后就说出了七位部下的名字和职务。焦允俊一听，都和自己的资历差不多。继而领导宣布，由在座的这些人组建一个新的专案组，并任命了组长和副组长。

那么，究竟是什么案子，竟然值得华东局社会部如此兴师动众？

一、洋美女结交小瘪三

北四川路区的虹镇老街在解放初被坊间称为"穷街"，可想而知那个地区大部分居民的经济状况。这样的地方，很自然地被乞丐、瘪三作为据点，穷街子弟中颇有一些少年读不起书，就整天跟着那帮乞丐、瘪三厮混。由于家境贫穷，这些少年通常营养不良，脸色跟乞丐相差无几，衣着更是补丁叠补丁，肮脏不堪。不知道底细的人乍见之下，很容易把这类少年和乞丐、瘪三混淆。而本案的发生，就是缘于一个外国美女在这方面的误会。

虹镇老街有一户工人家庭，男主人姓秦，系一家私营铁工厂的锻工，其妻姓汪，在纺织厂做挡车工。这对夫妇结婚十多年，生下八个子女，那个年代医疗条件差，婴儿存活率比较低，可这八个子女竟然个个成活。虽是双职工家庭，但因收入不高而且吃饭的嘴太多，生活捉襟见肘。

导致洋美女误会的那个九岁男孩儿，在秦家子女中排行第四，大名秦永锦，小名阿四头。阿四头长到九岁，身上还没沾过新衣服，穿的都是上面三个"光榔头"（沪语，即"光头"，代指男孩儿）穿剩下的衣服，其破旧程度可想而知；又因褴褛衣衫不耐洗涤，所以尽可能少沾水，其肮脏程度也可想而知。虽然没上过学，但阿四头心思活络，智商比同龄孩子要高出一截，可以把一本小学二年级的语文课本从头念到底，算术课本上的题目也运算如飞——这还是他去小学操场上玩的时候，蹲在教室外面偷学到的。阿四头还有一个特长——擅长讲故事。不论哪里有热闹，只要让他瞧见了，回去之后就能把那件事情的核心经过、现场情景甚至人物对白说得一清二楚。如此，他也就成了他那帮小伙伴中的"新闻播音员"。

8月27日那天，阿四头又向他的一班小伙伴讲了一桩新闻。这次的新闻与以往不同，故事的主角就是他自己，而故事本身更是令人难以置信——有一个外国美女请他明天上午去老城隍庙"乐圃茶楼"吃早茶。此语一出，小伙伴们都认为阿四头在吹牛。阿四头遭到小伙伴们的质疑，自尊心颇受伤害，就冲着叫嚷得最厉害的男孩儿劈面一掌。那孩子的个头儿虽然比阿四头大，却不是阿四头的对手，只斗了片刻就倒地大哭。这下，另外几个孩子不依了，一起围了上来。阿四头双拳难敌四手，顿时落于下风。正挨打时，他的两个哥哥阿二头、阿三头捡煤渣回家正好经过，见状二话不说就加入战团。对方挨了打的一个男孩儿赶紧奔回家叫人，眼见就要酿成一场有成年人参加的殴斗，幸亏被户籍警小李看见，当即喝止。询问事由，听说有个外国女郎约请阿四头明天去吃早茶，不禁愕然。

那个年代，这种事必然会引起警察的注意，小李思忖片刻，就把阿四头带到了派出所。阿四头再三声明，这件事绝对不是他编造的——

这天早上，阿四头因为淘气被母亲罚掉了早饭，他只好饿着肚子去外面转悠。平时经常跟叫花子混在一起，他对乞讨那一套很熟，就在临平路上的一家茶馆前驻步。正待入内向茶客讨些点心充饥时，有人把他唤住。回头一看，竟是一个外国女子。外国女子阿四头是见过的，但都是打扮得花花绿绿，通常还有一股浓重的香水味，张嘴就是叽哩咕噜的洋文。可是，此刻唤住阿四头的外国女子却是另一副做派。

这女子看上去比较年轻，长得也漂亮，长波浪头发挽成一束马尾辫垂在脑后，穿着却很大众化，淡蓝色劳动布裤子和米黄色细帆布上衣，也没喷香水。更让阿四头吃惊的是，对方还能说一口流利的上海话，称阿四头为"小阿弟"，先递上两个烧饼。阿四头啃烧饼的时候，洋美女问了他的姓名和家庭情况，阿四头一一作答。接着洋美女又问他有没有去过老城隍庙。阿四头说去过。那么，老城隍庙"乐圃茶楼"的点心尝过吗？这个，阿四头只有摇头了。

"这样吧，明天早上七点，我在老城隍庙'乐圃茶楼'门口等你，请你吃早茶，各式各样的点心让你吃个够。"说着，洋美女掏出一张两千元纸币（此系旧版人民币，与新版人民币的兑换比率是 10000：1，下同）放在阿四头手里，"这是给你的车钱，怎么乘车知道吗？"

见阿四头点了头，洋美女说声"拜拜"转身离去。刚走了几步，被阿四头一声"阿姨"叫住，原来是问她叫什么名字。洋美女一笑："你这孩子还真聪明，就叫我玛丽阿姨好了。"

说完经过，阿四头从脏兮兮的裤袋里取出那张两千元纸币给户籍警看，以证明自己的这番陈述并非编造。户籍警小李认为此事有些反常，那个金发碧眼的"玛丽阿姨"如此善待形同乞丐的阿四头，原因是什么？是纯粹行善呢，还是另有企图？如果是后者，阿四头这么一个贫寒家庭的小孩儿，为什么会有人对他感兴趣，而且还是个外国人？小李立刻把这一情况向派出所所长杜辛汉汇报，杜所长的观点跟小李相同。这样一来，派出所就得对此事进行跟踪调查了。

杜所长让阿四头第二天早上准时赴约，同时指派一名老成持重的中年民警老曹换上便装，也去那里吃早茶，监视现场情况，兼带保护阿四头。另派民警小李、小王在现场附近守候，等"玛丽阿姨"离开茶楼后进行跟踪。往下如何进行，待查摸到"玛丽阿姨"的落脚处后再作计议。

次日是星期天，老曹、小李、小王按照领导的安排，于七时前抵达老城隍庙，一个进入"乐圃茶楼"，另两个则在茶楼附近的九曲桥一带溜达。老曹进茶楼后，先楼上楼下转了一圈，没见阿四头或者"玛丽阿姨"，就在底楼选了一个适宜于观察门口和楼梯口的位置，落座后要了一壶茶水、两样点心，一边吃着一边等待目标。可是，等了半个小时，阿四头也好，"玛丽阿姨"也好，竟然一个也没出现，这不是奇怪了吗？跟阿四头说得好好的，这小子怎么不见人影？又等了一阵，外面二位已经不耐烦了，在门口探头探脑，老曹遂决定收队。

　　回到虹镇老街，小李连派出所也没回，直接就奔老秦家。进得门去，小院子里聚着七八个孩子，正围着阿四头伸手要吃食。定睛一看，这小子竟然买了十来根脆麻花，装在一个纸盒里，每人发一根。见到户籍警，孩子们拿着麻花一哄而散。阿四头把纸盒往前一递，说李叔叔您也来一根。小李自然火大，把脸一沉："跟我走一趟！"

　　把阿四头提溜到派出所一问，原来这小子是去了老城隍庙赴约的，不过没进茶楼，就在附近一家香烛铺前跟"玛丽阿姨"见了面。对方好像是知道他会从香烛铺前经过似的，预先在那儿等着呢，看见阿四头来了，迎上前说跟我走。来到"老饭店"门口，"玛丽阿姨"说茶楼我去看过了，人太多，要等座的，就在这里吃面吧，还有小笼包子呢。吃早点的时候，阿四头终于明白了对方如此对待他的用意——

　　三天前的傍晚，阿四头提了个老爸自制的大号老鼠夹子，去附近的小学放置，想捕捉黄鼠狼。这所小学比较简陋，围墙、大门都是竹编的，里面也没有什么值钱的物品，所以从来不设门卫。此时学校尚未开学，而竹篱笆早就给类似阿四头这样的顽皮小鬼拆了几个洞，随时可以出入。阿四头设置好鼠夹正准备离开，忽听见附近有人说话，驻步张望，只见来了三个比他大五六岁的少年，鬼鬼祟祟地进了一间教室。阿四头年纪虽小，社会经验却十分丰富，意识到这三位必有古怪，便蹑足悄然靠近。

屋里三个家伙正在喝啤酒，桌上放着几包卤菜。三人一边吃喝，一边说话。听了一会儿，阿四头终于弄明白他们刚刚偷窃了一个皮包，用里面的部分钞票买了这些酒菜，这会儿正议论如何分赃。阿四头寻思，按江湖规矩，见者有份，他们应该分点儿给我的。于是咳嗽一声，大模大样进了教室。那三位自是吃了一惊，待看清不过是一个小孩儿，开口便骂。阿四头说，你们先别骂人，听我把话说完，我阿四头你们肯定是不知道的，可虹镇老街的秦大力你们总听说过吧？那是我老爸！

秦大力身高力大，年轻时练过拳脚，据说师傅是武术家王子平，在虹镇老街周边是有点儿名气的。那三个少年原本是要奉送这个不速之客几个"麻栗子"（沪语，即用指头关节弹脑门儿）的，待听说面前这位是秦大力之子，就不敢冒失了，请阿四头坐下喝酒。阿四头不会喝酒，就把桌上的四样卤菜逐样尝了一遍，然后说兄弟告辞了，您几位有啥话要对我说吗？嘿嘿，你们刚才说的那些话我可是都听清楚了。这一说，三少年就只好"破费"了，商量片刻，把那个钉着洋文铭牌的空皮包送给了阿四头。

次日，阿四头偷偷拿着家里的户口本，去淮海路旧货商店把这个皮包卖了，得了十万元钞票。他没想到可以卖这么些钱，不敢使用，更不敢吭声，偷偷藏在家里。现在，"玛丽阿姨"来找他就是为这事，她说那个皮包是她的，被人偷了，现在来找阿四头，不是为了算账，而是想知道是什么人偷的，皮包又是怎么到了阿四头手里的。"玛丽阿姨"许诺，只要说出真情，她可以给阿四头一些钞票。阿四头自然心动，但提出要先给钱。"玛丽阿姨"掏出一张五万元纸币递给他，阿四头则把自己知道的情况和盘托出。当然，阿四头并不认识那三个偷包的少年，只说了说大致模样。

阿四头提供的信息使警方更加感兴趣了。那个时代，别说警察了，就是寻常群众脑子里对敌斗争那根弦也绷得甚紧。杜所长听了小李的汇报，认为必须予以充分重视，宁可怀疑错了，也不能轻易放过这个疑点。汇报分局后，分局领导也认为必须认真对待，随即指派两名治安民警老林、老方协助调查。老林、老方跟派出所的小李碰了头，稍一研究，认为应该先设法找到偷窃皮包的那三个少年。

三个少年既然在作案后选中虹镇老街的那所破旧小学作为分赃的地方，说明他们对虹镇老街并不陌生。而且，阿四头在露面后一报老爸秦大力的名号，他们就服软了，足见他们是知晓老秦的情况的。小李对虹镇老街派出所管辖范围内的治安情况比较熟悉，而且从小在这一带长大，对本地区有哪些不良少年心中有数，印象中并无这样的角色。

林、方都是留用的旧警察，按说对分局辖区内的治安情况也比较熟悉，不过那是老黄历了。上海解放虽然不过三个余月，但治安方面管控对象的变化却是极大，以往的那些帮会人物、地痞流氓，一部分已经被抓，有的甚至被枪毙；另一部分则脚底抹油逃之夭夭，不知去向；剩下的慑于人民政府的威势，都老老实实地待在家里不敢露面。即便如此，治安情况并未明显好转，旧时那些不法之徒销声匿迹了，但马上就有了替补，比如阿四头在小学遇到的那几个少年之类。林、方对于这类角色就不甚了解了，因此提议去分局翻阅最近的失窃报案记录。

这一番查下来，果然发现在最近两个月内的报失记录中，不少失主都提到过被窃前后周边有可疑少年出现，其中七起的描述与上述三个少年的外貌特征相符。再查看分局治安科专门侦办偷窃案件的第三组编制的动态简报，终于发现一个名叫刘小狗的少年似是其中的一个。当天傍晚，刘小狗在其家附近的临平路上闲逛时，被小李、老林迎面拦下，带进了分局。一个不良少年哪是三个警察的对手，刘小狗乖乖承认了窃包之事。

那是 8 月 25 日，他和两个朋友许金根、张有宝去南京路闲逛，当然主要目的是"捉兔子"。"捉兔子"系上海滩黑道切口，意即偷包。这个"包"不光指钱包，也包括旅行包、手提包、坤包，以及直接用各色棉布包着的体积不等的包裹。这种作案手法技术含量很低，只需要找准目标跟踪，趁目标选购商品或做其他事情顺手把包放在一边的机会，凑过去悄悄拎走就是，如果旁边有同伙"打枪篱"（即掩护），那基本就是一拿一个准。

刘小狗三人是上海解放后方才自学出道的雏儿，想走发财邪道，却又没技术，所以只有"捉兔子"了。没想到，两个多月干下来，少说也得手了二十来回。只是财运一般，偷到的包里少有现钞，更无珠宝首饰。25 日算是他们出道以来运气最好的一天，刘小狗在永安公司三楼无线电柜台瞅着一个四十来岁的平头男子正聚精会神地选购收音机，便示意许金根、张有宝凑上前去"好奇观望"，分散目标的注意力，他则趁此机会一举得手。

这是一个长方形的褐色皮包，包盖上装有拎襻，两侧包脊上附有背带，可拎可背。刘小狗得手后立刻下楼，出门取下拴在腰间的洋面袋把皮包装进去，一口气直奔外滩。不一会儿，许金根、张有宝也气喘吁吁地赶到了。他们找了个隐蔽角落打开皮包一看，都是又惊又喜，这次真是丰收了，竟有八十多万钞票！此外还有一块怀表、一个精致的硬皮封面本子和两块崭新的手帕。他们三人就用"战利品"买了卤菜和啤酒，往回走经过虹镇老街小学时，说这学堂里面晚上鬼都没有一个，去那儿喝酒是再好不过了，于是就从竹篱笆墙上的破洞钻了进去。再往下，就碰到阿四头了。

那么，那个皮包给了阿四头，里面的其他物品呢？刘小狗说，钞票都分掉了，那块怀表，因为是他下的手，所以归了他；两块手帕，许金根、张有宝每人一块。至于那个本子，对这三个文盲少年来说似乎没有用处，况且已经用过了，又是写字又是画画的，写的还都是洋文，谁也不懂；画的图更是看不明白，像是房子，还有互相交织在一起的直线曲线。这样的东西，旧货店是不肯收购的，刘小狗见没人要，就拿回家去放着了。

讯问结束，警方随即去刘家起获了赃物。那个本子用过的几页上确实全是英文和草图，画的像是建筑物室内室外的简易轮廓，至于直线和曲线，似是机械物件的草图。本子随即送交分局领导，领导翻了翻，没发表任何意见，却亲手装进牛皮纸卷宗袋，用火漆封条封好口，唤来机要通讯员，让立刻送交市局。市局收到这个本子，没有耽搁，又马上递送华东局社会部。随后，焦允俊等七人被紧急抽调，组建了这个专案组。

二、跟丢了目标

领导介绍了案情，看看手表，已经过去一个多小时了，让大家休息一下，到外面透透气，抽支烟。早就犯了烟瘾的焦允俊正暗暗感叹领导体恤部属时，又听见领导说了声"正副组长焦允俊、郝真儒同志请留一下"，只得暗叹一口气。其他五位侦查员知道这是领导有意把大家支开，对两位组长另有交代，于是赶紧拔腿走人。

趁领导喝水的当口儿，焦允俊暗暗打量一起留下的郝真儒。这位刚被任命的专案组副组长看上去要比自己大两三岁，一米七左右，身材显得有些单薄，戴着一副褐色玳瑁架眼镜，五官端正，脸上毫无表情。焦允俊暗忖，这老兄也不知什么来路，看长相，在部队里挺适合做政治工作，当个团政委、政治部主任什么的。转念一想，那也太抬举他了，俺老焦1940年参加革命，现在不过是个副营，他能做得了正团？

正胡思乱想的时候，领导开腔了，说还有一项党内任命，之所以刚才没有宣布，是因为专案组七名成员中有一位同志不是党员，目前虽已解放，但党组织还没公开活动，所以在有非党员在场的情况下，不宜谈论党内事务。具体的任命是，由郝真儒同志担任专案组党支部书记。焦允俊听着，觉得自己猜得挺准，这位仁兄果然适合做政治工作。不过，一个专案组还要组建党支部，这事以前从没听说过……

这时候，领导终于说到了正题，透露了一个在全组会上不适宜透露的情况：那个上交华东局社会部的本子里记载的内容涉及中央向上海下达的一项重要使命，这项使命的核心是在苏联专家的帮助下建造海军舰艇，准备用于解放尚被国民党反动派控制的东南沿海岛屿、澎湖列岛以及台湾。显然，敌特分子已经察觉了我方的行动，正在着手收集相关情报。不仅是上海市公安局、华东局社会部的领导，就是接到报告的中央有关部门领导也感到震惊，连夜来电要求华东局社会部直接组织专案组进行侦查，力争在最短时间内侦破该案，斩断敌特分子伸向该项工作的黑手。

听到这里，焦允俊心中油然升起一股自豪感：俺老焦参加革命将近十年了，从事情报工作也七个年头儿了，还从来没摊上过这等高级活儿；如今不但摊上了，还是专案组长！这是组织对自己的信任，也是对自己以往工作的认可，可千万不能把这活儿干砸了，否则，自己岂不要遗憾一辈子？

接着，领导又给焦允俊和郝真儒互相作了介绍。这下焦允俊不得不对郝真儒另眼相看了——这位老兄参加革命比他还早一年半，早年曾在公共租界中央捕房做事，对上海各个方面的情况都很了解。后来因叛徒出卖被捕，在严刑拷打下仍能够严守党的秘密。被地下党营救出狱后，郝真儒去了皖南新四军军部，先是从事组织工作，后又做敌工工作。这样的经历，让焦允俊不由得心生敬意，赶紧起身跟郝真儒握手："老兄厉害！兄弟佩服得很！"

哪知，郝真儒却一点儿不给面子："焦允俊同志，革命队伍中互相称呼同志，不宜称兄道弟。"

领导离开后，专案组立刻开会分析案情。焦允俊是专案组长，当仁不让主持会议，他心里对郝真儒刚才的那番"正经"颇不以为然，因此，在开场白里多少有点儿跟专案组的"党内领导"、"业务副手"老郝同志过不去的意思，没用"同志们"、"战友们"等词汇，反而带着浓重的江湖气："诸位同僚，从今天起咱们就在一口锅里搅勺子了，应该有福同享，有难同当，心往一处想，劲儿往一处使……"眼见郝真儒推着眼镜像是快忍耐不住了，这才言归正传，"案情呢，刚才领导已经作了详细介绍，大伙儿有什么思路，都说说吧。"

侦查员张宝贤马上提出疑问，刚才领导介绍案情时只说那个本子送到了华东局社会部，然后就没了下文。那么，现在要调查的是什么？那本子上写的都是英文，翻译出来的内容又是什么呢？

焦允俊转头看着老郝。郝真儒依旧是不咸不淡的语气，扳着指头说了三点：第一，发现了一个疑似敌特收集我方绝密情报内容的本子；第二，这个本子被三个少年偷窃；第三，要查明这个本子系何人所有，以及上面的内容是怎么来的。

焦允俊暗忖，这个老郝还挺会概括的，真正是言简意赅啊！在场的侦查员也都不是外行，一听涉及绝密，谁都不提"本子"二字，接下来发言时都用"那件东西"代指，只有焦允俊不以为然，照旧说"本子"。大伙儿先根据领导交代的案情还原了一应情况——

敌特分子通过目前我方尚未侦知的途径获得了绝密情报（或是与绝密情报相关的线索），其载体就是"那件东西"。"那件东西"放在一个中年男子随身携带的皮包里，在他去南京路永安公司选购商品时，却被三个"捉兔子"的少年偷走了。中年男子发现皮包失窃，定然惊慌失措，回忆起之前曾有少年在他身边转悠，料想就是他们偷的，打算追回失物，最起码要把"那件东西"追回来。

对方（应该是一个敌特小组）认为，失窃皮包中的钞票多半会被小偷花掉，怀表和皮包则会卖掉，出售的方式有两种，一种是合法出售，即拿着家里的户口本去旧货商店；另一种是非法出售，那就是拿到黑市上去销赃。三个少年会采用哪一种方式呢？估计是前者，因为小偷是少年人，去黑市销赃很容易受欺负，黑吃黑把赃物给吞没了。于是，对方走访全市旧货商店查摸小偷的来路。在淮海路国营旧货商店，他们找到了线索（通过购买皮包时留下的原始发票，使旧货商店营业员确信来人是皮包原主，从而获得拿着家里的户口本前往出售皮包的阿四头的基本信息）。往下，对方对阿四头进行了外围调查，然后指派专人接触，企图获取"那件东西"的下落。

还原了上述情形，专案组决定兵分三路，张宝贤、孙慎言对上述分析中属于合理推理的情况进行查摸核实；谭弦、支富德向淮海路旧货商店了解近期前往打听出售皮包信息者的情况；焦允俊、沙懋麟则立刻通知看守所把尚被关押着的刘小狗释放，并由所方跟其谈话，关照他出去后对自己被捕之事守口如瓶。刘小狗离开看守所后，侦查员就开始对其进行跟踪——估计敌特方面还不知道刘小狗已被我方拿获，他们正在寻找刘小狗及另外两个少年许金根、张有宝。不过，许、张两人即便被找到，于敌特分子也并无帮助，因为"那件东西"是由刘小狗带回去的，带回去后怎样处置，许、张并不知道。所以，敌特方面最急于找到的应该是刘小狗。跟踪刘小狗，就可能发现正在寻找他的敌特分子，然后顺藤摸瓜查找线索。

至于专案组副组长郝真儒，焦允俊建议他坐镇本部兼带整理案卷。焦允俊觉得这位仁兄身体瘦弱，又是高度近视，似乎不适宜在一线奔波；再说，专案组的专职材料员还没来报到，整理卷宗材料的工作总得有人去做。这个建议一提出来，众人皆表示同意，郝真儒也点了点头。最后，焦允俊请郝真儒说几句。郝真儒又习惯性地推了推眼镜，说完全同意大家的意见，自己是全组侦查员中实践经验最少的一个，理应向大伙儿学习，不过，他虽然于侦查工作是外行，但此刻还是要说一句外行话。跟踪刘小狗是目前案件侦查的中心点，考虑到敌特可能会使出反侦查手段，人手肯定紧缺，而第一拨、第二拨四名侦查员的任务比较容易完成，他的想法是待他们完成任务后立刻转到第三拨去，一起执行跟踪使命。

话音未落，焦允俊便连说"高见"。散会后，郝真儒把会议记录送到焦允俊面前请他过目。焦允俊翻都不翻就签名，说老兄你动作真快，这么厚一沓会一散就记录好了，老弟我要向你学习。郝真儒不再理会焦允俊的"挑衅"，一板一眼地说："焦允俊同志，你负责的这一摊在目前阶段是关键环节，请务必小心谨慎。"

焦允俊寻思自己多年从事情报工作，在敌占区、在敌人眼皮底下不知闯过了多少艰难险阻，眼下执行这么一桩盯梢使命还会砸锅？这老郝同志也真是操心过度了。当然，这层意思只能心里想想，当面是不便表露的。哪知，郝真儒担心的事情真的发生了——

刘小狗于当天傍晚前已经从看守所出来了。这小子年龄虽小，不过十四五岁，胆子却大，看守所翁所长跟他谈过话宣布予以宽大后，他并没有寻常羁押对象获释时的激动，而是嬉皮笑脸地向翁所长讨几个零钱，好买票坐电车回家。翁所长又好气又好笑，差点儿一巴掌撂过去，不过，既然专案组来电关照尽快让这小子回家，料想其中必有奥妙，只好自己掏钱（公家没有这笔开支）把刘小狗打发走。刘小狗确实是坐电车回家的，他到家时，负责监视的侦查员已经在他家对面的糖坊里就位了。

次日一早，已经完成使命的第一拨、第二拨四名侦查员向焦允俊报到，焦允俊给他们作了分工，张宝贤、支富德进入监视点，中午由焦允俊和孙慎言、谭弦接替。意外就发生在焦允俊三人接班两个多小时后。

刘小狗昨晚一直老老实实待在家里。次日上午，他吃过早饭刚要出门，两个狐朋狗党许金根、张有宝来了。那二位根本不知道刘小狗折进过局子。刘小狗的母亲搬出一张摆台（即折叠式桌子）放在家门口，三人围桌而坐，磕着西瓜子聊天。午前那二位告辞时，焦允俊三人刚好来接班。

刘小狗给关了两天，出来后又在家里窝了一夜，早就憋不住要往外面去散心了。午后一时许，他出了家门，信步往南，焦允俊、孙慎言在马路两侧远远地跟踪。看来专案组之前的估计是准确的，对方对刘小狗早有预谋，和侦查员们一样，也在暗中关注着刘家的动静。刘小狗出门没多远，刚拐过一个路口，一辆宝蓝色摩托车忽然在他旁边停下，骑车的是一个三十来岁的男子，平顶头，穿着黑色短袖衫和浅色西装短裤，高鼻梁上架着一副硕大的墨镜。他停车后没下来，用一条腿撑着地，对刘小狗说了两句话。刘小狗稍一迟疑，便上了摩托车。

两个跟踪的侦查员自然着急，焦允俊四下一望，恰见驶来一辆邮电局送电报的绿色摩托车，赶紧一个箭步冲到马路上拦下，亮出证件向送报员晃了晃："市局的，借用一下！"

摩托车载着两人疾驶，几分钟后总算看见了在前面不紧不慢开着的宝蓝色摩托车。后来问了刘小狗才知道，开车的男子自称受"一跤头"的指派，接刘小狗去坐坐，有点儿小事要跟他谈。"一跤头"是沪东地区有点儿名气的道上人物，刘小狗一直想拜"一跤头"为师，学几招摔跤的手段好去耀武扬威，当下不疑有他，只是他根本不知道"一跤头"家住何处，上了车，任人家开到哪儿算哪儿。后面跟踪的侦查员自然也不知目标要去哪里，驾车的焦允俊暗暗祈祷自己这辆邮电局的破摩托千万不要半路抛锚。

这一跟，就跟到了外滩，宝蓝色摩托上了北京东路，又拐到虎丘路停下，戴墨镜的男子把摩托车停在一条弄堂里，然后和刘小狗一起进了距路口三十来米处的一家咖啡馆。这家咖啡馆有两个门面两层楼，名唤"摩登小馆"，地处偏僻，上海解放后消费者锐减，又不是高峰时段，所以顾客不多。先跟人的孙慎言见目标上了楼，便在楼梯侧的一副座头上落座。稍后，焦允俊停好摩托也进来了。两人一个要了咖啡一个要了绿茶，一边喝着一边等候目标下楼。

孙慎言来自山东老区，武工队出身，1946年组建山东社会部时被抽调过去当了侦查员。他的性格跟其名字一样，平时寡言少语，开口都是慎而又慎，没人跟他说话一天不开腔属于正常事儿。此刻他坐在那里，神情却略微透着不安。焦允俊看在眼里，便悄声问道："老弟你怎么啦？"

孙慎言说他心里有些不踏实，如果这咖啡馆有后门的话，没准儿目标就从后门溜了。焦允俊原本不知他这个部属的来路，听他这么一说，便猜测他是上海解放后才进城的，对上海不熟，一问，果然。焦允俊自1948年底秘密潜入上海搞地下情报工作后，熟读组织上下发的上海市区地形、社情等情况资料，又有大量的实践经验，对上海滩适宜于作为地下工作接头点的场所了如指掌。由于地理位置的原因，这家"摩登小馆"在上海解放前经常被地下党作为接头地点，焦允俊对这里非常熟悉，知道没有后门，便对孙慎言微微摇了摇头。孙慎言这才放心，继续低头喝茶。

可是，等了一阵，却不见目标下楼。焦允俊看了看表，已经进来二十分钟了，隐隐觉得不对劲儿。想了想，便出门走到隔壁那条弄堂口，只一瞥，便是一个激灵——那辆宝蓝色摩托车不见了！

原来，"摩登小馆"在上海解放后易主，新老板对咖啡馆的结构作了改动，开了道后门，跟旁边那条马路连通，还在二楼店堂的后部增加了一道窄窄的扶梯。目标不知是发现了已被跟踪，或是另有原因，总之是从后门溜了！

三、追查摩托车

目标脱梢，专案组随即举行紧急会议。焦允俊请副组长郝真儒主持会议，他自己首先作了检查，说他犯了"主观主义"、"经验主义"的错误，要求上级免去他专案组长的职务，并请求处分。这时，惜言如金的孙慎言开腔了，说这个错误他也有份儿，甚至承担的责任应该比焦组长多一些，因为是他先跟踪目标进咖啡馆的。

焦允俊眼睛一瞪："你瞎掺和什么，你一个普通组员，还不是一切都听我的？再说，咖啡馆是否有后门的问题你是想到了的，还提醒过我，问题在我老焦身上！"

两人还要争下去，被郝真儒打断："你们别争了，这件事由上级领导说了算，在领导没有下达指示之前，焦允俊同志还是专案组长，应继续主持侦查工作。目前最重要的不是揽责任，而是赶紧进行案情分析，看下一步该怎么做。焦允俊同志，请你把本案侦查工作进行到目前为止的情况向同志们介绍一下。"

焦允俊朝郝真儒瞥了一眼，暗忖这老郝看上去一副软不溜秋的样子，处理事情倒是果断干脆，他说得对，眼下处分事小，破案才是头等大事。管他日后给老子什么处分，工作不能停下来。于是，便把眼下的情况向大家作了简单的介绍——

昨天，侦查员张宝贤、孙慎言对专案组对案情的估计进行了核查，基本符合事实。另一路侦查员支富德、谭弦向淮海路旧货商店进行了调查，得知确有一个男子找上门来，向该店出示上海解放前（1948 年 11 月）购买皮包的发票，说该皮包已经失窃，要求查询是否有人前来出售。店员应其要求查了查记录，的确收购了这么一款皮包，并告知该男子出售方的信息——敌特就是通过这个办法找到阿四头的。

本案破获后，经专案组向上海市公安局书面建议，市局下文规定全市旧货（含寄售）行业今后一律不准向任何私人透露货源信息。这项规定一直坚持实施到改革开放后国营旧货行业消失。

今天的事故发生之后，因不能向咖啡馆方面暴露身份，不便打听目标是进了咖啡馆多长时间才离开的，只能去询问宝蓝色摩托车停靠处附近烟纸店的店主，得知目标是在十来分钟之前把摩托车开走的，只有那个戴墨镜的男子，没看见刘小狗。据此似乎可以推断目标并未发现受到跟踪，因为侦查员在楼下店堂待了大约二十分钟，而目标和刘小狗在楼上待了十分钟左右，说明他们在楼上进行了谈话——可以理解为对方已经把要对刘小狗说的话说完了。如果目标发现被跟踪的话，按说不会有那么大的胆子继续跟刘小狗谈话，应该尽快脱梢才是。目标之所以从后门离开，可能仅仅是为了方便——从后门出去就是他停车的那条弄堂。但他来的时候为什么不直接从后门进入咖啡馆呢？这一点就不清楚了。

　　尽管焦允俊、孙慎言跟踪失利，但他们记下了那辆宝蓝色摩托车的车牌号码，这是一个可以继续调查的线索。专案组决定，这条线索由沙懋麟、支富德、孙慎言去调查。至于那个墨镜男子是否发现自己被跟踪的问题，可以向刘小狗核实，此事由焦允俊、张宝贤、谭弦负责。

　　会后，郝真儒要求焦允俊、支富德留下，这三位都是专案组党支部成员，他们继续开了一个支部会。由于时间比较紧，主要是由郝真儒说了说，对焦允俊跟踪失利之事进行严厉批评。焦允俊寻思这是"木匠戴枷——自作自受"，无话可说，只有听着的份儿。不过，老郝说的完全在理，他心服口服。最后，郝真儒当场写了一份百来字的报告，说要以专案组党支部的名义上报，写完后请焦允俊、支富德过目，有不同意见可以提出来。支富德看后表示完全同意，焦允俊却提出了不同意见。

　　原来，郝真儒在报告中竟把脱梢的主要责任揽到了自己身上——因为他是支部书记兼副组长，分工安排时未能强调小心谨慎对待工作中每个环节的问题。焦允俊坚持要自己承担责任，郝真儒说你可以保留意见，但我和支富德同志是支持这个决定的，少数服从多数，还是照此内容上报吧。焦允俊只好照办，但在报告末尾写上了自己的保留意见，放下笔之后寻思，别看老郝白面书生一个，倒是很讲义气的。

　　接下来，焦允俊立刻投入工作，和张宝贤、谭弦通过派出所悄然传唤了刘小狗。据这个少年说，他上午被那个戴墨镜的男子以"一跤头"有请为由骗上了摩托车，来到外滩附近的那家咖啡馆后，对方却不谈什么"一跤头"了，而是把一张两万元的钞票放在他面前，说是只要实话实说，这张钞票就归你了，不肯说实话呢，"一跤头"自会叫人收拾你小子，信不信由你。

　　像刘小狗这种角色，自幼顽劣，挨打、斗殴、受骗、骗人属于家常便饭，对方这一套若是用在其他同龄人身上，那百分之百会奏效，可是他却根本没当一回事，点点头，伸手把那张钞票放入衣袋，问爷叔你要我说啥实话呢？对方说你偷了别人一个包，现在人家要找你算账，你说是公了还是私了？公了呢，人家就要把你扭送派出所，要是私了，那就老老实实把赃物交出来。

刘小狗寻思，还公了私了呢，老子为这件事官司都已经吃过两天了，政府也没说让我退出赃物嘛，只是把那个本子没收了。不过，这话不能说，昨天释放时看守所长反复交代的，若是透露一丁点儿口风，重新收监没商量，说不定还要送提篮桥坐大牢。那应该怎么跟对方说呢？这对于刘小狗来说并不是什么犯难的事儿，张嘴就来："那自然最好是私了，不过我有难处。您可能也知道，我们是三个人下的手，里面的东西都分掉了，钱也花得差不多了，现在让退回人家，您说这可能吗？"

"钱花掉了，那其他东西呢？"

"怀表也卖掉了。"

"还有那个本子呢？"

"那个本子啊……好像给我放哪个旮旯儿去了，不知还能不能找到。"

对方顿时目露凶光，压低了嗓音："必须找到！把本子原封不动交出来，人家可以给你一笔钱。否则，等到'一跤头'收拾你的时候，后悔就来不及了！"

刘小狗对"一跤头"还是有些敬畏的，万一对方真是"一跤头"派来的，自己可是得罪不起。于是他说："要么……我回去找找看。不过，咱有言在先，如果找到的话，给的钱可不能太少，这不是打发叫花子。否则你干脆还是公了吧，把我扭送公安局我也认了。"

"那就说定了，明天这时候，你还在今天上车的那个地方等我。"言毕，对方招呼侍者结账，顺手把找回的零钱给了刘小狗。

可巧，此时两个侍者正搬桌子准备擦天窗，挡住了通往底层店堂的楼梯，男子见状，不由得皱了皱眉头。一旁指挥干活儿的老板指着阳台说那里也有楼梯，可以走后门。两人便从后门离开，在弄堂里分手。

刘小狗说完，焦允俊三人总算松了一口气，看来目标并未发现自己受到跟踪，这桩活儿还可以继续干下去。他叮嘱刘小狗："从现在起，一切听我们的安排，叫你干啥就干啥，而且不能向任何人透露，哪怕是警察也不行，听明白了？好，明天你就按约定去跟那个家伙碰面，我们会暗中保护你。"

返回专案组驻地，焦允俊把上述情况跟郝真儒一说，郝真儒立刻笔走龙蛇做了记录，临末还让签名。焦允俊说老郝你太厉害了，这种谈话还要做笔录？郝真儒说这是制作卷宗的要求，凡是跟案件有关的内容我都得记录下来，请当事人签字，便于日后核查，免得到时候说不清楚。焦允俊无可奈何地签了名："老兄啊，要是每份材料都这样过一遍的话，只怕我也得准备一副眼镜了。"

回过头来，再说侦查员沙懋麟、支富德、孙慎言查摸那辆摩托车的情况。原以为这是很容易的事儿，哪知到市局交警部门一查，号码是查到了，但那辆摩托车已在半个月前报废，按照规定，车辆牌照也就自动作废了。可是，这副报废的牌照怎么又出现了呢，而且正好挂在专案组正在调查的嫌疑人所骑的摩托车上？

根据车辆档案中的记载，那辆已报废摩托车的车主叫耿斯良。侦查员先去了耿斯良住所的管段派出所，一了解，耿斯良已经死了。半个余月前，他酒后驾驶那辆美国造猎狗牌摩托车在大八寺一带超速行驶，撞在路边大树上，当场死亡。耿家是开汽车运输公司的，有七八辆卡车，获知消息后派了辆卡车去大八寺车祸现场，把耿斯良血肉模糊的尸体以及撞坏了的摩托车运了回来。那辆摩托车的受损程度倒是比其主人好些，修理一下还是可以继续使用的，但耿斯良的父亲看着就觉得心痛，干脆报废算数，让送到公司修车车间，把零部件拆下来放在仓库里，以便日后装配到其他车辆上使用。摩托车送到公司后，工人发现前后牌照已不翼而飞，随即报告了耿老板，耿老板对此并不重视，车已经报废了嘛，牌照被窃又算什么呢？没想到，这副失踪的牌照竟然出现在涉案者所骑的摩托车上了。

三个侦查员议了议，决定把车牌的问题先往旁边放一放，直接查那辆宝蓝色摩托车属于何人。这个主意在当时应该是个捷径。初解放时的上海，机动车拥有量跟如今有霄壤之别，其中的摩托车，特别是民间私人拥有的摩托车更是少得可怜，据 1949 年 7 月底的统计数字，各区加起来还不到两千辆，再扣除大约三分之一的三轮摩托，那也就不过千辆出头。所以，如果直接盯着那辆宝蓝色摩托车的特征调查的话，反倒容易查得清楚。

这一番查下来，全市共有三十一辆宝蓝色摩托车，沙懋麟便打电话问焦允俊目标所骑的摩托车是什么牌子的，是否有什么特征。像焦允俊这样一个直属华东局社会部的秘密情报工作者，在国民党特务机构的记载中，是被称为"中共特工"的，而且是掌握多种技能的高级特工，不但精通无线电收发报和维修技术，而且擅长驾驶汽车、摩托车，熟知各种车辆的特征，这个问题难不倒他，当下不假思索就说："那是一辆雄狮牌，法国货，虽然是二战前生产的，再跑十五年也应该没问题；至于特征嘛，让我想想……对了，车尾挡泥板上有一个白铜飞机模型装饰物，应该是美国贝尔 P-39 战斗机，就是被称为'空中飞蛇'的那种。法国厂商制造的摩托车当然不会装美国飞机模型，那肯定是车主自己想出的主意，而且肯定是全市独一无二的！"

当天夜间十时许，这辆全市独一无二的摩托车在北站区北火车站的站前广场上被发现。北站派出所的民警随即进行蹲守，一小时后，来取车子的车主被拿下。接下来，该轮到侦查员沙懋麟、支富德、孙慎言登场了。

这三人中，沙懋麟被焦允俊指定为负责人。沙懋麟是南京人氏，三十挂零，1936年考入国民政府首都警察学校，招生简章上说是两年毕业，可未及毕业抗战就爆发了，不久南京沦陷，警校迁移武汉。在武汉，沙懋麟遇到了初中时教国文的邹老师。邹老师是地下党，这时的关系已经划到"南办"（中共南方局驻武汉办事处），经其介绍，沙懋麟加入了党组织。稍后，就去了皖南新四军总部，抗战期间先后做过新四军军法、保卫工作，担任过股长，不久又被解除了职务——个中原因，他是后来才明白的。

抗战胜利后，他被调到苏北老区从事地方公安工作。渡江战役前夕，沙懋麟参加了华东局社会部在江苏丹阳举办的集训班，上海解放当日，就随部队以华东局社会部便衣人员的身份进城。沙懋麟出身南京富家，又上过国民党警校，当时是怀着满腔热忱加入革命队伍的，渐渐才发现，像他这种出身的干部经常会被另眼看待，他的股长一职莫名其妙给撸了就是明证。自此，他就奉行夹着尾巴做人的原则，凡事低调，小心谨慎，尽量不给别人留下不良印象。周围人多认为他是个胆小怕事的人，对他不怎么设防。他自己恐怕也没想到，正是这种低调谨慎的性格，使他成为了讯问方面的专家。他擅长以软磨硬泡的方式攻克坚不吐口的案犯，跟任何案犯见面，他都有本事在最短的时间内缩短相互之间的距离，使对方放松警惕，出现漏洞。

现在，沙懋麟受命调查那辆宝蓝色摩托车的来路。他先和支富德、孙慎言查看了那辆被扣的摩托车，核对了车牌号和车尾挡泥板上那个白铜飞机模型装饰物，然后对被扣人进行讯问。

那是一个二十岁出头的青年，留着飞机头，身穿一看就是舶来品的浅绿色针织运动套装，足蹬美国"赛豹"轻便跑鞋，这是 1949 年夏秋上海滩有钱年轻人最时尚的装束，被称为"小开装"。眼前这个"小开"名叫季宝德，其父是在闸北开机修厂的资本家，因此熟人又叫他季小开。据季小开说，他骑的这辆摩托车是个名叫尤玮的朋友推来的，说是受人之托，把这辆摩托暂时寄存到他家，过几天再来取。季宝德虽然年轻，但还是有点儿社会经验的，当时心里就产生了疑问：暂时寄存？什么意思？难道这辆摩托来路不正？

尤玮从他的眼光中察觉了这层意思，立刻作了解释，说这辆摩托车的主人你可能听说过，那可不是寻常人物，而是沪东一带赫赫有名的"一跤头"！季宝德顿时肃然起敬。须知"一跤头"的名气不但在沪东，就是在全上海也是叫得响的，而且已经叫响好几个年头儿了。不过，敬意归敬意，摩托的来路还是要了解清楚的，像"一跤头"这样的人物，存放一辆摩托车难道还成问题？怎么还东藏西藏的？

尤玮拍了拍季宝德的肩膀，老弟啊，你还年轻，世上有些事情并不是看上去那么简单。"一跤头"虽然名气响，可铜钿进项有限得很，又嗜赌，赌风有口皆碑，输了钱砸锅卖铁也要还债。这回估计是碰上了难处，他又不肯以这辆摩托车抵债，所以嘛，就得把车子在外面存放几天。他本来是想放在我家里的，我家你是知道的，真正是螺丝壳里做道场，哪里有地方放下一辆摩托车？只好来央求你老弟了。

季宝德于是点了头。他自己原来有一辆摩托车，三个月前上海刚解放时，他驾车去南市看朋友，回来途中在外滩遇到红灯停下，不知从哪里忽然闪出个穿军服的男子，掏出红色封面的派司晃了晃，说声"我是军管会的，临时征用你这车，明天这时候你去军管会取"。不知怎么的，季宝德平时的那份机灵劲儿竟然凭空消失，乖乖地下车，眼看着对方上车疾驰而去。次日，他去市军管会，方知那家伙是假冒的。摩托车就这样丢了。骑惯了摩托的季宝德突然失去了座驾，其心情可想而知。眼前有了一辆暂时可以归自己支配的摩托，他当然想过把瘾，就骑着去了几个朋友处。傍晚，季宝德去北站附近的表兄那里赴宴，把摩托停在北站站前广场的自行车寄存点。在表兄家吃过饭，又铺开桌子打麻将，手气不错，打到半夜歇手时，竟然有八十万元进账，喜滋滋出门去推车，不想就被拿下了。

8月30日凌晨三点，二十三岁的无业人员尤玮被拿下。侦查员讯问下来，证实季宝德的交代内容属实，那辆摩托车确实是"一跤头"的。那么，"一跤头"到底是何许人物呢？侦查员很快就弄清楚了那主儿的基本情况——

"一跤头"本名关易笙，出生于河北省宁河县，其祖上三代皆是清廷善扑营的一等扑户（编入善扑营的专业角抵人员，这些人平日在营中以摔跤为业，名曰"捐弄"）。清廷覆灭后，关易笙的父亲关慕仙与一班失业扑户在天桥经营摔跤场，系著名跤手宝善林宝三爷的副手，其水平之高可想而知。关易笙打八岁起就随父习练摔跤，苦练臂、脚、腰三功，整整七年间终日与训练器具麻辫、木杆、沙袋、吊桩等打交道。十五岁出道，即被"大世界"聘为专业摔跤手，登台表演兼带接受游客挑战。他在"大世界"干了七年，据说始终保持不败纪录。

太平洋战争爆发，关易笙离开"大世界"，被几个资本家合聘为教师，教他们的子弟习练摔跤。其间，曾有不知其底细的几拨日本武士上门挑战，都被关易笙一跤摔倒。消息传开，道上就给他起了个绰号"一跤头"。抗战胜利后，关易笙应朋友邀请去北方办事，途中遭遇车祸，伤势颇重，留下了后遗症，从此与跤场告别。之后一段时间，曾有一些以前败在其手下的对手上门挑衅，关易笙笑脸相迎，烟茶款待，对方往往以为他示弱，认为总算争到了面子，得意洋洋而去。也有不知好歹非要"切磋一把"的，关易笙推无可推，只好奉陪，竟然每每都是一个回合就解决问题——"一跤头"真正是名不虚传。

遭遇车祸后，关易笙就在杨树浦区其住所附近摆了个摊子修理自行车。这个人心灵手巧，又好钻研，除了自行车，一般摩托车、汽车的小毛病他也能解决，大的故障因限于零部件、工具原因，就只好拒之门外了。由于朋友多，面子大，找上门来修车的顾客总是人满为患。他只好把原先简陋的修车铺扩大为修车作坊，招了几个以前跤场的徒弟，除了教修车，有时也让他们练练摔跤。关易笙三十好几，还是未婚。按说以修车作坊的收入，他的日子应该过得蛮滋润了，只因嗜赌，竟然经常拮据得揭不开锅。

就是这么一个主儿，现在，他的名字进了专案组的案卷，侦查员准备对其进行调查了。对于"一跤头"关易笙本人来说，当然是蒙在鼓里；他更不知道，此刻，另外有人也在动他的脑筋，那就不是调查了，而是要封他的口！

四、密谋封口

盘算封"一跤头"口的，就是专案组已经照过面却还不知其底细的对手——"六室"。"六室"不是某个敌特分子的代号，而是一个由台湾"国防部保密局"直接掌握的七人特工小组的官方称谓。

"六室"的建立，跟一个名叫宋斯义的人是分不开的。宋斯义祖籍湖南怀化，出生于江苏省川沙县（今属上海市浦东新区），时年三十二岁。宋斯义的爷爷系清朝军队的七品把总，大致上相当于如今的正营级，当年驻防上海时负伤退伍，没有回乡，用获得的退役抚恤作为本钱做生意。生意做得还可以，虽说未能发大财，也没出名，但总算有了房产妻室，以及一家潇湘土特产行。老爷子去世后，土特产行传到了宋斯义的老爸手里。其老爸脑子活络，先是信了洋教，学了一口洋泾浜英语，然后物色了一个英国人合伙做生意，以祖传的土特产行作为入股资金，合办了一家专营土特产出口贸易的洋行。宋斯义生长在这样一个家庭里，一口英语还说得过去，而且上的还是教会学校。

1937年"八一三事变"时，宋斯义十八岁，已从教会中学毕业，其父将其介绍到一家德国人开的无线电行去学技术。"八一三事变"当时被称为"中日淞沪会战"，打了三个月，不但国民党军伤亡惨重，还殃及无辜百姓，宋斯义的老爸就是随上海市商会赴宝山前线慰劳官兵时被日寇战机炸死的。噩耗传来，宋斯义自是悲愤，国恨家仇不共戴天，他立刻辞去了无线电行的工作，奔赴距上海四十公里之遥的江苏省青浦县（今上海市青浦区）。去青浦干吗？"军统"在那里开办的特工训练班正在招生。这是全面抗战爆发后"军统"正式开办的首期特训班，戴笠对此非常重视，亲任主任，曾先后四次赴青浦督导。宋斯义去青浦那天，正赶上戴笠到场亲自面试，看了简历，问了一番，对其非常满意，当场拍板录取。

不过，由于战事发展超出预先的估料，"军统"的这期特训班只开了一个多月就歇菜了。戴笠下令，青训班全体学员转往湖南醴陵继续训练。转移途中，宋斯义在浙江境内患病掉队，半年后赶到醴陵时，只能参加第二期特训班了。没想到的是，他在第二期特训班还是不得安生。"军统"的审查非常严格，对于参加"团体"时没有保人的对象更要仔细审查。宋斯义的问题主要是其掉队脱离集体的半年期间究竟在干什么，是否跟日伪方面有关系。因此，他不但被禁止参加训练，还被软禁起来接受调查。根据宋斯义的自述，"军统"派员赴已被日军占领的浙江一带实地调查了三四个月，终于查明他没有问题，准许继续参加训练。

　　这样一番折腾，宋斯义的资历（亦即从特训班毕业的时间）就受了影响，于日后的晋升颇为不利。特训班毕业后，他被派遣到"军统"上海区上海站（上海区系负责上海及周边地区的"军统"直属机构，上海站则是隶属于上海区的一个机关），以在北京路开设电器旧货行为掩护收集了大量情报，上司也认为他"立下了汗马功劳"，可因为资历不够老，不过是少校军衔。抗战胜利后，"军统"裁减特务，一部分特务复员，一部分特务去搞"三产"，还有一部分甚至进了荣军院学习技能靠劳动吃饭。只有宋斯义像是被忘记了似的，没有人来找他，不安排工作，也不交代出路，薪饷却是每月照发，而且当初用"军统"的钱投资的电器旧货行所挣的利润也不像抗战时那样让他上交了。在北京路上的同行眼里，宋斯义活脱脱就是一个生意人，只知埋头赚钱，从不过问政治，甚至连《中央日报》也不订不看，只是偶尔买份《申报》随意翻翻。

　　其实，"团体"根本没有忘记宋斯义。抗战胜利不久，"军统"上海区解散前，毛人凤受戴笠委托来上海开会商量善后事宜时点名留下的隐藏特务名单中，就有宋斯义的名字，而且排名第三——足见上边对他还是蛮器重的，估计主要是看中了他的职业身份掩护的有利条件。在这种状况中，宋斯义过了三年多平静日子，直到 1949 年 2 月中旬一个寒风凄凄的夜晚，随着一位从南京赶来的"保密局"（戴笠死后由"军统"改组）上校的出现，北京路上同行中有点儿小名气的宋老板终于结束了被雪藏的生活。这位上校姓刘，他通知宋斯义，局本部秘密会议决定，宋斯义将作为潜伏人员留在上海开展情报工作，其职务是"中华民国国防部保密局华东直属第六情报室中校主任"，其主持工作的机构简称"六室"，他的代号是"老六"。

这位刘上校看来也是情报特工出身，记忆力超人，张口就报出了分派给宋斯义领导的六名潜伏特工的姓名、住址、职业、联系方式以及简历等，其熟悉程度，就像那六名特务是他的家庭成员似的。宋斯义也不是吃素的，边听边点头，边点头边记在脑子里，等对方说完问他"听明白了没有"时，他不慌不忙复述了一遍。刘先生微笑着翘起大拇指："宋老板果然了得，名不虚传啊！如此，兄弟就完全放心了。关于'六室'潜伏后的具体使命，目前局本部尚未考虑，届时需要同志们效力的话，会另行通知。关于经费、器材、武器等，很快就会派员送来。"

七天后，宋斯义在北京路上的"瑞祥电器旧货行"收到一份北站的提货单，上面注明须由他本人亲自去提货。对于电器旧货行来说，这是每月都会遇到数次的业务行为，人们早已司空见惯。当然，没有人知道，这次宋老板去提的这批货，却是专供潜伏特务使用的无线电收发报机、武器弹药、照相设备、密写药水、化学药品等全套美制特工器材。次日，又有一件印刷品寄达旧货行，寄的是平邮，包装得非常结实，拆开一看，是几本厚厚的精装外文书，不过，书里面是空的，装着港币、美元、金条和密码本。

不久，上海解放，解放军进城。"六室"主任宋斯义一如既往，埋头做他的生意，只是在旧货行门口挂了一面很大很鲜艳的红旗。也就是在上海解放的同一天，宋斯义向其六名部属发出了个别见面的信号，从次日起一天见一位。他任职以来从未跟下属见过面，这回要见一下，免得万一有人被捕，让共产党方面来个调包，他还被蒙在鼓里。都见过面后，他依旧安安稳稳做他的生意，直到1949年8月2日。

这天，宋斯义接到一封没有具名的密函，用暗语通知他当晚打开电台接收台湾"保密局"总部的紧急指令。按照特务活动的惯例，像"六室"这种类型的特工组是需要配备专门报务员的，可"六室"却是例外。抗战期间宋斯义在上海从事地下工作时，由于他的公开身份是电器旧货行老板，上峰考虑到掩护电台的便利条件，就指示他兼任报务员。在日本宪兵队特高课和汪伪"七十六号"严密控制下的上海滩，他竟然一直干到抗战胜利也没有暴露身份。因此，这次刘上校来下达潜伏命令时关照宋斯义，仍旧采取这种方式。本案破获后，宋斯义一口咬定他不过是报务员，不知道"六室"的其他情况。当时案子已经移交北京，后来听说北京同行费了九牛二虎之力方才弄清楚，原来这个"老六"竟然身兼二职领取双饷。

当晚，宋斯义接到台湾"保密局"密令，内容是：中共为"进犯"东南沿海"国军"控制的岛屿乃至最终拿下金门、马祖、澎湖、台湾，决定研制适合于近海作战的新型鱼雷快艇，苏联方面许诺向中共提供技术援助，首批派遣的包括舰艇动力、鱼雷、机械、无线电等方面的专家及随员将于近日赴沪，进驻江南造船厂。上述情报被美国方面获取后，美方认为此事严重关系到台湾方面的安全，提议由美台联手对此计划进行反制。"保密局"指令"六室"，鉴于美国方面非常重视该项工作，故中情局已通知其潜伏在上海的特工人员向"六室"提供协助，届时将会主动与"六室"联系。双方之间纯属平等合作，并无上下级的隶属关系。

可是，宋斯义很快就发现，所谓"纯属平等"是哄人的说法——他根本不知道中情局在沪负责跟自己联络的那个特工的情况，对方却不但清楚他的"老六"代号，还知晓他乃是北京路上"瑞祥电器旧货行"的宋老板，两天后竟然派人直接上门联络了。

来的那位就是请阿四头去老城隍庙吃早茶的"玛丽阿姨"，当然，这位洋美女出现在宋老板面前时就不叫"玛丽"了，自我介绍叫尤丽娅。尽管是中情局特工，但宋斯义看她的相貌，怀疑对方可能是东欧哪个国家旅沪的犹太人。尤丽娅约宋斯义去外面喝咖啡，交谈中告知，她奉上司杰克先生指派前来协助宋老板开展工作，同时兼任宋老板跟杰克先生之间的联络员。

用现在的眼光来看，尤丽娅的上司杰克先生的安排似乎有轻率之嫌——指派一个外国美女来跟宋斯义联系，那不是明摆着会引起别人的注意吗？干特务的最犯忌的不就是惹人注目吗？但杰克先生显然是经过深思熟虑的，而且之前肯定派人甚至亲自实地查看过。当时的北京路上，经营旧货的店铺不少，其时上海解放不过三个月，许多外国侨民准备离沪回国，走之前都把带不走的东西拿到北京路的旧货行来卖掉。因此，北京路上天天有金发碧眼的男男女女转来转去，尤丽娅出现在宋斯义的旧货行里并不算惹人注目。

宋斯义也是老特务了，他对杰克此举倒并不计较，使他大跌眼镜的是之后尤丽娅变身"玛丽阿姨"之举。这事儿还要从"六室"刺探情报开始说起——

纯从特工技术角度来说，宋斯义的水平还是不错的。他接受使命后，只用了十多天时间就顺利获取了江南造船所（接管后改名"江南造船厂"）正在紧急改造三号船台的情报，这是三个月前上海刚刚解放时由陈毅签署的《中国人民解放军上海市军事管制委员会第一号令》的内容。行动计划是宋斯义根据自己掌握的社会关系制订的，由下属龚阿康具体负责实施。尽管理论上这个方案一举成功的可能性比较大，但当他接到龚阿康用暗语打来的报捷电话时，还是有点儿怀疑自己的耳朵，甚至想到另一种可能——会不会龚阿康已经失风被捕，这个电话是中共公安为了诱捕他这个特务头子下的套儿？所以，宋斯义下意识地立刻挂断了电话。这倒使龚阿康吃了一惊，立刻再次拨打过来。这回，宋斯义恢复了正常思维，用暗语指令龚阿康次日在南京路大光明电影院旁边弄堂口的电话亭前碰头，交接获取的情报。

接下来的情况前面已有交代，龚阿康在接头前不知怎么的去了一趟永安公司。这其实是违反特务活动规定的，在未曾完成情报交接前，不应该做其他事情，以免分心引发事端。只有一种情况可以例外，那就是发现自己已经受到跟踪，为了脱梢不得已而为之。问题是，那天一切正常，龚阿康并没有遇到什么特殊情况，这多此一举的商场之行，导致刘小狗等三少年把装着情报（就是那个本子）的皮包窃走了。

不难想象，正满怀希望准备享受首战告捷成果的宋斯义是一种什么样的心情。对于一个曾在抗战时期长期活动在日伪血腥统治下的老特务来说，这个坏消息不仅意味着前功尽弃，更要命的是可能由此引发的灭顶之灾。宋斯义与龚阿康分手后，立刻按照尤丽娅留给他的联系方式要求紧急会见。两小时后，尤丽娅已经把坏消息报告杰克了。与此同时，宋斯义向另一特务魏康思下达指令，让他持龚阿康提供的购买皮包的原始发票，走访指定区域内的旧货寄售商店。

很快，魏康思在淮海路的旧货商店打听到了那个皮包的下落。宋斯义刚获知消息，尤丽娅打来电话传达了杰克先生的意见。双方都是老特务，尽管国籍不同，思路倒是一致的，杰克也认为可以通过查询旧货商店的方式找到偷窃皮包的家伙。宋斯义估计尤丽娅是被杰克先生临时物色来的新手，听说已经打听到皮包是虹镇老街一个名叫秦永锦的少年向旧货商店出售的，立刻喜笑颜开，一声"拜拜"挂断了电话。

往下，就发生了使宋斯义大跌眼镜的事儿，杰克竟然指派尤丽娅出马去虹镇老街，当面约请那个年方九岁的男孩儿去老城隍庙吃早茶！当然，这个情况人家是不会向他通报的，而是他布置查访阿四头的下属在跟踪时发现的。宋斯义目瞪口呆之际，尤丽娅不无得意地来电通知，杰克先生已经掌握了偷窃皮包者（即刘小狗）的姓名、住址，建议宋斯义采取措施设法追回情报。尤丽娅说话时带着命令的口吻，宋斯义也无可奈何，这个娄子是他的下属捅出来的，自然只有他自己去收拾了，于是忍气吞声说了声"OK"。

宋斯义指派魏康思去找刘小狗，因为魏康思出身上海滩帮会世家，尽管他本人的职业已经跟帮会没有丝毫关系，其上代人也已经作古，但据"保密局"刘上校介绍，这人在上海滩黑道以及各个行业公会中的人脉之广，在寻常特工中是罕见的。因此，宋斯义相信派其出马去哄一个十四五岁的少年应该是没有问题的。魏康思本人听说让他去执行这么一桩使命，也认为是小菜一碟。这个态度让宋斯义有点儿不放心，担心他大意失荆州，又指派另一名特务胡友三去跟踪魏康思。事实证明，宋斯义的这个安排是非常必要的。

要说"保密局"给宋斯义配置的这六名下属，倒还真是符合"人尽其才，物尽其用"的原则——魏康思适宜于进行"社会调查"，而胡友三呢，一看那副贼头贼脑过于精明的外貌，就知道是一块打听隐私的好料。胡友三还有一个优点，那就是听话，就像一条忠诚的猎犬，作为小特务来说，可以板上砸钉子似的严格做到让干什么就干什么，丝毫不会走样。宋斯义向他交代使命时特别关照，让他去外滩虎丘路"摩登小馆"对面的那条弄堂口，那里有家半间门面的烟纸店，只要掏钱买一包香烟，就可以以等人为由在店里坐上一时三刻，店主不会有意见。这时，会有一个穿黑色短袖衬衫戴墨镜的三十岁左右的男子（"六室"特务之间互相不认识）骑一辆宝蓝色摩托车载一个少年到"摩登小馆"去，胡友三的使命就是观察是否有人跟踪这辆摩托车。

胡友三不折不扣地执行了宋斯义的指令，结果就发现有一辆送电报的绿色摩托尾随宝蓝色摩托车而来，车上的两名男子下车后也进了"摩登小馆"。由此，宋斯义断定魏康思已被公安人员盯上了。魏康思还蒙在鼓里，兴冲冲地给宋斯义打电话报告说，已经打听到被窃皮包里的那个本子小偷还没脱手，约好明天上午再次见面就可取回，被宋斯义啐了一口："呸！你小子让人盯上了竟然一点儿都不知道！你骑的那辆摩托是向'一跤头'借的吗？赶快把车处理掉，就跟'一跤头'说车被偷了。"

可是，魏康思已经把摩托车还给"一跤头"了，这个电话就是在"一跤头"修车铺对面工厂的门房间打的。宋斯义于是指令魏康思让"一跤头"把车换块牌照藏起来，有人问就说失窃了。往下如何？听候后命。

宋斯义意识到行动已经彻底失利，为保自身，接下来要先处置相关线索。这时候，宋斯义觉得"保密局"总部让他跟"中情局"在沪潜伏特务的合作有点儿碍手碍脚了，以他的想法，所谓"处置相关线索"就是把那个"一跤头"封口。他是"六室"主任，有权下令这样做。但现在因为有了那个杰克，就只好跟对方商量了再说。他立刻联系尤丽娅，说有十万火急之事必须跟杰克先生面谈。

对方很快就有了回应，尤丽娅来电说，请宋先生傍晚七点到跑马厅那边的一家西餐馆见面。宋斯义准时前往，可让他恼火的是，对方来的仍是尤丽娅，那个杰克先生竟是根本不想露面。尤丽娅说她奉命代表杰克先生跟宋先生谈话，一般事儿她可以直接拍板。宋斯义听着真想一巴掌打她个满脸花：就你这水平，当个一般特工都不够格，还敢说能作主？

宋斯义甚至怀疑对方是否拖来了"尾巴"，急着想结束谈话，便说了要把"一跤头"灭口之事。没想到尤丽娅却说这件事杰克先生已有安排，就不劳宋先生费心了。杰克先生说了，别说那个"一跤头"的存在已经影响到我们工作目标的实施，即使没有影响到，考虑到宋先生

啄木鸟·红色侦探系列

这班党国特工人员今后的安全，事情办完后也应该解决掉的。宋先生请放心，明天这个时候，"一跤头"肯定已经无法开口吐露什么情况了。

尽管对方这样说，宋斯义还是颇为担心：万一共产党方面抢先动手逮捕"一跤头"呢？

五、摔跤名家中招儿

8月31日上午，专案组按照预定计划开始调查"一跤头"关易笙。这天，组长焦允俊有点儿不适。昨天晚上天气闷热，他在宿舍休息时觉得难以忍受，就扯了张草席去花园里的一块大石头上面睡。那倒是凉快了，可晨起却觉得腹痛，然后就一趟趟跑厕所。副组长郝真儒瞧他这种状态，说老焦看来你没法儿外出调查了，你那摊活儿我干吧，你去医院看看。焦允俊无法儿可想，只好点头，不过医院他不去，说那咱俩就暂时换换岗，你外我内就是。

郝真儒带了两个侦查员前往关易笙居住地所在的榆林分局了解情况。跟分局主管治安的副局长衣圣道说明来意，衣圣道说"一跤头"我知道，治安股正要找他哩。他那修车铺一个姓沈的伙计，据说是他的徒弟，跟人打架把人家的脚骨弄断了。人昨晚已经抓进来了，可他说没钱给伤者看病。姓沈的是外地人，在上海没有家眷，那我们就只好找他干活儿的地方说话了，好歹先让他把治伤的钱拿出来。郝真儒听着心里一动，说要不你让人把他叫到分局来，我先跟他谈谈？

半小时后，关易笙出现在郝真儒和侦查员张宝贤、谭弦面前。这人身高架大，满脸横肉，站在面前，举凡"铁塔"、"虎背熊腰"、"彪形大汉"之类的词汇就会在人脑子里闪过。郝真儒对他很客气，示意助手递去香烟，又给他倒了一杯开水，称其"老关"，说找你来是说说你那伙计把人打伤的事儿。关易笙说这件事我已经听说了，小沈确实是我那修车铺的伙计，也跟我学过摔跤，既然他出了这种事儿，政府要我承担什么责任我就承担什么责任。只是小沈才十七岁，人小不懂事，如果政府能够对他网开一面宽大处理，那我姓关的感激不尽！说着，就站起来给郝真儒鞠躬。

郝真儒赶忙拦住："老关你这个态度对解决这件事肯定有帮助。不过，听说小沈这个祸闯得不轻，光医药费就得花不少，你承担得起吗？"

关易笙说："我的积蓄不够的话，可以向朋友借，再不行，哪怕把修车铺卖了也要赔偿人家的医药费。"

郝真儒不动声色："修车铺可不能卖，那是你赖以谋生的根本。听说老关你有一辆不错的摩托车，实在不行那倒是可以用来救急的。"一边说着，一边关注着对方的反应。

关易笙一怔："摩托车？这……"突然，他的身子稍稍一歪，随即下意识地伸手去找支撑点。可他坐的那把椅子是没有扶手的，周围也是空空荡荡，一手扶空，身体顿时失去重心。三个侦查员见状不对上前搀扶，三双手还没触及，关易笙巨大的身躯就连同椅子一起轰然倒地，翻着白眼，口吐白沫，陷入昏迷。

侦查员当即打电话叫救护车，把关易笙送至北四川路上的公济医院。那原是由租界创办的专为居沪外籍人员提供医疗服务的老字号医院，抗战胜利后方才向华人开放。上海解放伊始，医院里还有一些外籍医生，其技术力量在上海滩名列前茅。其时，公济医院已由上海市军管会接管，成为一家由市卫生局直接领导的市级医院（后来易名为"上海市第一人民医院"）。

由于关易笙可能涉及华东局社会部正在查办的要案，所以受到了特别关照。短短半个小时内，公济医院已接到来自市卫生局、市公安局和华东军政委员会卫生部等方面的电话，都是让"不惜代价，全力抢救"；同时，上海市区其他一流医院的各科专家接到有关方面的指令，也纷纷赶到公济医院参与会诊。

关易笙依旧昏迷不醒，血压较低，心跳缓慢，呼吸微弱。参与抢救的那些专家级医生一致认为，其上述症状并非本身疾病引发，而是中毒。血液和胃脏提取液的化验结果很快就出来了，证实了专家们的上述推断。医疗专家组的初步意见是：患者的饮食中被掺入了某种目前尚无法确认的化学毒物，毒素被消化系统吸收后进入血液，对神经产生麻痹作用，直接影响患者的心脏功能，如不能对症救治，患者可能会因心率衰竭死亡。

专案组长焦允俊闻讯，什么腹痛腹泻竟然全都烟消云散，立刻赶到公济医院。与郝真儒会合后刚问了问情况，领导的电话就跟过来了，指示专案组暂时驻守医院，代表华东局社会部与医院方面沟通，务必把患者抢救过来。抗战胜利后公济医院被国民党政府接收，作为"国有医院"使用，上海解放后，医院由中共政权接管，也宣布为公有医院，所以，公济医院的最高权力集中在军管小组手里。焦允俊拉上郝真儒一起去跟军管小组组长老薛说明来意，老薛自是保证全力抢救，尽快让患者恢复到可以接受询问的程度。

一班专家一直抢救到午夜过后，关易笙的状况虽没有继续恶化，但也没看到好转的迹象。焦允俊听老薛说了抢救情况，皱了一下眉头："西医不行那就请中医来看吧，中医不是也有急救药材吗？什么野山参、羚羊角、犀牛角、安宫牛黄丸，不都是可以用的吗？听说名中医还能起死回生哩！"

郝真儒知道焦允俊是真着急了，有点儿病急乱投医，叫了声"老焦"意欲阻止他继续乱说，没想到老薛却说，医院已经给沪上几位著名中医打电话了，他们马上就赶来。

可是，闻讯而至的三位名中医给关易笙搭过脉，也是纷纷摇头，说中药可以试试，但估计并无效果。果然，试着灌了中药后，关易笙仍然昏迷不醒。

这当然就是尤丽娅对"老六"宋斯义所说的封口之举了。专案组事先并未掌握情报，根本无法预防，否则，昨晚就把关易笙抓起来关进看守所了。当然，这会儿焦允俊、郝真儒等人都已经明白"一跤头"是着了敌特方面的道儿了。一干侦查员都在医院里等着，眼看关易笙一时半会儿醒不过来，焦允俊寻思闲着也是闲着，提议找个地方讨论案情。于是请老薛给安排一间办公室，留下一名侦查员在场等消息，其余六人都去开会。

郝真儒的心情很沉重，说如果一上来就把话题扯到那辆摩托车上，没准儿就能从药性尚未发作的"一跤头"嘴里套出线索了。焦允俊说老郝你不必自责，这不是你的错。沙懋麟也在一边劝慰，说现在后悔也没用，再说，讯问路数都是这样，尤其是对付"一跤头"这样的角色，你要是直来直去，说不定会引起他的抵触情绪，他一样什么都不会告诉我们，照样准点儿昏迷倒地。

这样一说，郝真儒的心情总算好了一点儿，接着，话题就转到了案情上。既然医生初步判定关的症状是中毒所致，那看来多半是敌特方面的灭口之举，同时也说明专案组的调查思路没错，否则敌特不可能这样迫不及待地对付关易笙。目前关易笙的情况很不乐观，万一他再也醒不过来了，下一步该怎么走？

这个问题一提出来，众人都是一片沉默。半晌，焦允俊开腔了："我的意见是要搞清楚几件事情，一是那辆摩托车是怎么到了敌特手里的？二是对方是怎么发现被我们跟踪的，最初我们不是判断他们并未发现已经被跟踪了吗？三是敌特是如何对关易笙下手的，是在向他借摩托车时就已经下了毒呢，还是发现被跟踪后，为防止我们通过关易笙这条线索顺藤摸瓜才决定灭口的？最后还有一件事……"说到这儿，焦允俊停住了话头儿，扫视众人一圈，最后把目光落在郝真儒身上，"应当向领导提出请求，把那个记载着重要情报的本子拿给专案组，最好是原件，再不济也得是照片。"

此言一出，举座皆惊。郝真儒迅速回过神来："老焦，这是违反保密规定的。你也知道，专案组除了你之外，大家连'本子'两字都不提的。案子要破，保密纪律也要遵守，这点是无论如何不能动摇的。"

焦允俊表面上大大咧咧，心眼却是玲珑剔透，他既然亮出观点，那就一定是经过深思熟虑的，随即就说出了他的理由："保密纪律固然应该严格遵守，但那是为了革命工作。眼下我们的工作就是要把窃取秘密情报的敌特分子捉拿归案……老郝你别皱眉头，我说的有道理吗？可是，我们并不知道本子上记载的是什么内容，"说到这里，他朝郝真儒瞥了一眼，因为其实他和老郝是知道一点儿的，"这就给我们制造了一个难题。如果绕不过去，白白耗费时间，到头来没有路走，我想上级还是会把那个本子拿给我们的。可这样一来，我等弟兄白辛苦一场不要紧，问题是在我们白辛苦的时候，敌特方面一旦没有白辛苦，而是招招着肉，那这个祸就闯大了！我们之所以要看那个本子，是想根据本子上的信息发现线索，开辟另一条侦查途径，那可能就是一条捷径，可以迅速破获这起案件也说不定啊！"

再次冷场。屋子里一片寂静，静得可以清晰地听见外面马路上有轨电车驶过时的"当当"声。稍停，有人开腔了，这个人竟是向来一天也说不了几句话的孙慎言："说得很有道理，我赞同！"

接着，侦查员张宝贤、谭弦也表示赞同。沙懋麟也开口了，他却是持反对意见，说一切都应该听领导的。焦允俊看着郝真儒："老郝，你老兄的高见呢？"

"我和老沙一样，持否定意见。要不，先休息一下怎么样？"说着，郝真儒朝焦允俊眨了眨眼。

焦允俊领会了他的意思——开个临时支委会研究一下。专案组七名侦查员中有六名是中共党员，三人是党支部成员——郝真儒、焦允俊和此刻正在抢救室外等候消息的支富德。焦允俊让张宝贤去把支富德调换下来，三人凑在一起研究此事。支富德听了情况介绍，表示同意焦允俊的观点。焦允俊在记录上签名时，说老郝你可以写上保留意见，向上级汇报的时候由我出面，毕竟我是专案组长。郝真儒说别以为我害怕领导批评，还是我去汇报吧，放心，既然是支部的决定，我会无条件执行，尽全力争取领导的支持。

当天下午一时多，专案组接到上级批复：同意建议，即指派机要员送至。

六、两个嫌疑人

这是一个绛红色漆布封面的本子，有点儿像后来文具店出售的被称为"硬面抄"的那种笔记本。揭开封面，扉页上用红色油墨印着枪炮图案，下面是"1937—1945"，看来是抗战胜利那年印制的。整个本子除了后面几页画了草图、写了些英文单词和阿拉伯数字，前面六十多页都是空白。

焦允俊、郝真儒轮流翻阅后面几页的内容，草图是用铅笔勾画的，笔法比较老练，线条直是直、弧是弧，一笔到底，绝无拖泥带水的痕迹，一看便知作者受过美术或者制图方面的训练。焦允俊曾经接受过这种训练，知道那是搞秘密情报的基本功。郝真儒虽然没有接受过类似训练，不过他见多识广，所以也略知一二。问题是，这草图描摹的是什么东西呢？焦允俊思忖片刻，说这多半是造船厂的船台图吧？

郝真儒顿时恍然：对啊！领导交代任务时不是对他们两个透露过，敌特方面正在刺探我方研制新型舰艇的情况吗？

焦允俊忽然想起在场众人中有一个懂行的，就把本子递给谭弦："小谭，你是交大出身，看看是船台图吗？"

谭弦接过来看了看："没错。"

这时，华东局社会部的机要通讯员第二次驱车赶到，面交专案组长一份用火漆封口的绝密件，要求焦允俊当面检视封口完好后签收。焦允俊随即拆封，看过后递给郝真儒："老郝，你看一下，要不顺便给大伙儿念一念？"

这是一封落款没有署名、日期的手写说明文字，从字迹看，写得有些匆忙，不过勉强还认得清楚。郝真儒当下就把其内容当众宣读了：这是领导对那个本子上内容的说明，图纸是江南造船厂第三船台的平面草图，英文和阿拉伯数字是对该船台的描述。该船台因研制新型军舰的需要，已着手进行改造。现场早在一周前就已封闭，除了规定可以进入现场的中苏专家和参与该项目具体工作的技术人员，其他人，甚至包括接管江南造船厂的军管人员也不得擅入。可令人吃惊的是，第三船台的改造状况竟然上了敌特分子的本子！因此，专案组的任务就是追查泄密渠道、阻止敌特刺探以及抓获涉案犯罪分子。上级再次强调，要求迅即破案，人力物力财力等方面有困难，领导会尽力协调解决。

如此，整个专案组都明白面临任务的艰巨性了，接下来讨论侦查步骤和分工时，也就不多费口舌了，全组分为两路，一路由焦允俊率领沙懋麟、谭弦去江南造船厂，负责调查三号船台改造工程是如何泄密的；

另一路由郝真儒主持，率领孙慎言、张宝贤循着关易笙中毒之前的活动轨迹进行调查，摸清他是被何人下的毒，指望顺藤摸瓜把敌特组织挖出来。支富德不安排外勤工作，留守专案组负责协调、处置突发情况和整理卷宗材料。公济医院这边对昏迷不醒的"一跤头"关易笙的监护使命，交由上海市公安局临时派来的三名政保侦查员负责。不过，他们只负责监护，如果关易笙醒来，讯问工作还是必须由专案组进行，这是领导特别交代的。

9月1日，焦允俊、沙懋麟、谭弦三人以上海市人民政府生产安全领导小组巡视员的名义进驻江南造船厂。侦查员来到代号"101项目"的工程指挥部，问了办公室主任，被告知两位主要领导亦即指挥长和政委都不在，让等候片刻。一会儿，指挥长纪莘臻从厂部开会回来，看了介绍信和证件，问明焦允俊三人的身份和使命，把三人让进他的办公室，介绍了这个项目的基本情况。

先说指挥部成员，老红军出身的老纪是从北京海军总部派来主持这个项目的，是指挥部的主要领导之一，另外还有华东海军指派的聂政委，以及负责技术、后勤、外事等的几名成员，那都是上海方面指派的，其中有江南造船厂的一位高级工程师。指挥部另设顾问组，那是清一色的苏联专家，一共有五人；另有翻译、警卫和其他公务人员。纪莘臻说按照分工，保卫工作是由聂政委主管的，但聂政委今天去市里参加一个会议了，暂由自己出面接待，以后侦查员有事情需要沟通的话，可直接跟聂政委说。

然后再说"101项目"，这是重要机密，但上级已经指示可以让专案组方面知道，以便顺利开展工作。焦允俊马上说："首长，这方面您说得越简单越好！"

纪指挥长果然把情况说得简而又简：中共中央军委为解放东南沿海

包括台湾岛在内的所有岛屿，决定尽快发展海军舰艇。鉴于技术力量不足，希望苏联方面给予支持。双方经过谈判，决定先上马鱼雷快艇这个项目。为此，苏联派遣了一个由机械、电气、军火等方面专家组成的技术援助小组，携带全套新型鱼雷快艇图纸前来上海予以技术指导。中央军委的要求是，应在半年内造出第一艘新型鱼雷快艇并通过验收，争取在1950年底前组建一个鱼雷快艇大队。

说到这儿，朝门口方向坐着的纪莘臻忽然站起身："哎，老聂回来了!"

"101项目"工程指挥部政委聂安绪是个性格冷峻的干部，不像纪指挥长那样风风火火，他用审慎的眼光看着侦查员，对纪莘臻在一旁的介绍似乎充耳不闻。焦允俊机灵，马上拿出介绍信、证件让他审核，面上谦恭，心里却不以为然：看这副防备架势，应该把保卫工作抓得滴水不漏才是，怎么刚开始弄个船台还没正式造快艇就让敌特给盯上了?

听焦允俊说明来意，聂政委问："需要我们提供什么样的协助?"

"我们想去三号船台实地看看。"

聂政委随即唤来一个虽然穿着便衣但一看便知是军人身份的青年，介绍说这是保卫干事小钱，让他负责陪同。焦允俊三人拿了由指挥长签发的临时通行证，随小钱前往三号船台。该船台是禁区，戒备森严，经过两道明岗一道暗哨方才得以入内。看着忙忙碌碌的工人，焦允俊悄声问小钱："这些师傅都是哪个部门审查的?"

小钱说先是由船厂军管组审查后向指挥部推荐，指挥部再进行第二次审查——包括技术和政治方面。政审非常严格，除了复核厂保卫部门已经审查过的内容，还得由居委会、派出所、分局出具证明，这些证明还被随机实地抽查，证实无误方才通过。技术方面，每个人都经过有苏联专家在场的现场技术考核，各类工种的技术标准都须达到苏联标准的五级以上（当时中国尚未颁布技工标准）方可通过。被批准参加"101项目"施工的工人，薪饷提高百分之五十，伙食由单位免费提供；厂里每隔五天还向各人的家属发送大米、食油和咸鱼、咸肉等副食品。每个师傅都签了保密协议，规定施工期间不能回家，也不能跟外界通电话通信，更不能会见其他人——包括同厂工友，他们住的集体宿舍都是有解放军警卫的。

接着，三个侦查员查看了船台，发现跟本子上的草图吻合。请小钱拿来绳索和卷尺，丈量了船台的一些数据，也与本子上用英文和阿拉伯数字记载的内容相符。仓库附近有一座独立的平房，内外有两间，曾经用来存放过机油，现在空着，侦查员暂时借用作为办公室。

焦允俊说："咱们在这儿歇一会儿，顺便聊聊各自的见解吧。实地查看了一番，加上小谭说的那些造船方面的知识，现在我已经明白了那个本子上的草图对于敌特方面的意义——船厂的船台就是制造船舶的车间，其面积大小与要在船台上制造的船只的大小、重量都有密切关系，如果船台达不到要求，那就不能在上面制造特定的船只。江南造船厂现有的几个船台，空着的只有三号，这次接受试制鱼雷快艇的特别任务，该船台原有的条件难以胜任，其他船台中虽有合适的，却无法迅速腾出来，船厂方面只得对三号船台进行改造，不论从时间上还是经济上，这都是最为划算的办法。而敌特方面根据收集到的情报，设法对三号船台的改造情况进行了成功刺探，他们获得的数据如果送到台湾，敌方就可以据此推算我们试制的鱼雷快艇的基本情况。小谭，你是内行，我的理解对不对？"

谭弦参加革命前系上海交通大学船舶专业的在读学生，因积极参加进步活动上了国民党的黑名单，组织上紧急通知他撤离上海前往解放区。他学了两年多的专业知识，尽管没进船厂实习过，可对这方面的了解肯定比一般人多。听了焦允俊的分析，他点头表示赞同。

三人接着往下分析，那个本子上的草图与数据跟三号船台现场的情况完全符合，必定出自熟悉现场的内行人之手。向敌特方面提供这份情报的人，显然持有通行证，可以出入三号船台。聊到这里，三位侦查员都觉得底气正在上涨——既然如此，只要在持有三号船台通行证的人中进行查摸，那就一定能查个水落石出。沙懋麟和谭弦很是兴奋，说那就立刻行动，这个调查范围不算大，应该不太费事。焦允俊说是得赶快下手，否则，只怕前债未清后债又要背上了。

这话是什么意思？焦允俊见沙懋麟、谭弦用不解的目光看着自己，便解释说："我以前做过秘密情报工作，不止一次化装刺探过敌人的炮兵阵地、军火仓库、秘密据点什么的，反正都是头痛的活儿。根据我的经验，敌特方面需要的肯定是新型鱼雷快艇的全部技术资料，而那个本子上记下的仅仅是三号船台的数据，不过皮毛而已。我们这边憋着一股劲儿要把案子侦破，他们那边肯定也正憋着一股劲儿要继续窃取资料。我们如果不抓紧行动，等敌特那边得手，那可就闯大祸了！"

后来的事实证明，焦允俊的这个估断完全准确。

那就赶紧行动吧。焦允俊马上向聂政委通报了调查思路。聂政委面上虽然显得"冷"，但对专案组的工作是全力支持的，用他的话来说，"你们这是在替我们指挥部干活儿嘛"，立刻提供了船台通行证持有者的名单。名单上一共有八十二人，侦查员先把发现本子那天以后获得通行证的四个名字圈掉，又把纪莘臻、聂安绪、小钱等工程指挥部成员择出来，剩下的那五十名工人师傅就是需要逐个审查的对象了。

前面说过，之前这些工人已经过船厂和工程指挥部的两轮审查，专案组先看了他们的材料，当然不可能发现什么问题，否则前面早就发现了。往下怎么调查？焦允俊自有主张。他采取的策略叫"舍近求远"，即不在"101项目"内部查摸，而是到工程范围之外的船厂其他部门、车间去调查。从9月1日到3日，他和沙懋麟、谭弦分别接触了一百七十三人，都是与"101项目"目前的施工有关的各部门员工。对于纪莘臻、聂安绪两位首长来说，侦查员的这种工作方法简直不可思议，互相嘀咕"不知在捣什么鬼"。可是，这种"捣鬼"竟然捣出了名堂。

9月3日下午，焦允俊向聂政委提出，立刻把正在干活儿的两个工人许鼎、王清水唤下船台，隔离审查。聂政委不知侦查员是怎么怀疑到许、王两人身上的，觉得不解，但又不便问，按照上级交代的纪律，只有密切配合的份儿。那么，许鼎、王清水二位有什么可疑之处呢？

先说许鼎，这是一个二十六岁的小伙子，浦东地区川沙县人，祖上三代都是做泥水匠的，到他已经是第四代了。旧时通常这种家庭出身的男丁，基本上只有一条路可走，那就是子承父业，跟着老爸学手艺，许鼎也不例外。七岁时，许家举家搬进市区，住在南市大境阁，当时家境还可以，家里就让他上了小学。上到四年级，爷爷病亡，临终前留下遗言，读书没用，还是让孙子学手艺。于是，许鼎的正规学业就结束了，从此跟着老爸干活儿。他倒不似爷爷、父亲那么死心眼，只知跟着上一辈挥泥刀。许鼎心眼活，话虽不多，遇事却喜欢琢磨，平日偷偷留意经常一起干活儿的那些木匠，数年后，竟然又学会了粗细木工两门技艺（旧时江南地区把木工活儿分为建筑和家具两种，称为"粗"、"细"木匠）。如此，到二十岁那年，许鼎就进了江南造船厂（当时正值上海沦陷，江南造船厂被日本侵略军改名为"三菱重工业株式会社江南造船所"），一直干到现在。

这次挑选"101项目"施工人员时，由于许鼎以前干的一直是修造和保养船台的活儿，而且无论是日本监工、国民党厂方还是如今的船厂军管组，都一致认为小伙子活儿干得不错，手艺拿得出，工作态度也好——干活儿再累，也从来不发牢骚；受到训斥，哪怕是错训了他，也没有一点儿火气，厂方就向"101项目"筹建组推荐了他。两轮政审进行下来，没有发现什么问题，就正式录用了。这次专案组逐个查阅参加施工的那五十名工人的材料时，许鼎通过得也很顺利。可是，接下来对非"101项目"施工人员进行查摸时，侦查员却发现了一个情况。

这个情况说大也不大，却有传递情报的嫌疑。仓库会计老林向侦查员反映，8月22日下午三时左右，许鼎到仓库来领刮板。按照规定，领取工具或者零件材料等，必须核对由仓库管理员在领料登记册上填写的物品名称、数量和用途，无误后签名方可领走。如果有人领的东西多，十几样甚至几十样，核对的时间就比较长，后面的领料人就必须排队等候。那天，许鼎遇到的就是这种情况，他只领两块刮板，可前面那个其他车间的电焊工却是推着小车来的，显见得领的东西比较多。

发货员知道许鼎是"101项目"的，也清楚工程时间较紧，就对电焊工说是不是让后面那位先办理了，他就是两块刮板，签个名字就行。可是那位不肯，说你们不是有规定张贴在那里的吗？谁也不能插档。

自始至终，许鼎没有说一个字，脸上神情依旧，一直保持着那份得体的微笑。老林与他隔着十多米，远远看着这一幕，觉得这小伙子脾气很好。这时候，许鼎忽然离开那个位置，朝对面窗口走去。老林一怔，暗忖他去对面窗口干什么？那里又不是生产材料窗口，即便人家同意给你插档，也办不了领料手续呀！

在所有工厂的仓库中，若要说储存物品的品种之多，造船厂该是名列第一。客户定制的船舶，就是一个集机器运转、交通运输、船员生活于一体的水上活动区域，按照国际规定，一艘新船出厂时，船上的所有生产、生活用品都必须配备齐全。这些物品，都是由船厂仓库提供的。不难想象船厂仓库储存的各类物品的齐全程度，仅就生活方面而言，只要寻常人家需要的，仓库里都能领到。此刻许鼎走过去的窗口，就是专门提供生活类物资的。

来到窗口跟前，他和里面的姑娘打了个招呼，说了句什么，突然转头留意是否有人注意自己。老林看在眼里，更是不解，还没想明白他这是要干什么，忽见许鼎迅速从工装裤袋里掏出一件东西递给那个姑娘。据老林回忆，那东西看上去好像是比巴掌还小些许的纸条。

这个情况引起了侦查员的警惕，明明有规定，参加"101项目"施工的所有人员不准跟外界通电话、通消息，这个许鼎怎么敢违反规定传递纸条呢？因此，专案组要对许鼎隔离审查。那么，另一个被隔离审查的对象钣金工王清水又是怎么个情况呢？

王清水又名王伯威，祖籍浙江宁波，1912年出生于上海，其父原是外国轮船上的轮机匠，后来开了一家制作兼出售船舶用品的作坊式商行。王清水上过六年教会小学，毕业后跟着父亲干活儿兼做买卖。当时商行里有一个姓邢的老头儿，原是沪上有名的钣金工，后来因为年纪大了，干不动本行，就投到老王的商行里干点儿杂活儿。少年王清水跟邢老头儿有缘，两人整天在一起，要么干活儿，要么聊天，就这样学会了钣金工技艺。二十二岁那年，江南造船厂向社会招收技工，王清水去应聘，当场被录用。

这次搞"101项目"，以王清水的技术水平，自然会被厂方推荐。两轮政审下来，也是顺利通过，材料中的鉴定结论是："历史清白，从未参加过任何政党、帮会，也未有过刑事犯罪记录。"

专案组对参加施工的五十名工人进行再次审查时，去了王清水家所在的管段派出所。人家说江南造船厂和军方都已经来调查过了，没发现有什么问题。侦查员说我们是按章办事，口说无凭，麻烦你把户籍档案给我们过目，如果确认前面两轮调查与本次调查的情况一致，那就请给我们出具一份证明。派出所民警很忙，但还是按照侦查员的要求做了。

原以为对于王清水的调查已经结束了，哪知次日侦查员忽然接到派出所长的电话，说分局转来一封匿名检举信，举报王清水系"军统"特务，说得有鼻子有眼——1941 年参加"军统"地下组织，负责收集已被日寇接收的江南造船厂修造军用舰艇的情报，按月领取活动经费，多次因工作出色获得奖励。抗战胜利后，由"军统"改组的"国防部保密局"继续利用王清水，命其收集中共地下党在江南造船所的活动情况，王亦劬力施行，圆满完成一应使命，云云。

许鼎、王清水被隔离后，侦查员分别对他们进行了讯问，两人都矢口否认自己有什么问题。两个小时审下来，毫无进展。焦允俊提议改变方式，先从外围调查，取得更多的证据后再跟那二位进行面对面的交锋。

于是，仓库发放生活用品窗口的那个姑娘凌艳萍下班正准备离开时，被仓库领导唤住。跟着，不知从哪里闪出两个人来，小凌定睛一看，其中一个她认识，乃是厂保卫处的保卫干部老刘，另一个不用说也是保卫处的人了。姑娘感到不解，正要发问，老刘说小凌你什么都别问，乖乖跟着我们走就是了。他们把凌艳萍带到保卫处的一间办公室，里面，焦允俊、沙懋麟两人已经等着她了。小凌扯住正要离开的老刘的衣角，说老刘你告诉我，这是怎么回事？

老刘跟凌艳萍的父亲扯得上点儿关系。他是地下党员，而介绍他入党的正是小凌的父亲凌岩。凌岩在抗战胜利前一年奉命绕道浦东渡海去四明山抗日根据地执行任务途中失踪，一直到上海解放也未能查明原因。根据当时的规定，在未查明老凌失踪的原因前，其身份就不能定性，其家属也不能受到什么优待。老刘得知凌家生活困难，遂写信向组织上反映，凌艳萍这才被江南造船厂破例招收，当了一名仓库管理员。

老刘没想到，姑娘这次扯上了"101项目"这道高压线，别说他小小一个保卫干部了，就是保卫处长乃至军代表只怕也爱莫能助。此刻小凌问他，他只好告诫姑娘："好好配合组织调查，问什么如实说什么！"

凌艳萍意识到自己摊上了一桩很严重的事儿，她从来没有过被人秋风黑脸逼问的经历，当下战战兢兢回答问题。很快，侦查员就查明了许鼎之所以违规跟凌艳萍"鬼鬼祟祟"接触是怎么回事。简言之，小伙子正追求姑娘，交往时间不长，小伙子就被抽调去了"101项目"。这样一来，两人的联系就断了。正犯愁间，那天忽见许鼎来仓库领料时朝自己频使眼色，马上会意，就有了老林目睹的那一幕。

侦查员谭弦在老刘等人的配合下，对凌艳萍的办公室进行了检查，找到了那封情书。许鼎的疑点被排除，小伙子交由厂方处理，写了份检查，被取消了为"101项目"效劳的资格。

处理完此事，已是傍晚七时许，三位侦查员去船厂食堂吃晚饭。事后，焦允俊颇为后悔，如果他不是先去吃饭，而是去看一下另一嫌疑人王清水的情况，接下来的事情很可能就不会发生——被隔离审查的王清水不知怎么，竟然从看守人员的眼皮底下逃出隔离室，然后被人从铸造车间的烟囱顶上推下来。从高高的烟囱上摔下来断无活命之说，可凶手还不放心，跟着又扔下一段槽钢，把已经摔死的王清水砸了个血肉模糊！

七、自杀还是他杀

之前，王清水被隔离在船厂划给"101项目"指挥部使用的一幢独立小楼内，焦允俊请工程指挥部保卫科安排了专人看守。负责看守王清水的是两个年轻保卫干事小李、小汪。聂政委事先关照过保卫科长，这是协助专案组开展工作，须听从焦允俊组长的命令，让干什么就干什么，对被隔离人员只是看守，不能交谈，因此，小李和小汪就只是牢牢盯着待在二楼东头小会议室里的王清水，不敢与其接触，甚至连话也不敢跟他说。

到了晚饭时间，小李让小汪去食堂吃饭，然后带两份饭菜回来，一份是他的，另一份是给王清水准备的。小汪离开后，小李继续盯着王清水，不敢松懈。一会儿，奉命配合侦查员搜查凌艳萍办公室的另一位保卫干事小钱完成使命返回小楼，他和小汪同一宿舍，恰巧今天忘带钥匙了，想借用小汪的，便去了东头的小会议室。

按规定，小钱是不能进入隔离王清水的场所的，他只好在门外朝小李招手，问小汪去了哪里。小李来到门口告诉小钱，说小汪去食堂了，又问你那边的事儿结束啦？我们这边看来一时三刻还完不了，今晚熬夜那是肯定的，只能明天白天找机会冲盹儿了。聊了几句，小钱饥肠辘辘，寻思与其在这里等着小汪，倒不如先去食堂填肚子，遇到小汪正好向他拿钥匙，于是告辞而去。

两人就在小会议室门口待了最多两分钟时间，当小李返身走进屋里时，会议室内已没了王清水的身影！窗户大开，显见得这家伙是爬到窗外顺着落水管开溜的。

焦允俊闻报，急得差点儿跳脚，后悔不该三人一起去食堂，如果留下一人看守嫌疑人那就好了。可现在马后炮也来不及了，他立刻和聂政委商量对策，片刻后，"101项目"工程指挥部通过江南造船厂军管组下达命令，立刻封锁全厂所有进出通道，发动全厂所有在班人员在整个厂区搜寻王清水的踪迹。

行动刚刚开始，王清水就有消息了——

三个下班后还没离开铸造车间的工人听到广播，立刻返回，准备接受领导的安排参加搜寻。走到车间西侧大门口那个二十来米高的烟囱下面时，空中一声异响，抬头看去，只见一件黑乎乎的物体凌空而降，急速朝他们砸来，吓得他们"妈呀"一声四下逃散。人刚离开，王清水已经砸落到地面上，紧跟着一截三米长的槽钢落下来，正砸在王清水上半截身躯上，其惨状可想而知。

接到专案组报告，市局迅速指派法医前往现场。由于烟囱顶部面积狭窄，焦允俊三人是轮流爬上去勘查的，张、孔两位法医也是一样，其中那位孔法医可能有恐高症，下来时脚骨发软，脸色煞白。当时还没有恐高症之类的说法，因此焦允俊甚至还有点儿看不起这位老兄的念头。不过一会儿之后，他就不得不对此公另眼看待了，这位毕业于上海圣约翰大学医学院而且在公共租界巡捕房接受过洋专家数年技术指导的中年法医提出的观点，使专案组在侦查工作中少走了若干弯路，节省了许多时间。

分析死亡原因时，张法医认为王清水系高空坠亡。同时坠落的那根三米长的槽钢并非致死原因，因为王清水在落地的第一时间就已经死了，槽钢不过是对尸体造成了严重破坏。至于王清水是自己从烟囱上跳下来的，还是被人推下来的，暂时无法判断。不过，张法医的观点倾向于他杀，理由就是那根槽钢，这至少说明王清水从烟囱上跳下来的时候，还有一个人在场。

三位侦查员都认为张法医的观点有道理。他们都上烟囱勘查过，知道厂方正准备对烟囱进行检修，已经在四周用毛竹搭起了脚手架。王清水攀爬上去前一个多小时，几个施工人员刚刚从上面下来，现场痕迹凌乱，侦查员勘查现场时连王清水的足迹也没能发现，更别提指纹了。要说支撑这个观点的依据，就只有那根槽钢了。这根沉重的槽钢是怎么出现在烟囱顶部的呢？问了施工人员，得知是因施工需要用神仙葫芦（即倒链）吊上去的。

焦允俊一边听别人发言，一边随手画了一张现场示意图。这一画，忽然发现有一点不好理解：如果说是凶手把王清水骗或者劫持到现场的，那么凶手杀人之后是怎么从烟囱上下来的，又是怎么逃离铸造车间的？

从时间上推算，自烟囱顶部沿着铁制简易梯子下到地面，最快也得两三分钟。而王清水坠落后，整个儿铸造车间为之轰动，几十名夜班工人都跑到现场看热闹，简易梯子周边也围着不少人，直到保卫科人员和侦查员赶到现场，经过好一阵劝说方才离开。也就是说，凶手是不可能在人们赶到现场前从简易梯子逃离的。那么，凶手去哪儿了？躲在脚手架上？侦查员和法医分别上下过几个来回，每层脚手架都一览无余，根本藏不住人。要不，是躲到烟囱里面去了？也说不通。根据当时的情况，凶手只能从顶部进入烟囱内部，那里面有可以落脚的位置吗？

焦允俊把自己的想法说了说，沙懋麟、谭弦和两个法医都认为不能排除这种可能性。于是，焦允俊和谭弦带上大号强光手电，再次上到烟囱顶部反复查看，烟囱内壁供人立足以及施工时搁置木板的那几处凸出的砖头表面都是黑灰重重，没有被踩过的痕迹。

这就奇怪了，如果是他杀，凶手下手之后是怎么逃离的呢？几个人议了一阵，依旧不得要领。焦允俊思索片刻："看来，我们只好换一个角度了——王清水并非死于他杀，而是自杀。大家看这方面是否有依据？"说着，目光扫视众人。众人皆不语，可焦允俊却突然发现之前曾被自己在心里偷偷哂笑过的孔法医有些欲言又止的样子，便朝他点点头，"孔法医您说说看吧。"

以孔法医之前的人生经历，在解放后属于有"历史污点"的一类，他有自知之明，凡是出风头争功劳的事儿一概不沾，免得遭人非议。当然，在那个年代的政治大气候下，他无论怎样小心都是无法自保的，在后来"反右"时被定为右派分子，押解安徽白茅岭劳改农场，最后饿死于被称为"三年自然灾害"的年代。本案发生时，离孔法医罹难还有十来个年头儿。

被焦允俊这么一点名，孔法医就不得不说几句了。他的观点是，王清水的所谓"跳烟囱"，实际上是"跳脚手架"——整个儿烟囱已经被毛竹脚手架围住，只能站在脚手架上往下跳。可是，扎脚手架的毛竹有长有短，长的那些参差不齐地伸到脚手架外，如果往下跳时被伸出的毛竹挡一下，甚至被不同高度的毛竹挡几下，是否死得了就很难说，若是弄个半死不活，那接下来的处境肯定是生不如死了。

但王清水心意已决，为了万无一失一步迈进阎王殿，他就动了脑筋——把那根槽钢卡在脚手架上，人站在槽钢上面，先助跑再往下跳，以确保坠落时不受伸出的毛竹阻挡。正是由于这个助跑的动作，本就卡得不太稳的槽钢吃不住劲儿，在王清水的猛力蹬踏下松脱，也跟着掉了下来。

焦允俊对孔法医的这个观点大为赞赏，连称"言之有理"。三位侦查员再次爬到烟囱顶部查看，果然发现顶部脚手架外侧的毛竹上有明显的被硬物磨损的痕迹。

这时已是9月4日凌晨两点。对于焦允俊等三位侦查员来说，这件事虽然查清楚了，却是乐不起来，甚至连轻松一下的感觉也没有。嫌疑对象王清水在隔离审查期间自杀身亡，不但线索就此断了，侦查员可能也需要承担一定的责任。不过，焦允俊这会儿考虑的倒不是责任问题——他根本来不及考虑。现在需要查明的是，王清水究竟是不是向敌特方面透露三号船台秘密的人。

第二天一早，三位侦查员碰了一下，决定先查王清水的社会关系，

啄木鸟·红色侦探系列

以查船厂为主，因为分局转来的那封匿名举报信中说，王清水的特务活动主要是上海解放前在江南造船所进行的。这个调查需要得到江南造船厂方面的支持，马上跟军管组联系，对方自是表示会全力配合。焦允俊对怎样开展调查已经作过考虑，当下就请保卫处的同志提供王清水进入江南造船所工作以来待过的车间、工段、班组情况以及与其关系特别密切的工友等，为抢时间，材料不必详细，点到就行。

这对于保卫处来说简直易如反掌，很快就派人送来了上述材料，来的那两个年轻人就是看守王清水的小李和小汪。他们说保卫处让他们前来听候侦查员的使唤，让干什么就干什么，保证干好，小李还低声添了一句，说再也不会发生隔离对象逃脱的事故了。

三位侦查员轮流看了材料，发现王清水在刚进船厂一直到抗战胜利的那三年里，并无关系特别好的工友，只是跟彭松林、毕志龙等四五个青工有些交往。抗战胜利后，彭松林进造船厂厂情股当了股长，跟王清水走得就比较勤了。侦查员对此产生了兴趣。焦允俊长期从事情报工作，对寻常人可能感到陌生的"厂情股"之类的组织了如指掌，知道那是国民党上海市政府社会局下令让各大工厂组建的外围特务组织，专门收集本厂员工的情报。王清水跟厂情股股长关系不一般，正好说明那封举报信对他的指控并非空穴来风。焦允俊指着材料上"彭松林"的名字问李、汪二人："这人现在在哪里？"

"解放后厂情股解散了，彭松林就离开了船厂，听说现在和人合伙做生意，在北站区开了一家公司。"

侦查员跟北站分局联系，得知彭松林已因历史问题被捕，关押在市局看守所。当天下午四时许，三位侦查员去市局提审了彭松林，得知他在抗战时被"军统"地下人员王清水物色为情报员，经常利用工作之便向王提供日寇方面的情报。抗战胜利后，王清水受到了"军统"的表彰，听说还升了官。经王推荐，彭松林也因协助王清水收集情报之功，由一个寻常工人摇身一变成了股长。这对王清水也有好处——既然他在"保密局"领一份薪饷，就得经常向"保密局"提供江南造船所的情报，而彭松林的本职工作就是收集本厂员工动态，所以只要抄一份给王就可以让他交差了。

那么，上海解放后王清水有什么这方面的活动情况呢？这个，彭松林就不知道了。他在上海解放一周后就离开了江南造船厂，之后一直没跟王清水见过面。

9月5日，焦允俊、沙懋麟、谭弦又在小李、小汪、小钱的陪同下，分成三拨对参加三号船台改进工程的四十八名员工（原五十人，许鼎已调离，王清水自杀）逐个进行了谈话。这是专案组对王清水生前是否涉及本案的一个直接调查，所以跟每个员工的谈话都非常细致，特别是和王清水一起干活儿、一起用餐、一起住宿的那些员工，更是问得仔细。当天晚上，侦查员汇总调查材料，没发现王清水在参加船台改进工程后有什么诸如违反纪律跟外人接触或向外界传递信息等迹象。

当晚九点，焦允俊返回专案组驻地，跟专案组党支部的另外两个成员郝真儒、支富德凑在一起开了个会，通报了迄今为止在江南造船厂的调查情况以及据此得出的结论：王清水的确有严重历史问题，但经查并未涉及本案。侦查员进驻造船厂并将其隔离审查后，王以为自己以前为"保密局"工作的事已经暴露，故而畏罪自杀。

对于焦允俊、沙懋麟、谭弦三人来说，这个结论意味着之前的活儿都白干了，还要找另外的切入点从头再来。那么，与他们同时开展工作，对"一跤头"关易笙莫名中毒的情况进行调查的郝真儒、张宝贤、孙慎言这一组进展如何呢？

八、缉捕失利

郝真儒三人认为，对"一跤头"被暗算的调查，有三条途径可以试试——

一是从时间上推算，敌特方面向关易笙借摩托车应该是在得知那个皮包的下落跟刘小狗有关之后，即 8 月 27 日，那么，他们对关易笙下毒应该是在 8 月 27 日至 31 日关被传唤之前这段时间，因此，可以通过排查关易笙在这个时间段的活动情况和接触对象来寻找线索。二是从关易笙那辆摩托车被借走这一点上来查：是谁向他借的？什么时候借的？什么时候归还的？借车人跟关易笙是什么关系？三是盯着平时与关易笙关系密切的人员（包括修车铺的几名徒工）进行调查，看他们是否有给关下毒的机会。

权衡下来，侦查员决定从第三条途径开始调查。

郝真儒、张宝贤、孙慎言三人去了榆林区许昌路，通过管段派出所传唤关易笙修车铺的那三个修车工（原是四名，小沈因斗殴伤人已经被捕）小洪、小马、小姜。这三位是跟"一跤头"练摔跤的，个个体魄强健，一字儿排开站在侦查员面前，就像平地耸立着三座铁塔。郝真儒对他们比较客气，让座沏茶递烟。那三位遵命落座，接过茶杯，但不抽香烟，说拜师时有过约定，终生不抽烟毒（指烟草制品和鸦片），他们必须严格遵守。

然后就言归正传，问三人是否想过，关师傅为何会被人下毒。三人回答的内容基本一致：当然想过，至今还在想，但想不出谁会跟关师傅结下这么深的梁子，竟然下这等毒手。希望政府能查个明白，需要他们效力尽管吩咐，纵然赴汤蹈火也在所不辞。

接下来就是了解关易笙的朋友有哪些，侦查员一边记录，一边有一种头皮发麻的感觉——光名字和绰号就记了满满五张纸，这么些人，要耗费多少时间才查得过来啊！分析到下毒可能性时，范围倒是不大——那几天关易笙晚上睡露天着了凉，咳嗽、拉肚子，所以谢绝了所有饭局，甚至也没外出。

那么，那辆摩托车是怎么借出去的呢？这个，三个徒弟谁都说不上来。他们平时除了早晚习武，白天就是修车。关氏修车铺生意很好，从早到晚没多少空闲。而关师傅的那辆摩托车是停在百米之外的住处的，平时他也不是整天待在修车铺，所以谁向他借车、几时把车开走的，他们都不清楚。

三位侦查员返回驻地，讨论了一会儿，决定去找尚关押在看守所里的小沈调查。小沈名叫沈开芳，十七岁，在四个修车工中年龄最小。他是苏北兴化人氏，跟着父母逃荒到上海，后来父母均染时疫去世，他就成了流浪儿。据说，这是"一跤头"收的所有徒弟中，唯一不论个头儿还是斤两都欠缺的一个。小沈只有一米六三，体重百来斤，按说这种体格，关易笙是不会收为弟子的。可是，沈开芳却是例外。这是为什么呢？

据小沈的三个师兄说，关师傅有点儿迷信，经常请算命先生为其预测运程。大约一年前，关师傅遇到一个高人，说他最近可能会破财，不过，只要收一个属猴的随遇随缘弟子，就可以避免。关师傅对此半信半疑，不料三天后他那辆宝贝摩托车就给人偷走了，这才知道高人果然是高，赶紧按照高人指点的办法进行补救。

次日午时，他往脸上扎了一条黑布蒙住双目，让徒弟领着在马路上走。走了一阵，估计时候差不多了，取下布条。根据那高人的说法，他睁开眼睛后看到的第一个人，就是随遇随缘之人。关易笙看到的那位是一个乞丐，就是沈开芳。收徒之后果然有效，第三天，警察局一个相识的警察来通知他，偷摩托车的人被抓到了，因为有帮会头目说情，上边让放了，不过，摩托车是要发还原主的。于是，关易笙就买了两条好烟，去警察局把车领了回来。从此，他对这个关门弟子另眼相看，甚至凡事纵容，结果导致那小子恃技行凶，把人家的骨头弄断了，被分局拘留。

侦查员在看守所见到沈开芳时，原以为肯定是一脸的沮丧，出乎意料，他却甚是平静，听侦查员说关易笙出了意外身体有恙，仍旧神色不改。让他回答他的师兄们已经回答过的那些问题，他的话不多也不少，内容也和师兄们大致相同。这些回答对于侦查员来说并无任何价值，不过是走了一下程序，把该调查的这部分对象——调查过，没有遗漏而已。

查过这几个对象，一天就过去了。次日，三个侦查员商量了一下，认为也没有其他什么捷径了，往下只好按照昨天获得的那份名单对关易笙最近接触过的好友挨个儿走访。这种调查工作量大不说，还不一定能查出头绪，三位侦查员都有点儿不托底。这时，负责留守值班的侦查员支富德过来了，告知榆林分局看守所刚刚打来电话，昨天提审过的那个人犯有话要说。

再次见到沈开芳时，他的神情跟昨天截然不同，一见面就急煎煎地问："我师傅怎么啦？"

"昨天不是跟你说过啦！"

"你们昨天说我师傅出了意外身体有恙，我以为不过是生点儿小毛病，哪里知道是被人下毒啊！"

昨天傍晚，沈开芳所在的监房关进来一个流氓犯富某。按照看守所在押人犯的规矩，新来乍到的人犯称为"新户头"，得接受"老户头"

的调教——称为"校路子"，不过对一种人可以例外，那就是道上有点儿名气的主儿。这个富某就是道上小有名气的一个流氓，他进门后自报家门："诸位弟兄好！兄弟是八埭头富仁山。"

其实他不报也没关系，因为这个关着二十名人犯的监房里，至少已有五六人认出他是谁了，自然就受到了优待。接着，富某认出了沈开芳，说你不是"一跤头"的关门弟子吗，怎么也进来了？你师傅的事儿你知道不？沈开芳这才知道师傅中毒昏迷不醒，大惊过后，泪如雨下。"一跤头"当时在上海滩名扬黑白两道，其他人犯听了也不由叹息。

当晚，沈开芳失眠，躺在监房角落的铺位上翻来覆去。想起白天三个侦查员来提审，这才意识到他们一定是来调查关师傅被害线索的。对于师傅遭人毒手，小沈觉得自己也许能向公安局提供一些帮助。

为什么这样想呢？因为关易笙迷信。自从听了那个算命高人之言收了他这个关门弟子后，关易笙做什么事情都很顺利。三个余月前上海解放，军管会在全市大街小巷张贴布告，勒令凡是参加过伪（包括北洋政府、日伪及国民党反动派）党政军特警宪、"三青团"、反动会道门的人员以及其他恶霸、不法分子，都须在十天之内前往登记，日后查出隐瞒不报者，严惩不贷。关易笙知晓后，便老老实实去分局登记。接待人员一听他是赫赫有名的"一跤头"，非常重视，连队也不用排了，直接唤他上前填表格、按手印。关易笙离开时，听见外面排队的那些等候者窃窃私语，都说看警察对他这般态度，估计问题严重着呢，也不知能不能活过黄梅——听说黄梅前后肯定要枪毙一批人的。

关易笙听了自然心惊肉跳。到6月底7月初黄梅天结束，沪上果然接二连三处决了上百名罪大恶极的反革命、恶霸，但关易笙却安然无恙，甚至连户籍警也没来找过他，偶尔派出所长来修车，还客客气气唤一声"关师傅"。关易笙不知这是怎么回事，寻思共产党讲坦白从宽，我去自首吧，弄个主动，也许可以从宽。

来到分局，接待人员听他自报家门，说你来自首什么？你担任过什么伪职？当过哪一方的特务？参加过哪个帮会？关易笙说我在"大世界"干了七年。对方说，你在"大世界"是摔跤手，不是"抱台脚"（保镖），我们有政策，摔跤手是艺人，也是受资本家压迫的劳动阶层。

对关易笙来说，这的确是个意外之喜。而这个意外之喜毫无疑问跟收了沈开芳这个关门弟子有关，因此对小沈更好了。沈开芳呢，原本是个乞丐，突然间被上海滩赫赫有名的"一跤头"收为徒弟，有了一份稳定职业，吃得饱穿得暖，兜儿里还有零花钱，自是对关师傅感激不尽。前几天关易笙微恙，咳嗽拉肚子，他就不去修车铺上班了，天天待在关易笙身边侍候。关师傅出事前的那天晚上，他外出替师傅去买绿豆糕，被自行车撞了个跟斗，还给揪住了让赔车子，忍无可忍他才动了手，可下手不知轻重，结果伤了人进了局子。

师傅生病的这三四天里，沈开芳一直待在师傅身边，如果有人暗算师傅的话，沈开芳认为自己应该能找到点儿头绪。因为那几天师傅没有外出，登门的每一个客人沈开芳都照过面，是他开的门，是他沏的茶，是他送的客，所以，他要求看守所代为转告昨天提审过自己的那三个侦查员，说有情况要提供。

三位侦查员听沈开芳这么一说，马上又看到了希望，当下便问是谁向关师傅借了那辆摩托车。沈开芳说："是魏先生借的车。"

"魏先生是哪位？"

"'恒缘堂'的管事先生魏康思。"

"'恒缘堂'？是哪家店铺的名号吗？"

这个，沈开芳却答不上来，只是总听师傅这么说，但从没细问过，师傅也从不解释。他告诉侦查员，8 月 27 日，也就是关师傅身体不适的次日，下午三点多，魏康思拎着礼品前来拜访。关易笙对这位一年中大约来四五次、每次都必拎礼品的朋友一向比较客气，客气的原因并非因为礼品，那些礼品他基本上都转送别人或者让徒弟们分了。他对魏先生客气是因为这人路子很广，上海滩以及长三角各地都有朋友，而且乐于助人，朋友遇到为难事，他是有求必应，十有八九替人办到，事后只受谢不受礼。

沈开芳拜师之后，这位魏先生来过三次。第一次听说关易笙收了关门徒弟，立刻摘下手上的金戒指作为见面礼赠予小沈，那份大方惊得沈开芳目瞪口呆。这次魏先生登门，他自是热情接待，沏茶奉烟，然后侍立师傅身后。魏康思陪关易笙说了一会儿闲话，最后道明来意，想向关易笙借摩托车用两天。关易笙笑道，这样一桩小事儿，还劳您亲自出马？差个人捎句话，兄弟立马把车送到府上！

魏康思再三道谢，由关易笙亲自送出门，骑上那辆宝蓝色摩托车疾驰而去。第二天，魏康思就把摩托车送回来了，进门就掏出钞票，让沈开芳去水果店买两个哈密瓜来。等沈开芳买了瓜回来时，魏康思已经走了。之后不久，关易笙就骑了摩托车出去了，到晚上才回来，但那辆摩托车没有骑回来。小沈注意到，关易笙的脸色不大好，像是刚刚跟人吵过架似的，又不敢问缘由。关易笙让他沏了一杯花茶，又掏钱让他去买盒绿豆糕。小沈就是在买绿豆糕回来的路上出的事。

于是，郝真儒、张宝贤、孙慎言三人立刻去打听"恒缘堂"是个什么所在。听名字像是个中药店铺，也可能是某个已经停止活动的帮会堂口。问了中药业公会、工商局，都说不知道；又拿来解放前上海地下党组织根据收集到的情报所编写的帮会情况汇总，那里面有从清末到 1949 年之前上海滩所有帮会堂口以及历届执掌人的名单，可是，并没有查到"恒缘堂"。最后，到上海市民政局问了几个旧政权社会局的留用人员，才知道原来那是一处建筑物的名称。这座坐落于南市老城的庭院，已有百年历史，当初还是福建人刘丽川组建小刀会时留下的一处地下机关，后来被洪帮把持，民国后由洪帮安置了一户从南洋归来的华侨家庭，一直居住至今。

侦查员从邑庙分局了解到，住在"恒缘堂"的那户人家姓卢，当初入住时的老主人卢锡金系南洋华侨富商，对光复会、同盟会的反清活动颇有资助。清廷被推翻后，孙中山邀请卢氏回国定居，住地任选，全家生活开支由民国政府供给，卢氏遂选择定居上海。孙中山指示沪军都督陈其美，择址南市"恒缘堂"让卢家入住，发给房契，写明该产业无偿归卢家永久所有，可住可拆可卖，任其支配。

卢氏是个十几口的大家庭，需要有人为其管事，也就是俗称的管家。陈其美就为卢氏派了一名管家魏鸣道。魏鸣道系帮会人物，祖上至少已有三代跟长江南北的会党有密切关系，这种关系世代相传，所以魏氏家族在社会上有广泛的人脉，做事非常方便。这样的人做管家，当然最好不过。从1912年到1949年这三十七年时间里，"恒缘堂"的卢氏掌门人已经换到第三代，管事先生世袭，也换到了第三代，那就是沈开芳所说的魏康思。

邑庙分局的户籍资料中，魏康思的登记内容很简单——魏康思，别名魏妙频，男，1919年3月2日出生，汉族，离异，初中文化程度，系卢氏家庭管家；未发现历史问题，无参加任何党团帮派的记录。用当时流行的话来讲，这个记录表明其人"历史清白"。此刻，郝真儒等侦查员当然不可能知晓，这个魏康思就是他们苦苦寻找的敌特组织成员之一，不过，调查进行到这一步，侦查员有理由相信，距离真相大白的日子已经不远了。

当天下午四点，专案组四名侦查员郝真儒、张宝贤、孙慎言和支富德开了个碰头会，研究之后决定当晚前往"恒缘堂"拘捕魏康思。之所以要把行动时间定在晚上，是因为生怕白天人多眼杂，容易走漏风声，影响日后的侦查。郝真儒行事一向小心谨慎，担心哪里尚有细微漏洞未被发现，便派侦查员张宝贤、孙慎言化装前往邑庙区"恒缘堂"附近布控，严密监视，防止魏康思察觉情况不对脚底抹油或者自杀什么的。这种布置也算得上周密了，不料，还是失手了。

当晚九时许，四名侦查员以及奉命协助的一个班的解放军战士前往"恒缘堂"抓捕魏康思。居委会大妈出面叫开门，侦查员一拥而入，可全宅各处都搜遍了，也没见魏康思的影子，更没发现与特务活动相关的任何物品。这下，之前在"恒缘堂"外边监视了几个小时的张宝贤和孙慎言着了慌：这不是奇怪了吗？下午五点左右他们分别进入现场执行监视任务时，亲眼看见魏康思骑着一辆英国"蓝羚"自行车从外面回来，进了"恒缘堂"大门。当时目标的神态举止都正常，根本没有惊弓之鸟的迹象。而且，他们事先已经观察过，"恒缘堂"只有前面一道大门，目标应该还在里面的嘛！

侦查员询问了"恒缘堂"卢氏全家老小，都说魏先生下午五点从外面办事回家后，跟平时没有什么两样，检查了厨房准备晚饭的情况，又看了花匠从花鸟市场买回来的盆景，夸赞不已。接着，他去主人那里把当天外出购物的发票拿出来对账。忙完这些，已经六点多了，全宅开饭。饭后，魏康思照例回到自己居住的那个独立小院。卢家两个正在上小学的孩子因为对一个旧上海白相人的问题争论不休，去找魏先生裁决，见他正在门前的天井里站桩，知道这是不能打扰的，就蹑足悄然离开了。整个儿晚上，全宅无事，没有人再去找过魏康思，更没人留意魏康思在他那小院里干什么，侦查员带着荷枪实弹的解放军战士出现，这才发现他已经不知去向。

侦查员想到了魏康思从后院攀墙而逃的可能，问了布置在后墙外监视的两个解放军战士，都说这边一直没动静。郝真儒查看了后院围墙，发现上面确实有攀爬过的痕迹，可战士怎么说没动静呢？这样看来，魏康思在侦查员一行赶到"恒缘堂"之前就已经逃跑了。于是问题随之而来：魏康思是怎么察觉到自己被怀疑上的呢？

郝真儒首先想到，也许是奉命前往监视的张宝贤、孙慎言无意间被目标瞧在眼里了，可是，在查看过两人的监视位置后，就排除了这种可能性。那么，到底是怎么回事呢？直到本案侦破后，侦查员讯问一干案犯时，"六室"头目宋斯义的交代才道破了一半秘密：他在魏康思逃脱后的次日收到了魏寄来的一封信函，上面用暗语说自己已被中共反特人员发现，为防止被组织灭口，决定自行脱离。当本函寄达时，他已经离开上海了。

不久后，专案组由一个临时小组转变为受华东局社会部直接领导的常设侦查小组，名谓"华东特案组"，专门负责侦查重大政治案件（1950 年华东局改组为华东军政委员会后，特案组划归华东军政委员会公安部领导，负责侦查的案件中又增加了刑事大案及社会影响巨大的疑难案件）。虽然任务繁忙，但特案组领导焦允俊、郝真儒始终没忘记魏康思突然逃脱这件事，抽出三名侦查员对此进行追查，最后终于查明了其中原委——

那天魏康思外出办事，下午返回"恒缘堂"的途中，遇到邑庙分局的一个留用警察郭某。郝真儒、张宝贤、孙慎言三位侦查员前往邑庙分局向值班副局长了解魏康思的情况时，郭某正好去办公室送一份文件，进门之前无意间听见屋里说到魏康思的名字，就猜测来人可能是调查魏康思的。魏康思是郭某的哥们儿，两人曾磕头拜过把兄弟，郭某遂决定给魏康思提个醒。当然，郭某并不知道魏康思是"保密局"潜伏特务，只以为是调查他解放前那些错综复杂的社会关系，所以要讲一讲江湖义气。魏康思自然清楚这意味着什么，当天便逃离上海。查明情况后，郭某被判刑七年。

"六室"主任宋斯义落网后也承认，如果魏康思不逃离上海，他很有可能会下达封口命令。退一步说，即便他想手下留情放过魏康思，恐怕也做不到。根据上峰命令，刺探江南造船厂"101项目"这一使命乃是"保密局"与美国中情局的联手行动，凡是跟该使命有关的情况都应该随时向中情局的杰克先生通报。如果他不通报该情况，杰克先生早晚也会知道，肯定会向"保密局"参他一本；如若通报吧，杰克就会通过中情局向"保密局"提出建议，把魏康思灭口。现在魏康思自己逃跑了，反倒没事了。至于魏康思是怎么给中共反特人员盯上的，那他就不费这个心思了，反正魏康思这一走，估计中共方面一时半会儿也找不到他。

魏康思就这样失踪了，究竟去了哪里，还真没有查到。直到上世纪八十年代中期，当年的特案组早已完成历史使命解散三十来年了，有关方面才弄清楚，原来这厮去了香港，彻底脱离了与台湾特务组织的关系，改行经商，据说生意做得还不错。

九、抓获一名涉案者

专案组两个负责人会合一处，互相一说各自领导的小组面临的窘况，都是一脸愁容。这时，电话响了，焦允俊从那急促的铃声中似乎已经意识到来者不善，假装咳嗽，示意郝真儒接听。郝真儒接起电话，竟是专案组成立时那位领导亲自打来的，说话的口气透出一股恼火。郝真儒寻思，领导必是已经看到了专案组的书面汇报，批评是理所当然的，这个，他已有思想准备，倒并不感到意外，于是中规中矩地说："请领导指示！"

"立刻和焦允俊到我办公室来一趟！"

放下电话，郝真儒看着焦允俊说："听见了吧？"

焦允俊苦笑："那么大嗓门儿，只怕聋子也该听见了。去就去吧，工作没做好是我这个组长的责任，领导发火，咱就听着呗。"

一路上，两人说着应该怎样"正确对待领导批评"，却不料这根本不是批评不批评的问题，领导透露的情况无异于晴空霹雳，不但使平时似乎啥都不当一回事的焦允俊感到震惊，就连一向遇事不慌不忙的郝真儒也瞠目结舌——

领导告诉他们，华东局社会部刚刚截获了一份台湾"保密局"的密电，收件人是潜伏在沪的一个代号"老六"的特务。密电内容是：已经收到船台改进工程的数据情报，总部予以嘉奖，发给黄金十两，将于近日通过特殊渠道送达。另附局长毛人凤在嘉奖令批复件上的手谕：望你部再接再厉，尽快收集苏俄提供之新型鱼雷艇图纸等一应技术情报。

这就是说，之前虽然截获了敌特"老六"一伙收集的"101项目"三号船台的情报，可是敌特在迅速摆脱我方侦查的同时，竟然再次下手，成功获取了已经丢失的那份情报，且顺利送达台湾。对于专案组来说，这简直是奇耻大辱！焦允俊呆愣在那里，早已没有了一贯满不在乎的表情，脸上红一阵白一阵，恨不得在地板上找条缝钻进去，即使躲上片刻也是好的。

郝真儒定定神，推了推鼻梁上的眼镜："报告，这是我们——尤其是我的失职，请求上级给予严厉处分。"

领导背着双手，在焦、郝面前来回走动："你们专案组对此负有不可推卸的责任，主要责任应该由焦允俊来负，小焦你是组长，你是怎么抓侦查工作的？"

焦允俊不声不响。他知道，事到如今怎么辩解也没用，说不如干，你再说得花好稻好天花乱坠，也不如快速寻找到新的线索来得有效。这时，另一位焦允俊从未见过的领导从里间屋踱出来，那副架势，一看便知其职务不比前一位低。这位领导倒是没有急赤白脸，说的话也和焦允俊的想法一致："好了，叫你俩过来就是通报这个情况。上级说了，像这种案子，在华东局社会部的对敌斗争记录中算是数一数二的，其分量之重，我们大家都应该清楚。情况你们也知道了，是坏事，也是好事，这是破案工作的动力。说不如干，你们好自为之，回去仔细研究，立刻采取有效措施，迅速侦破本案。从台湾密电判断，敌特方面已经进入了下一个刺探重点，要搞鱼雷快艇的技术情报了。我们绝不能让他们得逞。北京有指示，这是苏联老大哥对我们首次以直接方式实施的军事援助，如果出了问题，可能会影响以后老大哥对我们的援助走向。二位同志，这个任务，拜托了！"

用焦允俊事后的说法，听了后一位领导的这番话，他当即就有一种跪地谢罪的冲动。当然，他什么也没说，什么也没做，只是默默点头。

9月6日下午，专案组七名成员在驻地开会。先由郝真儒传达了那个令人震惊的消息，一干侦查员听着都觉得脸面无光。然后，由焦允俊主持讨论案情，着重分析一个问题，敌特究竟是通过什么途径轻而易举地获取船台相关情报的？焦允俊要求大家先把可能窃取情报的每一条途径都罗列出来，然后采取排除法，最后不能排除的多半就是出现漏洞的原因了。

一番分析下来，众人认为有机会收集船台情报的应该是以下四种人员——首先是参与船台改造工程的船厂方面员工；其次是工程指挥部的全部成员，包括领导、一般成员和警卫；再次是苏联专家组的五名专家以及为专家组提供工作、生活服务的人；最后就是上述三种人之外的其他人，这个范围就不好确定了。

应该说，以当时的政治气候，能够本着绝对客观科学的态度作出上述分析，在侦查工作中还是比较罕见的，毕竟连"101项目"工程指挥部的领导和老大哥派来的专家也列入嫌疑名单了。

接下来，就针对上述四方面人员涉案的可能性进行深度分析。既然涉案分子能够轻而易举地收集到船台情报，那看来他根本没有什么压力，而且操作起来比较方便。这就可以确定与前两种人没有关系，因为在发觉船台机密被窃后，"101项目"工程指挥部再次加强纪律约束，同时，人们为防止自己被怀疑涉嫌，刻意不使自己有单独活动的机会，以便一旦再次发生意外，接受调查时可以有证明人。因此，这两类人应该都没有传送情报的可能。

第三类人员中，负责安全保卫工作的警卫和生活服务的公务员是外围人员，无法直接接触技术情报。苏联专家以及他们的中外助手的确有接触技术机密的条件，也有传送情报的便利，但是，如果之前船台的情报是他们中的某一位递送出去的话，为什么不把鱼雷快艇的情报一起递送出去呢？按说快艇的情报他们也是有条件收集的，何必"一番手脚两番做"，费这么大的功夫，还容易引起怀疑。

分析到这里，前三类人员就都给排除了。大家都有点儿犯愁，因为剩下的第四类人员范围太大，从哪里着手，大家一时没有主意。焦允俊提议，先不管那人是谁，如果能推测出他是通过什么手段得到船台情报的，也许就能顺着这根线找到人。经他一提醒，大伙儿仿佛又看到了方向。郝真儒看了焦允俊一眼，突然说了句："老焦你是不是已经有想法了?"

焦允俊笑而不语。郝真儒又拉下了脸:"这都什么时候了,老焦你还有心情卖关子!"

于是,焦允俊说出了自己的推测——那个收集情报的主儿,估计是爬到船厂铸造车间那个停用大修的烟囱上面,借助望远镜观察,实地绘了草图。不少侦查员都露出吃惊的神情:"这也能行?"

焦允俊说当然行,这种活儿我就干过。上海战役前我奉命对敌人在吴淞口的炮兵阵地进行侦察,要求画出草图,准确标出每一门火炮、弹药仓库以及营房的位置。我带上望远镜和绘图工具,在夜间潜入炮兵阵地附近的一家工厂,爬上水塔熬了一宿,等到天明开始绘图,又画了一整天才算完成使命。相比之下,攀上船厂那个烟囱绘图难度小多了,距离既近,观测也简单——就是一个船台嘛。

这么一说,大学生出身的谭弦马上点头:"这是现场测绘,不算什么,受过专业训练的都能行。那个烟囱我上去过,不过当时天黑了,周边情况看不清楚,不知那个地方是否适合观察船台。老沙你看了吗?"

沙懋麟说:"当时谁能想到这个?我根本没留心。"

焦允俊眨着眼睛:"我倒是看了船台那个方向,不过那时没想到这个烟囱和案子另有一层关系。现在回想起来,晚上的时候船台上也是灯火通明,船台结构和工人师傅干活儿的身影都是看得很清楚的。如果有望远镜的话,应该没问题。"

郝真儒提议:"要不,去一趟船厂,再爬一次烟囱。这应该不会惊动敌特,我们可以说是为了调查王清水自杀之事再次勘查现场。"

焦允俊说:"那还得我和老沙、小谭过去,都是原班人马,熟悉情况,也不容易引起敌特的怀疑。"

继续往下讨论,专案组决定同时对另外两个方向开展调查,一是那个突然失踪的魏康思，还有就是需要通知"101项目"工程指挥部注意严密防范，敌特方面接下来肯定要盯着鱼雷快艇的图纸下手了，如果发现什么蛛丝马迹，不要惊动对方，专案组会顺藤摸瓜，把隐藏的敌特分子揪出来。

这时已经是下午四时半了，不过9月上旬的江南地区天黑得晚，焦允俊三人驾了一辆三轮摩托驶往江南造船厂，直接开到铸造车间。船厂方面尚未接到工程指挥部的通知，因此还没解除对烟囱的封闭。上到烟囱脚手架顶部，借用望远镜居高临下观察，三号船台果然可以看得很清楚。用焦允俊的话来说，比他几个月前爬到吴淞口水塔上观察敌军炮兵阵地的条件要好得多。

次日，即9月7日上午，焦允俊跟江南造船厂军管组取得联系，从厂保卫处抽调人手协助调查。厂保卫处挑选了五名成员，听候专案组调遣。焦允俊给他们开了个短会，没透露真实目的，而是说根据上级领导的指示，王清水案件需要进行复查，所以惊动诸位同志，请大家大力协助，争取尽快把案情搞清楚。然后，由侦查员沙懋麟向与会人员交代需要了解的情况：在王清水案件发生前一段时间内，是否有人经常在烟囱周围转悠？

散会后，那几位立刻行动。下午两点开碰头会时，已经有七条线索报告给焦允俊，其中一条引起了三位侦查员的注意——

抗战胜利，国民党从日本人手里接收了"三菱重工业株式会社江南造船所"后，对船厂的车间、工段进行了重新组合，撤换了一些日本侵略者任命的行政管理者和技术人员，安插了一批官方人员，其中有一个名叫黄纯合的"三青团"骨干分子。现在，这个姓黄的进入了专案组的视线。

上海解放后，人民政府接管江南造船所，易名为江南造船厂。根据上级指示精神，有历史问题的人员应立刻调离重要岗位，黄纯合就被调到铸造车间当了一名翻砂工。这人以前是国民党上海市社会局的一名干事，没干过一天体力活儿，这回让他干重工业行业中出了名的苦力活儿，自是颇有怨言，次日便不来上班了，还放出话说，老子辞工还不行吗？他哪里知道，像他这种有历史问题的主儿，官方怎会就这么便宜了他？辞工后的第三天，一封落款为江南造船厂军管组的挂号信寄到了黄家，信中警告：乖乖回厂去干翻砂工，通过劳动改造旧思想，否则即行逮捕！

黄纯合无奈，只好遵命。像他这种以前指手画脚颐指气使的主儿，到了一线岗位自然没有人搭理他，再说活儿太累，空闲时间他赶紧休息还来不及。两个月下来，他有些习惯干这种苦力了，再说风声渐紧，工余时间他不敢躺下休息，跟大伙儿坐在一起又觉得无聊难堪，就到车间院子、门口去转悠。所以，当保卫处人员下车间调查可疑情况时，许多工人都提到了此人。

当天晚上，黄纯合在下班途中被捕，立刻押解专案组驻地讯问，同时指派侦查员前往其住所搜查，搜出军用望远镜一副，据其家属说是黄最近拿回家的。那边，黄纯合起初不承认涉案，待到望远镜拿过去，便缴械投降了，承认其受他人指使，攀上已经搭起了脚手架的烟囱顶部，用望远镜观察三号船台的情况。他以前干过三年船台管理员，对该船台比较熟悉，画出了船台草图，并用英文和阿拉伯数字写下了相应数据。第二天，他按照指令前往八埭头"沪东状元楼"与一个男子会面。他拿去的草图在对方眼里属于幼儿涂鸦，那人拿出一个本子，对照黄的数据又画了一幅，然后给了黄八十万元，加上前两天接受指使时人家给的二十万元定金，这茬活儿的全部报酬是一百万元。

侦查员问了那人的相貌特征，跟刘小狗所说的那个在永安公司三楼被他们窃走皮包的男子完全相符。黄纯合并不认识此人，是指使他测绘船台的那位——"恒缘堂"管事魏康思通知他去八埭头"沪东状元楼"交接草图的。以前他在国民党上海社会局当干事时，经人介绍与魏交了朋友。黄纯合喜欢拈花惹草寻花问柳，但干得又拖泥带水，经常惹出麻烦，都是魏康思帮他搞定的。这次魏康思找到他要求他提供帮助时，尽管他知道这事比较危险，还是一口答应。当时，魏康思给了他二十万元定金和一架美制军用望远镜，看他拿着望远镜那副爱不释手的样子，说干完这桩活儿后，这架望远镜就是你的了。

魏康思没有说这是为哪方面干的活儿，以及为什么要干这桩活儿，黄纯合也没有问。他以前在社会局当干事时，日常工作就是跟社会上的三教九流厮混，从中了解情况，因此他是懂得这一行的规矩的。两天后，他完成了草图，交货领钱，以为这件事就结束了。哪知，几天之后又接到魏康思的电话，要求他再搞一次相同的测绘。

黄纯合并非特务出身，没有接受过特务这一行的训练，技能自不必提，心理素质更差，这种活儿干一次已经心惊肉跳，再干一次，那不是要吓破胆了？当下拒绝。魏康思把赏金提高到一百五十万元，他还是摇头。这下魏康思恼火了，他可是在宋斯义跟前拍了胸脯的，于是就威胁说，你之前已经干过一次，这次如若不干，人家会把前头你干过的那次密告共产党。黄纯合无奈，不得已答应再干一次。只是那份底稿已经销毁了，他的记性又不大好，只好溜个空子又上了一次烟囱顶。

船台机密泄露的情况总算调查清楚了，可是，两名涉案敌特分子却未能抓获。"恒缘堂"管事魏康思早已失踪，另一个与黄纯合在"沪东状元楼"见面的案犯，银货两讫后一拍两散、各奔东西，黄纯合根本不知道对方的任何情况。

十、秋夜密谋

回过头来，再说"六室"主任、代号"老六"的宋斯义。

这几天，宋斯义的神经绷得有点儿紧，主要是因为魏康思的不辞而别。尽管他收到了魏康思失踪前给他的那封信，但作为一个老特工，凭经验，他不得不对某些可能会出现的情况有所准备，比如，魏康思会不会已经被秘密逮捕，这封信实际上是受反特人员指使而写，为的是稳住"六室"，暗中查明全部情况后再来个一网打尽？出于这种考虑，宋斯义当即以出差为名离开他所经营的店铺，躲在附近的一个朋友家里，关注是否有可疑迹象出现。两天下来，一切正常，他绷紧的神经这才放松下来，回到了自己的店铺。

这天晚上，他收到了台湾密电，就是被我方密码专家破译出的那份使专案组感到惭愧的电报。宋斯义受到了表彰，心中却并无半点儿轻松，因为密电同时又在催促他"再接再厉"，尽快执行下一步的使命。其实，宋斯义也好，台湾"保密局"总部也好，双方都清楚，从整体上来说，"六室"搞到的船台图固然是有用处的，但如果能搞到新型鱼雷快艇的全套图纸，那船台图就完全是可有可无之物。

宋斯义当初之所以决定先收集船台情报，那是一个姿态，表明"六室"已经开始行动。另外，还因为魏康思跟上海解放前江南造船所的管理员黄纯合关系不错，黄有收集船台情报的便利条件。一句话，这桩活儿干起来容易，不干白不干。于是，"老六"就下达了命令。

本来，这桩活儿完成之后，中共方面根本难以察觉，哪知手下那个叫龚阿康的特工在转送情报时，竟然犯了一个低级错误，把情报给弄丢了。宋斯义事后回想，也怪自己心急了点儿，因为料想此事已经是板上钉钉，就把消息提前报告台湾了，没想到出了差错，只好冒险让黄纯合再辛苦一趟。

宋斯义原以为这样操作可以耗费若干时间，指望运气好的话，上司会突然来一道电令，让他终止该项目的执行。这种情况在他以前的特务生涯中时有发生，至于原因，作为基层执行者当然是不知道的，而且在"保密局"的档案里也查不到记载。可是，好运气没有等到，却等来了催命符。紧接着，杰克也寄来密函，说自己已经知晓台湾总部的电令，对此表示"非常关注"。如此，宋斯义就只好硬着头皮往下进行了。

可是，如何搞到项目图纸呢？这不是演电影，为了情节好看，可以违反特务工作的规矩，召集一干部属躲在饭店包房或者哪所破庙里开会商讨、群策群力。像"六室"这样一个潜伏特务小组，按规定组员之间没有横向联系，组长与组员之间也是能不见面就不见面，必须见面的话，时间也是越短越好。所以，执行重要使命时，决策只有组长自己来做，没人给他出主意。

潜伏特务的头目可不是那么好当的，组织上物色头目人选时，对于其决策能力必须认真考虑，否则，选人失当就会酿成大祸。宋斯义此刻就面临着如何决策的问题。他一向小心谨慎，此刻更是如履薄冰。最初，他想跟杰克见个面，听听中情局方面的高见。可是，他按照尤丽娅给他的联络地址发去密函后，等了两天，对方才在事先约定的地点外滩外白渡桥靠近苏州河一侧的第六根栏杆上留下暗号，那是一个叉叉，表示否定提议。

如此，宋斯义就只能靠自己了。他对面临的情况进行了反复考虑，认为搞到整套图纸的难度实在是太大，几乎没有可能。那就只好考虑收集零部件图纸了。那些判读、研究该项目机密的专家既然可以由改造后的船台推测准备建造的鱼雷快艇的吨位，也完全可以根据零部件图纸由局部推测全局，比如，由固定螺旋桨的螺栓可以推测螺旋桨的规格进而估测快艇的航速，由鱼雷发射管法兰图纸可以推测鱼雷的技术数据，等等。

据宋斯义对舰艇、飞机、装甲车等军工产品制造工艺流程的了解，眼下中共正在研制的那款鱼雷快艇，只有船体是在三号船台就地制造，其他零部件都会分门别类分散到江南造船厂下属的各个车间生产，制造好后运送船台安装。虽然收集整套图纸找不到门路，但收集零部件图纸还是可以想想办法。于是，他就将行动定位于收集零部件情报上，能够收集多少算多少。

接下来，就是寻找从江南造船厂获取零部件图纸的渠道。这时，宋斯义多少有点儿后悔，之前收集船台情报之举显然得不偿失——先是传递情报时出差错，引起了警方注意；为了不留后患，不得不对"一跛头"关易笙下手，使警方循着摩托车的线索发现了魏康思的嫌疑；继而神通广大的魏康思失踪，断了"六室"与社会各阶层的联系；最后，江南造船厂里那个叫黄纯合的员工失去了利用价值，本来是可以利用他继续收集零部件情报的，却因之前收集船台情报之举把他暴露了……

早知道会是这样一种局面，当初就是有人把船台情报白送上门也不能要啊！不过，眼下再怎么后悔也没用了，只好振作精神，设法寻找收集情报的途径。宋斯义思量再三，决定分头约见五名属下，让他们分别寻找社会关系，只要终端能够通到江南造船厂的，都可以考虑。至于是否可用、怎样使用，等五名属下把人选报上来经他评估后再说。

9月8日，就在宋斯义准备发出跟下属接头的暗号时，忽然收到尤丽娅的信息，约他傍晚去静安寺那边的"鸿兴饭馆"见面。宋斯义于是打消了念头，寻思跟那洋女子见过面后再说。这次约见，应该不会是取消行动计划——台湾总部不会通过杰克这条线下达这种指令。估计是杰克那边找到了获取"101项目"情报的途径，需要"六室"去实施。如果真是这样，那就谢天谢地了，不但可以免去自己的辛劳，而且一旦出了差错，台湾总部也不至于严厉追究"六室"的失职之责。

位于静安寺的"鸿兴饭馆"是一家两上两下三开间门面的本帮菜馆，生意一年四季永远不旺不淡，经营得如此平稳的馆子在当时的上海滩并不多见。宋斯义当晚六点过后到达该饭馆时，尤丽娅已经先来了，选了角落里的一副厢式座头，正在点菜。看见宋斯义进入店堂，她放下菜谱，叫了一声"Darling"，起身迎上前来，众目睽睽之下给了宋斯义一个拥抱。在宋斯义看来，这显然大为不妥，但他只有响应，否则就更惹人注意了。

这天傍晚秋雨滂沱，饭馆顾客不多，一半座位空着。尤丽娅选的位置在店堂深处角落里，邻座无人，正好适合两人浅饮低谈。在旁人眼里，这二位就是一对情侣，其实两人谈的却是间谍勾当。宋斯义猜的没错，尤丽娅此番约见，果然是找到了一条收集项目情报的捷径！

尤丽娅那年二十六岁，本是俄裔犹太人。不过，她出生在中国，尽管长就一副洋女人容貌，但她的中国话说得比俄语还要流利。说到尤丽娅的身世，就不得不提到一个中国北方的著名城市——大连。

如今的大连市，在十九世纪八十年代以前人烟稀少，直到1885年清政府下令在今大连湾北岸建造海港栈桥、筑炮台并组建水雷营，方才成为一个小镇，当地人唤为"青泥洼"。1897年，沙俄强行将军舰开进旅顺口，随之派人到大连湾和青泥洼勘察，决定在青泥洼开港建市。1899年8月11日，沙皇尼古拉二世发布关于建立自由港的敕令，将青泥洼改称达里尼（俄语"远方"之意）。1905年1月日俄战争结束，日本取代沙俄侵占青泥洼，2月，将达里尼市改为大连市。这段殖民统治直到1945年8月日本宣布无条件投降后方才结束。

1903 年，尤丽娅的父亲刚满十八岁，作为见习医士被沙俄政府派往达里尼的驻军医院。在那里，他与一位驻军中校的女儿相恋，因遭女方家庭反对，两人遂决定私奔。他们先是去了天津，后又前往上海，在法租界霞飞路开了一家西餐馆。这对俄裔犹太夫妇一共生了三个子女，尤丽娅是他们最小的女儿。

尤丽娅生长在上海，能说一口流利的上海话，同时又通晓俄语、英语，法语、德语也能应付。1941 年太平洋战争爆发后，日军占领了租界，其父母兄姐均被关进了外国难民集中营。当时只有十八岁的尤丽娅则因为认了一对日裔美国夫妇为干爹干妈而幸免。这对日裔美国夫妇的真实身份是美国海军情报部的间谍，当时，他们在上海法租界八仙桥开着一家西医诊所，这家诊所同时又是美国海军情报部在上海的三个情报中转站之一。夫妇俩决定认尤丽娅为干女儿，实际上是为了将其培养成为一名地下报务员。但报务员计划因故流产，夫妇俩就给尤丽娅办了一个日本国籍，以此为掩护做地下交通工作。

抗战胜利后，干爹干妈返回美国，临走时给尤丽娅留下了一笔钱钞，故而尤丽娅和兄长（她的父母和姐姐均死于集中营）能够把西餐馆重新开张。特工夫妇回到美国后，退出当时已经划归战略情报局（中央情报局前身）的特务小组，以经商谋生。根据规定，他们在离开情报机构时，把所有的关系人都留给了战略情报局，其中就包括尤丽娅。

1948 年 11 月上旬的一天，霞飞路"格雷西菜社"的女老板尤丽娅在接待一位美国顾客时，忽然被对方嘴里轻声嘟哝出的一句话惊呆了。这句话是用英语说的，译成中文的意思是："在那个漆黑一团的夜晚，我被一个美丽的梦所谋杀。"

这是那对特工夫妇回国前留给尤丽娅的暗语。他们嘱咐尤丽娅，如果哪天有人（不管是什么人）在任何场合向你说出这样一句话，那就是和我们一样从事秘密工作的同行有事找你帮忙了，你应当用英语回答对方："哦，我祈望这样的梦永远不要来临！"

这其实就是特工的接头暗号。尤丽娅以前不过是按照干爹干妈的吩咐，为他们做一些隐秘的事儿，并非正式特工，也没接受过正规的特务训练。但这次一接上头，就意味着她正式建立和特务机构的关系了。

和她接头的就是杰克先生。他奉中情局之命前来上海，其中一项任务就是把尤丽娅发展为中情局特工。当时国共大战的态势已经明了，大陆必将全部落入中共之手几乎是毫无疑问的。如此，中情局就得赶紧布置在中国大陆的潜伏特务，上海乃是最先需要安排的，而尤丽娅这样的条件，是非常符合中情局需要的。

当时，美国中情局的特工人员大致上分为三类，一是像尤丽娅的上司杰克那样的专职特工，属于中情局的正式雇员；另一种是长期雇员，相当于合同制员工，按月领取薪饷和活动津贴，合同到期或失去价值之后随时可能解聘；还有就是临时雇佣，比如因某桩使命的需要被雇佣，使命完成即解除雇佣关系。

尤丽娅属于第二类性质的特务，每月可以获得一百美元的固定薪饷，如果有任务，另发津贴和活动经费。杰克对她没有什么特别要求，只关照说你以前是怎么帮你干爹干妈干活儿的，现在也怎么做就是了，不同的是以前是干爹干妈要你做，现在是我要你做。那一次，杰克下榻于外白渡桥畔的百老汇大厦（即如今的上海大厦），在那里住了一个星期，尤丽娅每天到百老汇大厦待上半天，由杰克向她传授情报特工的基础知识。

就这样，尤丽娅成了美国中情局的雇佣特工。在此后半年多时间里，杰克没有跟她见过面，也没有向她下达过任何指令，只是按月给她汇来薪饷。直到1949年7月下旬的一个炎热之夜，尤丽娅的餐馆即将打烊的时候，杰克突然出现了，邀请尤丽娅去附近一家咖啡馆吃冷饮。双方见面也就不过二十分钟，杰克向她交代了准备与台湾方面在上海的潜伏特务联手窃取中共"101项目"情报的使命。

虽然其时上海解放不过两个多月，尤丽娅却已经感到新政权跟以前大为不同，在这种环境下，再像抗战时帮干爹干妈那样做传递情报之类的秘密工作，恐怕更不安全，但她别无选择，只好硬着头皮答应下来。

可能是中情局与台湾"保密局"的工作理念不同（也因为中共对这两类特工的处置方式不同。对于前者，一旦抓获，大多是关押几年然后驱逐出境；对后者可就没这么客气了，尤其是当时那个政治环境，像宋斯义这种级别的特工头目，十有八九是要枪决的），上司向下属交代使命的方式也不同。"六室"头目宋斯义一边要下属干这干那，同时对使命内容本身则是能瞒就瞒，必须要交代的，也是说三分留两分，老是担心下属被捕后招供泄密。杰克对尤丽娅这个下属却是另一种方式，他把所有能透露的内容一次性告诉尤丽娅，让她多想想怎样才能圆满完成这项使命。因此，尤丽娅对这项使命的内容是完全清楚的。她的性格中有大大咧咧的成分，听过后把使命浓缩成"搞到鱼雷快艇的图纸就是"，至于怎样着手去搞，那不是她的活儿，她根本懒得去想。

"六室"头目宋斯义看不惯尤丽娅的大大咧咧，认为她不是一块干特工的料。而杰克的想法似乎不同，他对尤丽娅的使用本着扬长避短的原则，指派她做的事儿，一是以"玛丽阿姨"的名义去跟阿四头打交道，从小孩子嘴里探听到上家刘小狗，再通知"老六"去取回皮包（尽管没有成功，但跟尤丽娅没关系，她的工作已经完成了）；二是让她去对"一跛头"关易笙下毒。从特务行业的分工来说，这桩活儿其实已经不是情报特工的范围，本该分派给行动特工去干。可杰克手下没有行动特工，只有让尤丽娅去客串一把。尤丽娅大大咧咧的性格再次发挥了作用，没费多大劲儿，成功解决了"一蹶头"；然后，就是第三项使命了，也就是这次她和宋斯义见面时要交代的内容——

第三项使命实施的基础得力于中情局遍布全球无孔不入的情报触角。杰克接到一份不知中情局从何处获取的情报，称苏联援华"101项目"专家组的随行人员中，有一个名叫马念姝的翻译，其父早年与尤丽娅的父亲是同学兼发小。对于杰克来说，这不是设法窃取"101项目"情报的最佳机会吗？杰克寻思，这个尤丽娅，别看她平时大大咧咧，竟还是一员福将。眼下要窃取"101项目"情报的最大障碍就在于无法打入工程指挥部内部，不得已只能采取化整为零的方式获取零碎情报，那不但费时费力，成功率也很低。况且，由于涉及面广，特别容易被中共反特人员识破，一不留神就会全盘皆输。现在有马念姝这个空子钻，那当然再好不过了。

杰克马上告知尤丽娅这个情况。要说这个二十六岁的犹太姑娘还真不是一块特工的料，听说此事后，高兴的竟然不是有这么一个从天而降的绝佳机会，而是找到了父辈的世交，当下连说"这世界太小了"。

杰克皱着眉头，向尤丽娅介绍了马念姝的情况——

尤丽娅父亲的老家在斯韦尔德洛夫斯克州叶卡捷琳堡，与马念姝的老爸马图谢耶维奇同龄，两人既是邻居又是同班同学，关系一向不错。后来，尤丽娅的父亲被当地一所速成医士学校选去，两年后毕业，去了达里尼市。马图谢耶维奇则进了铁路学校，毕业后以技术员的身份去了"东清铁路"——该铁路在日俄战争后被称为"中东铁路"，指沙俄在清末修筑的从俄国赤塔经中国满洲里、哈尔滨、绥芬河到达符拉迪沃斯托克（海参崴）的西伯利亚铁路在中国境内的一段。

马图谢耶维奇在哈尔滨定居，与中国姑娘关柔姝相恋结婚。十月革命后，苏联在中国东北组建情报组织，已是铁路工程师的马图谢耶维奇被发展为秘密情报人员，几年后被任命为哈尔滨地区情报组织的负责人，关柔姝也被丈夫发展为情报员。

九一八事变后，马图谢耶维奇、关柔姝夫妇根据上级指示，与东北的中共地下党建立联系，中共地下人员协助苏方收集情报，马图谢耶维奇主持的地下组织则为中共方面提供经费、武器方面的帮助。1933年，马图谢耶维奇、关柔姝夫妇因叛徒出卖被捕，中共和苏联方面联手营救无效，一个星期后，这对夫妇就遇害了。当时，不过八岁的马念姝亦受到日本关东军特高课的追捕，由中共地下人员将其转移至哈尔滨郊区，不久又撤往苏联境内，给予烈士眷属待遇。

在这之前，马念姝使用的是其父为他取的苏联名字。到苏联后，他把自己的名字改为马念姝——把其父姓氏"马图谢耶维奇"中文音译的第一个"马"字作为自己的姓氏，同时又念念不忘母亲。抗战胜利后，二十岁的中学俄语教师马念姝回到哈尔滨，把自己的国籍登记为中国。当时驻哈尔滨的苏联红军立刻将马念姝招聘为翻译，红军撤回后，马念姝留在哈尔滨，重新干他的俄语教师行当。

这次，苏联向中共（当时尚未建国）派遣"101项目"专家组，审议中共方面为苏联专家提供的中方随员名单时，其中一位具体经办人员正好是当年驻哈尔滨苏联红军交际处的军官，他想起了马念姝，经与苏方驻哈尔滨办事处联系，了解了马念姝目前的情况，便向中共方面推荐。于是，马念姝就成了苏联专家组的一名生活译员。

老大哥也实行"内外有别"的方针，专家组有关技术方面的译员，都是从苏联带来的，生活、警卫、联络方面的译员，则由中共配备。尽管马念姝是日常生活方面的翻译，但小伙子虑事细致、做事踏实、沉默寡言，再加上那口标准的俄语，使苏联人大为欣赏。

杰克的主意是，通过尤丽娅与马念姝的这种特殊关系，设法跟马念姝结交，然后不惜动用一切手段将马念姝拉下水，使其为"六室"工作，窃取"101项目"的技术机密。按照老规矩，杰克把这事交代清楚后，就不再露面，让尤丽娅以他的名义去跟"六室"主任宋斯义联系。

当下，宋斯义听尤丽娅如此这般一说，寻思这活儿有了中情局的铺垫，往下干就方便了。具体怎么做，当然还得仔细谋划。于是他问尤丽娅，你们打算通过什么方式跟马念姝搭上关系？尤丽娅的回答让他有点儿哭笑不得："这个杰克先生没说，我呢，只管执行命令，预谋策划一类的事儿我从来没有干过，肯定也不会去干。所以，这事应该怎么做，还得靠你们。你们策划稳当了，我就向杰克先生报告，只要他说行，我就照着办。"

宋斯义苦笑着摇摇头，这帮中情局的人还真是省心。没办法，那就策划吧！

十一、一网打尽

专案组七名侦查员这几天都忙得不可开交，一干人盯着"一跤头"关易笙中毒案件不放，一共对三百多人进行了调查，竟是一无所获。

这种情况，使一向稳重的郝真儒也沉不住气了。这天在专案组的支委会上，三位支部委员说到案情时，郝真儒忍不住火大："我就不相信，关易笙中毒这么大一桩事儿，案犯竟然能够做得不显山不露水！肯定会有线索留下的，只是我们的工作还不够细致。"

郝真儒说完，另一个支委支富德表示赞同，说咱们再想想办法吧。这时，焦允俊却在一旁抽着烟不声不响，另两人在说什么，仿佛一个字也没听见。郝真儒等了一会儿，不见焦允俊有什么反应，便问道："老焦，你有什么想法，说说吧。"

焦允俊搔了几下头皮说："我在想，是不是别在'一跤头'这棵树上吊死。"

"你的意思是说放弃这条线索？"

焦允俊说："关易笙这个案子，查了这么长时间还没有发现什么蛛丝马迹，放弃并不可惜。至于另外寻找新的线索，那叫'说得轻巧，吃根灯草'，线索有这么好寻的话，咱们这班弟兄何至于给折腾得如此辛苦呢？全组七人，发烧的三个，牙痛的两个，连你老郝也在天天吃枇杷膏、甘草露防咳嗽。所以，只有放弃'一跤头'中毒这条线索了，咱们改侦为防吧。"

什么叫"改侦为防"呢？焦允俊解释说，从那份被我方截获的电报判断，敌特眼下肯定正在动怎样窃取"101项目"图纸的脑筋，而且其迫切心情可能不亚于专案组寻找破案线索。敌人会采用什么手段达到目的，这个不好猜测，但有一点可以肯定，"101项目"是在江南造船厂进行，那不管采用什么法子，最后都离不开江南造船厂这个终端。这个"离不开"可能是指人，也可能是指地点。所谓"改侦为防"，就是要牢牢守住终端不出问题，篱笆扎得紧不怕野狗钻嘛。

郝真儒、支富德都是内行，焦允俊把话说到这个份儿上，那二位自然能够领悟。紧接着，专案组开了个全体会议，决定全力协助"101项目"工程指挥部的安全防范工作。针对有些侦查员对此思路的不理解，焦允俊说，咱们的这种防范实际上就是以守为攻。敌特既然要收集情报，那就必然要向"101项目"靠近，不是靠近实体，就是靠近跟"101项目"相关的人。敌特分子不是来无影去无踪的妖魔鬼怪，他们也是活生生的人，是人，活动时就得有踪迹，如果咱们的防范工作做得细致再细致，就有可能发现敌特留下的蛛丝马迹，那就是线索啊！

这番话说得大伙儿频频点头，郝真儒称赞说："这就是唯物辩证法，老焦同志了得!"

焦允俊冲他拱手:"我一听理论就头痛,咱还是说实在的吧。破案这条路,怎么也得往下走,我的直觉,这样走是走得通的!"

郝真儒听着一愣,喃喃自语:"直觉?这好像是唯心主义的东西吧?"

9月11日,焦允俊、郝真儒去江南造船厂拜访"101项目"工程指挥部主管政工、保卫工作的聂政委。聂政委说我早盼着你们了,你们再不来,我就要打电话请了。上级领导指示,让指挥部跟你们专案组保持密切联系,指望你们给"101项目"保驾护航啊!

原来,"101项目"工程指挥部自从接连发生两次相同的窃密事件后,上级领导震怒,聂政委受到了严厉批评,还给了一个行政处分。他跟指挥长纪莘臻交换意见后,召开了指挥部党委会议,对今后的保密工作制订了制度性的规定。当然,这种规定属于原则性的大纲,具体实施还得制订细则。这时候,聂政委就想到了焦允俊,因为焦允俊等侦查员实践经验丰富,可以在这方面提供帮助。

焦允俊说首长您还真找对人了,接着就把截获敌方密电之事给聂政委说了说,同时介绍了专案组"改侦为防"的思路。聂政委接受了焦允俊的建议,暂且不谈制订细则事宜,而是对眼下防范敌特渗透的具体方案交换了意见,定下了几项除加强三号船台的安保级别之外必须立刻实施的措施——

一是对分派到全厂各车间、工段加工的零部件,由指挥部保卫人员跟踪关注,并且要辟出专门空间安置加工"101项目"零部件的机床设备和人员,保持与外界隔离,没有指挥部发的通行证,任何人(包括厂方领导、军管组成员)都不准入内。另外,所有车间、工段参与"101项目"零部件加工制造的员工,每天须记台账——即对自己进入车间起直到离开为止的工作情况予以记录,下班时由两个证明人签字作证。

二是"101项目"工程指挥部中的中方工程师、技术员以及其他辅助人员，都有接触核心机密的机会，这些同志被挑选参与该工程，政治上应该都是可靠的，也接受过保密纪律教育，且早就实施了一整套制度性的防泄密措施，一般说来不会发生问题。当然，这仅仅着眼于"一般"，如果敌特采取非一般手段，那就需要提防了。敌特行动前不会告诉我方，因此应该做到防患于未然，就当敌人随时都可能下手。有鉴于此，就必须强化保密制度的严格执行，加派保卫人员。领导同志更要带头执行铁律，凡是接触过机密的同志，从指挥长纪莘臻开始，离开工作地点时都须主动让保卫人员搜身并检查随身携带的皮包。

　　最后就是苏联专家组。从理论上来说，不能排除他们中有人泄密的可能。专家一共有五名，听上去人不多，但过来的却是一个四十多人的团队，有政工人员、保卫人员、生活随员以及专家的助手和译员。尽管专家组也有保密制度，但还是那句话，不能排除敌特对这支队伍的渗透。焦允俊对聂政委说了他的换位思考思维，乍看上去，专家组是最难渗透的一块坚石，可万一坚石上有一个细微的裂缝，那是最难提防的。

　　聂政委同意焦允俊的观点，马上跟专家组负责保卫工作的安德烈少校进行沟通。安德烈少校对中方的提议非常重视，经专家组讨论决定，今后每周三次跟中方专门代表联系，互相通报情况，磋商相关问题。

　　中方代表最合适的人选，自然就是专案组长焦允俊了。这在焦允俊的意料之中，但他没料到竟然由此撞到了好运，跟安德烈少校第一次见面就发现了线索！

　　9月14日，焦允俊按照约定前往苏联专家组下榻的礼查饭店（今浦江饭店）跟安德烈见面。他知道苏联朋友喜欢高度酒，找郝真儒软磨硬泡，好不容易要来些经费，买了两瓶好酒作为礼品带了去——专案组的钱是郝真儒管着的，要他掏钱时，这老兄眉峰紧锁，想拒绝却又找不到理由，反被焦允俊说是"铁公鸡"。

这天郝真儒正好去市局参加一个业务会议，他事先跟焦允俊约好，会议结束后把摩托车开到礼查饭店门口，顺带把焦允俊捎回专案组驻地。上午十点多会议结束，郝真儒赶到饭店门口时，只见焦允俊正独自站在饭店大门一侧，专心看着墙上那些花花绿绿的小广告。郝真儒招呼了一声，焦允俊似乎是看得入了神，竟没有反应。郝真儒走上前去定睛一看，这些小广告的内容五花八门，吃喝玩乐无所不包。使郝真儒不解的是，这种小广告在当时的上海滩随处可见，不足为奇，为何却吸引了焦允俊呢？

凭焦允俊的那份机警，当然已经知道郝真儒站在身后了，他指点着墙上众多小广告中的一份，头也不回地轻声道："这份可能有戏！"

那是一份西餐馆的广告，上面说本店专做俄罗斯菜肴，地道正宗，价廉物美，伏特加打八折，云云。郝真儒不知这是什么意思，刚要开口询问，焦允俊却已转身直奔摩托车的方向。两人上了车，焦允俊也真沉得住气，一路上一句话也不解释。到了专案组驻地，焦允俊把郝真儒扯进他那间只有十平方米的办公室，先把跟安德烈沟通的情况作了一下介绍。

苏联在政治保卫方面起步很早，早在上世纪二三十年代就已经形成了一套完整的制度，专门开办了政治保卫学校培训这方面的人才，中共也曾派人去接受培训，如陈赓、顾顺章等就是其中的佼佼者。二战以后，苏联的政保制度日趋完善。此次专家组的保卫组长安德烈少校毕业于捷尔任斯基政治保卫学院，具有丰富的政保经验。因此，专家组来华后从未出现过泄密苗头。

焦允俊和安德烈见面后，听对方侃侃道来，暗忖老大哥确实有一套，相比之下咱们还真是自叹弗如。两人谈完工作，安德烈提议喝一杯，就打开一瓶焦允俊带去的白酒，什么菜也不就，倒在杯子里像喝茶那样边喝边聊些生活中的趣事。有一件事安德烈说得轻巧，焦允俊听着，却不由得心里一紧。

昨天是专家组动力专家尼古拉的四十岁生日，生活秘书瓦扬斯基向安德烈建议，去外面吃一顿为尼古拉庆生。安德烈同意了，叫上两个保卫人员，陪同尼古拉等专家以及几位生活随员出去吃了顿俄罗斯风味的晚餐。这并不算趣事，有趣的是，一同前往的中方译员马念姝意外结识了一位从未谋面的世交朋友。

这就是"六室"主任宋斯义的杰作了——利用尤丽娅在霞飞路经营"格雷西菜社"之便，设法把苏联专家吸引过去用餐（作为生活译员的马念姝多半是要陪同的）。事先，让尤丽娅强化餐厅的俄罗斯风格，找出许多具有俄罗斯风情的老照片，其中就包括尤丽娅的老爸年轻时与马念姝之父的合影，放大后张挂于店堂内。而"六室"则负责把苏联专家组吸引到"格雷西菜社"来。

对于宋斯义来说，这属于小菜一碟，他马上想到了发小广告。这就不必麻烦尤丽娅了，由他派人去霞飞路拍摄了"格雷西菜社"的门面照片和几样招牌菜式，当然还有苏联人一看就激动的伏特加。小广告印制好后，又让下属雇人去苏联专家组下榻的礼查饭店门口发放并张贴。

也是巧，苏联专家组的生活秘书正准备为专家尼古拉庆生，那天在饭店门口等候接送专家上班的轿车时，无意间看见了墙上的小广告，于是知道了霞飞路上有家"格雷西菜社"专营俄罗斯菜肴。向礼查饭店的厨师了解下来，说霞飞路上有不少西餐馆，其中"格雷西菜社"的声誉不错。慎重起见，生活秘书还特地去了一趟吃了顿饭，觉得的确很正宗，于是就这样定下来了。

不出宋斯义所料，译员马念姝果然陪同专家们前往霞飞路。这个混

啄木鸟·红色侦探系列

血小伙儿发现店堂里张挂着的照片中，有几张竟然曾在家里的照相簿里见过，十分诧异，便请出了女老板尤丽娅，双方聊下来，自是惊喜。一起赴宴的苏方人士也为马念姝感到高兴，纷纷向他祝贺。喜欢张扬的尤丽娅因事先宋斯义的提醒，没敢过分发挥，因此安保专家安德烈也没感到有什么不对劲儿。

焦允俊听安德烈说了此事，心里就有点儿不踏实。告辞后在礼查饭店门口等车时，闲得无聊，就跟向他递送小广告的人随口聊了几句，还看了墙上贴着的广告。看到"格雷西莱社"那张广告时，马上想起了安德烈所说的趣事，寻思这是不是过于巧合了？

郝真儒听焦允俊如此这般一说，认为有必要对此进行调查。但在接下来的全组会议上，焦允俊却提出，如若按照常规做法对尤丽娅和"格雷西莱社"进行调查的话，费时过长，万一这是敌特实施的障眼法，想借此转移侦查视线趁机下手窃取"101项目"机密，到时候就后悔莫及了。因此，眼下要把常规调查先放一放，单做一件事——从市公安局调取外籍人士尤丽娅的照片，让虹镇老街那个九岁男童秦永锦辨认，看这个尤丽娅是否就是曾请他喝早茶的"玛丽阿姨"。

专案组一干侦查员一致赞同焦允俊的提议，那就赶紧行动吧。辨认结果，阿四头一眼就认出了尤丽娅。

往下，专案组又有意见分歧，有人主张马上抓捕尤丽娅，追查敌特组织，有人主张先进行秘密监视。郝真儒没有发表意见，问焦允俊是什么观点。焦允俊说："敌特此举意在获取'101项目'的图纸，何不将计就计，做通马念姝的工作，让他跟尤丽娅接触。我方可以趁机摸清尤丽娅跟哪些人有联系，顺藤摸瓜，一网打尽。"

郝真儒说："这个办法不错，但马念姝虽是中国国籍，却是苏方雇佣的译员，此事得跟苏方协调。我马上向上级汇报，争取领导的支持。"

因此事涉及中苏关系，华东局社会部的领导非常慎重，于是层层请示。三天后，北京传来消息：可行。

专案组被之前一而再再而三的曲曲折折折腾得已经不敢过于乐观，好在，前期的弯路不是白走的，有了之前的经验教训，专案组走一步想三步，接下来的行动还算比较顺利。

安德烈代表苏联专家组表示愿意"大力支持和协助"，马念妹的工作也是一做就通，同意配合专案组跟尤丽娅交往。往下不过半个月时间，尤丽娅"顺利"收买了马念妹，马念妹则把专案组精心准备的"绝密图纸"交给尤丽娅。紧接着，专案组向上海市公安局借调了四十名侦查员，配备数种交通工具，还通过市电话局对"格雷西莱社"的电话做了手脚，秘密监视尤丽娅的一举一动，终于摸清了"六室"的情况。

1949年9月30日，中华人民共和国成立前夕，根据华东局社会部的指令，专案组在上百名军警的配合下，实施统一行动，将"六室"宋斯义等六名特务（魏康思在逃）以及中情局女特务尤丽娅抓获，杰克在半月之前已去香港，侥幸逃脱。

七天后，根据上级命令，宋斯义、尤丽娅等七名案犯被押解北京，后来如何处置，不得而知。据专案组获知的非正式消息，宋斯义等三人因现行与历史罪行被判处死刑；尤丽娅在关押中自尽；其余人分别被判处有期徒刑。

1949年10月20日，华东局社会部领导设宴为专案组七名侦查员庆功，同时宣布了上级决定：专案组作为华东局社会部一个常设小组继续存在，易名为"华东特案组"，专门负责侦查华东地区的大案要案。

从这时起至1953年底，华东特案组在华东诸省市的社会大舞台上频频亮相，侦破了多起影响重大的政治、刑事案件。

华东特案组之失踪的情报专家

一、寻访使命

1949 年 11 月 21 日，对于华东特案组来说，是一个难忘的日子。这天，被组长焦允俊私下称为"马头儿"的马处长竟然两次光顾特案组驻地，一日之间下达了两项任务。

上午九点，马头儿驱车过来先交代了一项任务，让特案组侦查一起要案。下午三点多，特案组七名侦查员齐集一堂正在分析案情的时候，外面再次响起那辆大功率英国诺顿摩托的轰鸣声。大家立刻停止讨论，焦允俊脸上露出不解的神情，自言自语道："马头儿怎么又来了？总不见得再下达一桩活儿折腾咱们吧？"

还真让他说着了，马头儿的确是来下达新使命的。而且这项使命十分紧急，以往有什么案子，马头儿都是先跟特案组组长焦允俊、副组长兼支书郝真儒交代，这次却把特案组党支部三成员之一支富德一并叫进了小办公室。

出乎焦允俊意料的是，马头儿交代的新任务并非侦查某一起特大案件，而是让访查一个对象，焦允俊一边听，一边觉得自己的头渐渐大了——访查条件不是一般的差，被访查对象的姓名、年龄、体态、相貌、籍贯、学历、职业都不清楚，更别说住址了。只听说此公是中国人，曾经出洋留过学（去的哪个或者哪几个国家、学的什么专业都不清楚），曾在沪上做过药业掮客（中西药也不清楚），抗战前及抗战期间曾与国民党"中统"、复兴社特务处以及后来的"军统"、美国海军情报局、日本黑龙会、共产国际和中共等方面的秘密情报人员有交往，其最突出的特长是对各类情报的研判，据说准确程度颇高，是情报界公认的情报研判专家。

由于此人经常参与各方的情报研判，接触的情报人员既多，知晓的情报也多，渐渐就成为各方争相拉拢的对象，但没有听说过此人加入某方情报组织的消息，倒是经常有情报人员听说某方向此人买过情报。此人情报生涯的巅峰是在 1940 年到 1944 年期间，汪精卫叛国投敌，在日本扶持下组建伪南京国民政府，汪氏出任伪政府的代主席兼行政院长，除公开聘请政治、军事、经济、文化等方面的政府顾问外，还秘密聘请了一中一日两名私人情报顾问，其中的中方顾问就是此人。这两名顾问都使用代号，日本顾问叫"南山"，中国顾问叫"北湖"。为叙述方便，以下就用"北湖"作为这个被访查对象的称谓。

抗战胜利后，北湖突然失去了影踪。国民政府从重庆还都南京，大张旗鼓惩治汉奸，北湖既是汪精卫的私人顾问，哪怕仅仅是挂了个虚名，也应该列入汉奸名单予以缉拿，如果缉拿不着，则会登报通缉，如果国内找不到，则会把侦查触角延伸到海外。一些比北湖名声小得多的汉奸均被"中统"、"军统"或各地警察局捉拿归案，送上法庭接受审判，不少人被判处死刑立即执行，一些被判处有期徒刑的，在中共执掌政权后依旧在监狱服刑。可这个北湖却不在国民党情报部门或警察部门的通缉名单上。

这一点在当时就引起了社会上一些对政治比较敏感的人士的注意，曾有人在报上发文对此提出质疑，但立刻受到当局的警告，于是此类稿件再无任何一家报纸敢刊登。对此感兴趣的人们私下议论，猜测此公可能已经被"军统"戴老板下令密裁。可是，据中共方面掌握的情况显示，北湖在解放战争期间曾通过数条渠道辗转向中共情报人员提供过国民党政治、军事方面的情报，有些情报被中共高层认为"很有价值"。据此分析，北湖不但还在世，而且一直到1948年初冬淮海战役期间仍在从事秘密活动。当然，既然北湖跟各方情报机构都有关系，那么他很有可能在向中共方面提供情报的同时，也向国民党方面提供情报，甚至为美国、苏联的情报机构服务。因为北湖不但是一位情报判研专家，也是一个情报贩子。

之前北湖向中共方面提供的情报并未由华东局社会部的情报人员经手，他们对这个神秘角色几乎一无所知，这种状况直到前一天一位北京首长来沪才发生变化。这位首长来自中央社会部，奉李克农部长之命向华东局社会部交办一桩任务：设法寻访北湖其人。

随着新中国成立后社会形势的日趋稳定，多方面的工作都开始走上正轨，根据中央精神，接下来将开始进行大规模的审干工作——对革命队伍中的同志进行政治审查，以便更好地发挥他们的作用，也便于清理少数有历史问题甚至是混入革命队伍的敌特分子。因此，需要知情者提供材料，这些知情者包括敌对分子、民主人士，也包括曾在中共阵营内后又因故离开革命队伍的人员以及其他中性人物。在中央社会部列出的第一批此类人员的名单中，北湖名列情报系统榜首。但是，此人在1948年底就失去了影踪。

当然，寻访北湖还有另一个意义更加深远的目的：鉴于新中国成立后情报战线面临许多以前从未遇到过的新情况，我们国家急需加强对情报人员的培训，提高情报工作者的业务素质特别是情报研判能力。相信如果寻访到北湖其人，对于这方面的工作无疑颇具作用。至于为什么要在华东地区寻访，那是因为根据手头少得可怜的那点儿不知真假的材料判断，华东地区特别是包括上海、南京、杭州在内的长三角地带是北湖以前活动的主要区域。雁过留声，人过留踪，他在该地区活动了大约二十年，总该留下丁点儿痕迹的。因此，北京方面把该使命交由华东局社会部执行，华东局社会部领导经过反复研究，又把这一使命下达给特案组。

介绍完上述情况，马头儿对焦允俊等三人说，咱们关起门来，也不讲什么"光荣使命"之类冠冕堂皇的话，说点儿实在的。我知道这桩任务不大好办，对于特案组来说，所要花费的精力可能比上午向你们下达的那起案子还要大。考虑到特案组一共只有七名同志，同时完成两项任务力量当然不够，所以给你们两个选择：一是克服困难，同时进行两项任务；二是先把上午下达的那个案子往旁边搁一搁，集中力量把寻访北湖的活儿拿下。你们支部可以讨论一下，我给你们二十分钟时间。说罢，马头儿从口袋里掏出两包香烟放在桌上，起身出去了。

焦允俊马上撕开一包，叼了一支点燃，咂摸咂摸滋味，吐出一团烟雾，感叹道："当领导就是好，这烟……"忽见郝真儒皱起眉头，怕他

啄木鸟·红色侦探系列

上纲上线，便把下面的话又咽回去了。

两人搭档这段时间，郝真儒也摸透了焦允俊的脾性，知道他有口无心，既然他适时住口，郝真儒也就不再计较："你俩对这事怎么看？是同时上呢，还是先上北湖？"

支富德说："同时上只怕力量不够，别到时候成了驼子跌跤——两头不着实。"

焦允俊不住点头："不能排除这种可能。"

郝真儒看着他："这么说，你是同意老支的观点，先把上午接的那个案子往旁边放放？"

焦允俊又大摇其头："不是这个意思，我是对老支的观点进行科学评判。"

"那你的意思是……"

"我无所谓，反正都是革命工作。如果一定要我明确表态，那我倒是赞同两桩活儿一起上的。想想吧，一个七人专案组同时干两件活儿，一件是华东地区的大案，另一件是寻访一名曾经在情报界呼风唤雨的神秘人物，这都是可以留下不平凡记忆的活儿啊！将来俺老焦同志百年后，儿子、孙子，还有他们的子子孙孙，会把我这个革命祖先的业绩代代相传……"

郝真儒听他越说越不着调，马上拦住："你这种念头不仅仅是个人英雄主义倾向，简直就是家族英雄主义！"

焦允俊知道自己这位搭档不吃逗，点到即止，不再胡扯："言归正传吧，反正都是干活儿，一桩也是干，两桩也是干，肯定要分工的，把人分为两拨不就得了。老支你说是不是？"

支富德一向言语不多，当即点头表示同意。郝真儒说："那就这么定了，两桩活儿同时进行。虽然有难度，但我相信，凭咱们集体的力量，凭咱们以往克服各种困难破获那么多大要案的经验，我们有信心圆满……"

焦允俊怕他像政治指导员似的说下去没完没了，赶紧打断："行了，这事就这样定了。老郝您说得累了，歇口气儿，往下讨论分工，那就是我焦组长的活儿了。"

几个人简单商量了一下，决定上午那起大案由郝真儒、支富德、沙懋麟、张宝贤四人侦查，寻访北湖的任务由焦允俊、孙慎言、谭弦三人负责。当然，分工不分家，哪一拨先完成，就去支援另一拨。分派完任务，焦允俊笑道："老郝，看来十有八九是我这一拨支援你那一拨了。"

郝真儒不服气："别得意，难说！"

焦允俊随即把马头儿请进来，马头儿对支部会议的决定很满意。马头儿离开后，焦允俊对那二位说分工不分家是口号，实际工作得按照组织规定进行，咱们首先就是分家。两拨人的办公室得临时调换一下，各干各的活儿，互相不能透露案情，当然，必要时我们支部三个成员可以沟通。郝、支两人对此都表示赞同，于是说分就分，两拨人马分别在一楼二楼办公，互不干扰。

当晚，焦允俊、孙慎言、谭弦三人开会分析案情。焦允俊先把下午马头儿交代的内容一五一十复述了一遍，说我们这一拨该有个名称，就叫"寻访小组"吧。然后分析案情，各人发表看法，都觉得北湖其人实在了得——

从中央社会部提供的情况来看，这人并不属于民国时期在长三角（主要是上海滩）活动的中外任何一方势力，可能受过情报判研方面的训练，也可能并未受过训练，纯是出于对这一行的爱好自学成才，同时还客串非职业性的情报贩子。尤其是最后一点，这种非职业性的情报贩子在当时的上海、南京、杭州以及苏南城市中普遍存在，巡捕房的包打听、警察局的便衣、旧军队的侦缉员以及铁路、码头、旅馆、饭店、医院、公交、邮电等行业的从业者，甚至到处可见的乞丐、瘪三，这些人中都不乏向各方情报工作者有偿提供情报的，而且是一批相对固定的人员，只不过他们业余工作的业绩没有北湖那样辉煌。当然，不论北湖再怎么辉煌，也只是一个个体户。使焦允俊等三位感叹的是，这个个体户从一开始涉足该行业，竟然就如同专业情报人员那样严格恪守职业准则——隐蔽自己。

根据北京提供的非常有限的材料，此公早在二十年代后期就已开始活动。通常说来，一个业余情报人员肯定会在其与情报活动相关的生涯中不小心露出痕迹，特别是在刚刚起步的那几年里更是如此。可是，这个北湖就是那么有预见性，仿佛在起步伊始就预见到今后自己会成为一名得到中外情报界认可的专家，如果不在初始阶段就刻意注意保密和隐蔽，只怕以后活不滋润，所以，他就时时留意、处处留心。这乃是一个优秀情报人员的天生素质，寻常搞情报的，往往需要反复训练方才能做到这一点，北湖却轻而易举就做到了。

分析到此，焦允俊不由挑起大拇指，这个人实在厉害！从这一点，我们可以看出北湖的风格，这无疑是眼下我们寻访此人最大的难点所在。接下去我们应该如何寻访？马头儿给我们的材料有限，而且不一定靠谱。我们研究一下，看怎样以最短的时间，耗费最少的精力，以最安全的方式把目标找到。

三人一番讨论下来，很快就形成了工作思路——

第一，马头儿提供的情况显示，北湖曾担任过汪精卫的私人情报顾问，这应该是眼下最有希望调查到其基本情况的一个切入口。众所周知，汪精卫的惧内是出名的，其老婆陈璧君是一只极为剽悍的母老虎。在民国高官的眷属中，陈氏是唯一敢于公开跟蒋介石耍泼，甚至让蒋见之憷头的一位。陈璧君对汪精卫的掌控更是严密，经常由日常生活方面延伸到公务上，特别是汪精卫叛国投敌出任伪南京国民政府代主席后，陈氏更是把这种做法发挥到极致。汪精卫聘请北湖为情报顾问之举，陈璧君应该是知晓的，甚至汪精卫还征求过她的意见。根据这个女人的性格，她一旦知晓，肯定会对北湖的相关情况问长问短，不为别的，单单出于对汪精卫安全问题的关心她也必须这样做。须知自从汪精卫1938年12月叛逃河内以来，"军统"曾数次组织对其的暗杀行动，虽然都没有成功，但汪、陈夫妇肯定是吓得不轻。对能够接近汪精卫的人（哪怕只有一次），陈璧君必定非常小心，而且会亲自过问安全审查情况。既然如此，若是对陈璧君进行外调，也许会获得北湖的线索。

第二，据材料上说，北湖最近一次向中共方面提供情报的时间是1948年初冬，但并非是向华东局社会部提供的，也不是向上海地下党组织提供的，而是向军方。当时，我军在上海、南京有数个情报集结点，由于秘密战线的复杂性与安全性，互相之间不可能知晓，即使同是军方，也有不同的归属，二野、三野以及华中军区、山东军区直属中央军委领导的都有，直到现在，新中国成立将近两个月了，还是继续保密，华东特案组根本不可能打听。但是，这应该是一个渠道，还是要向马头儿打报告，要求华东局社会部向北京提出，是否可以跟军方联系（后来这个报告倒是打上去了，但如石沉大海，始终没有消息）。

第三，马头儿还提到过，北湖曾在上海干过药业捐客，这也是一条线索，可以向药业公会的老人了解一下。

二、获取线索

次日上午，焦允俊、孙慎言、谭弦三人去找陈璧君外调。

　　抗战胜利后，陈璧君在广州被"军统"特务成功诱捕，于1946年4月被国民政府江苏高等法院以"通谋敌国、谋图本国罪"判处无期徒刑，褫夺公权终身，先后关押于苏州狮子口监狱、苏州长春巷吴县看守所、苏州司前街看守所。江南解放后，陈氏于1949年7月1日移押上海提篮桥监狱女监服刑。

　　关押期间，陈璧君继续保持着她那副悍妇做派。移押上海提篮桥监狱后，人民政府根据政策，充分给予她人道主义待遇，同时予以思想教育。1959年6月陈氏病逝于监狱前，思想认识已有很大转变。但焦允俊三人去监狱外调时是1949年11月，其时她因长期反共，最终却落到共产党手里，抵触情绪颇大。之前，曾有公安系统的办案人员前往监狱对其进行外调，以便查清某个历史案件或某人的历史情况。陈璧君却是能推则推，总以年龄大（五十八岁）或生病影响记忆为由，拒绝回答。此番华东特案组三侦查员过去，听狱方介绍了陈氏的情况后，孙慎言、谭弦对能否得到陈璧君的配合感到担心，焦允俊倒是信心十足，说不瞒二位，我昨晚已经想到了这个问题，半宿没合眼，一直在考虑对策，现在我老焦已经有了方略，一会儿看我的就是！

　　孙慎言、谭弦知道老焦的手段一向了得，料想这不是虚言，当下也就把心放在肚子里。可接下来却是大失所望。陈璧君被管教员带进办公室后，尽管焦允俊对她很是客气，一口一个"陈女士"，可人家对他们三个却是冷目相视，淡淡问三位有何见教。焦允俊说有点儿事情想请教陈女士，事情不大，跟陈女士本人也并无关系，然后就说到了北湖。陈璧君却是摇头，说我对这个名字没有任何印象。焦允俊解释说此公是当初汪精卫特聘的私人顾问，话音刚落，陈璧君勃然大怒，说汪精卫三个字是你们这些小子叫的？

　　原来，尽管坐了牢，陈璧君待人接物还是有一套规矩的。凡是前来找她外调的，不管是什么级别，对她本人的称谓应该是"汪夫人"，次之则是"陈女士"，对汪精卫的称谓则是"汪先生"、"汪主席"、"汪院长"，如果来人是年纪大些的老派人物，称"兆铭先生"也可以（汪精卫本名兆铭，字季新，精卫系其笔名）。如果不这样称呼，陈氏就会发火。对此，她还有一番歪理：如果你们是以政府人员身份来讯问我的，可以直呼其名；但如果是来外调的，那就必须尊重我的人格和长期形成的习惯，否则，我不会回答任何问题，这是我的自由——有哪条法律规定在押人犯必须接受外调、必须提供情况的（这样的规定当时还真的没有）？

往下的结果可想而知。焦允俊想了半宿定下的"方略"毫无作用，最后铩羽而归。回去以后，焦允俊想想不甘心，说汪精卫身边又不是只有这婆娘一个人，她不肯配合调查，难道别人也不配合？孙慎言、谭弦都点头称是，除了陈璧君，理应还有其他的知情人。

特案组要打听的事儿，只要渠道对路，很快就会有结果。当天午后，从黄浦分局传来消息，说有一个叫屠三眉的在押人犯，汪伪时期当过汪精卫的"侍卫官"，现关押于黄浦分局看守所。

谭弦不禁好奇地问："这个名字有点儿怪，难道这家伙长着三条眉毛？"

焦允俊说："长三条眉毛还能当得上侍卫官？那么醒目的特征，不适宜从事此类职业。"

果然，屠三眉只有两条眉毛，相貌与正常人无异，如果把他放到南京路人群里去，估计一转眼就辨别不出来了。不过，这人毕竟有特殊经历，往门口一站，就看出坐着的三位气度不凡，进来后一个立正："报告长官，罪犯屠三眉，黄埔军校第六期步兵科出身，曾在反动军队当过中校团长，抗战时失足当了汉奸；抗战胜利后因与'军统'大特务戴笠相识，受其包庇，未曾入狱，以经商为生。解放后，人民政府明察秋毫，天网恢恢，疏而不漏，于9月29日将我抓获归案，现等候处理。在下罪有应得，心甘情愿接受任何惩处。如蒙政府法外施仁，网开一面，余生愿为共产党、人民政府效犬马之劳，赴汤蹈火在所不惜!"

这番言辞听得谭弦目瞪口呆，寻思这犯人怎么这样能说会道。焦允俊却知道这是旧军人惯常的套话，当不得真的。为把气氛弄得轻松些，焦允俊冲他摆摆手："请坐! 嗯，你怎么叫这么个怪名字，有人以为你长了三条眉毛呢。"

"报告长官，在下出生时确实有三条眉毛，故先父给起了这个名字。后来，印堂上方那条眉毛随着年龄增长渐渐退掉，到九岁时全没了。"屠三眉一边回答，脸上显现出一种不解的神情，估计在寻思这些人怎么对自己的眉毛那么感兴趣。

焦允俊让对方放松下来的目的已经达到，就跟他聊起在汪精卫身边担任侍卫官的情况。屠三眉果然是当侍卫的料，回答的内容确切到位又不显得啰唆，使焦允俊了解了一些关于汪精卫的安保、办公以及日常生活的情况，他觉得这种了解对今后的调查或许有些用处。一番交谈下来，侦查员感觉差不多了，便问起汪精卫聘请的私人情报顾问之事。

果然，屠三眉点头："有这事。那是1940年3月30日汪伪政府成立前三天决定的，一共聘请了两名，一个是日本人，一个是中国人。日本人的名字我知道，叫中岛阿太，汪精卫称呼他'南山君'。后来也见到过两次，是个五十多岁的瘸腿小老头儿，听说曾经是日本陆军中将，但那时已经退出军界，在经营洋行。另一个中国人我不知道叫什么名字，但汪精卫在别人面前曾经提到过他，称他'北湖先生'。"

三侦查员都觉得找对了人，这种内情，如果不是在汪精卫身边的人根本没法儿知晓，此刻连编都编不出来的。可继续往下问，屠三眉却说他就知道这些。焦允俊寻思，这主儿多半是想讨价还价，这也难怪，旧军官加汪精卫的侍卫官，跟戴笠又有私交，解放后不逮他逮谁？一旦被捕，有关方面对这种双料货没有三年五年的审查是不可能定案的，定案后判刑也是肯定的，判多判少就难说了。屠某肯定知道他面临着什么样的情势，所以会利用一切可以利用的机会主动与政策贴近，要是能弄个立功，那肯定会少判几年刑。而特案组这边，由于任务重大，来了个倾巢出动，屠某一见这架势，难免有"身价倍增"之想，于是就想讲斤头谈尺寸了。

焦允俊暗忖，谈总比不谈好，那说明后面可能有戏。借用沪语来说，屠侍卫官"门槛"太精（源自洋泾浜英语，英文 monkey 的谐音，"门槛精"的意思是像猴子一样机灵），明明想占个便宜，自己却不说，还要外调方主动宣讲政策，然后才肯顺竿上。不过此刻也没有办法，只好宣讲一下了。

当下，焦允俊就把其实屠三眉已经知道了的政策简单说了一番。屠就有了爬竿而上的机会，问如果他提供了线索，是否属于立功行为。焦允俊说这个自然，但前提是线索必须有效，否则你这番表现叫自讨没趣，如果你故意误导，那就是偷鸡不着蚀把米了，不但不会减轻处罚，量刑时还会足尺加三。

一番话说得屠三眉连连点头，然后就提供了他认为可能有用的材料——当年在汪精卫身边当侍卫官的时候，他曾两次见过北湖。第一次是在伪南京国民政府成立前的一个春寒料峭的夜晚，当时汪已经决定出任伪政府首脑，一整套安保系统都仿效蒋介石，正在组建侍从室，屠三眉是第三个报到的警卫。报到后，陈璧君通知他不称警卫，而是叫侍卫官。那时汪精卫夫妇还住在上海早年由法租界当局越界筑路辟建的福履理路（今建国西路，筑路后实际上由法租界控制和管理，沪上坊间通常也将其视为法租界范围）的汪公馆，距波兰领事馆不远。

那天晚上，一辆黑色轿车驶入汪公馆大门，在院子里停下后，车灯和院内的灯光几乎是同时熄灭的。车门打开，下来一个中等个头儿的人，一身黑西装，皮鞋也是黑色的，头上戴的黑呢礼帽压得很低，几乎把架在鼻梁上的那副墨镜都遮掩了。使屠三眉觉得惊奇的是，这人戴的那个大口罩也是黑色的。这个"黑人"由已经等候着的汪精卫的秘书引领进入室内，屠三眉随后跟进，却在办公室门口被秘书一个手势阻住了脚步。秘书随即也退出来了，和屠三眉一左一右坐在办公室门前走廊的椅子上。

屠三眉对这个神秘人物产生了兴趣，他的听力是不错的，想试着捕捉室内的声音，可是，办公室的隔音效果太强，"黑人"待在室内大约二十分钟时间，屠三眉什么也没听到。谈话结束，"黑人"出来，汪精卫送到办公室门口，说声"先生保重"，那人竟然只是微微点了下头。这使屠三眉非常吃惊。他给汪精卫当了四年的侍卫，直到1944年11月汪精卫死后才去杭州汉奸政府任闲职，在汪氏身边见惯了汪送客的场景，不论中国人外国人（包括傲慢的日本高官），没有一个用这种淡定的方式与汪氏告别的。此刻侦查员提起那个神秘人物，他马上就想起了那难忘的一幕。他记得目送那辆黑色轿车离去后，出于好奇，还站在院子里听着渐去渐远的引擎声，辨别轿车行驶的方向——轿车是沿着福履理路往东而去的。

这是第一次。第二次是1941年初一个寒风呼啸的夜晚，其时汪精卫已经住在南京的颐和路34号公馆，那是由其连襟、汪伪政府行政院副院长兼外交部长褚民谊赠送的。那天晚上轮到屠三眉值班，晚饭后，汪精卫吩咐说，晚些时候北湖先生要来访，让屠关照厨房准备夜宵，简单点儿即可，北湖先生喜欢吃面条，就准备鸡汤面吧，下得硬一些。屠三眉即去厨房安排，但他根本没想到所谓的北湖先生就是上次在上海拜访汪精卫的那个"黑人"。

说是晚些时候，一直等到深夜了客人还没到。十一点左右，汪精卫按铃招呼屠三眉去其办公室，让屠给下关火车站打个电话，问上海来的客车是不是晚点了。电话还没打出去，门口警卫已经来电向屠侍卫官报告：有客人晋见汪主席。

这个客人就是北湖了。屠三眉当然不可能认出对方，对方也没自我通报，事后屠问了门口警卫，客人是坐一辆出租马车来的，下车后没对警卫开过口，只出示了一张汪精卫亲笔签名的名片。警卫知道来者不凡，即打电话告知侍从室。正好这时秘书进来，听了屠的报告，马上三步并作两步赶出去迎接了。

客人全身被黑色花呢风衣裹了个严严实实，戴一个大口罩，茶色眼镜，这种严严实实提醒了屠三眉，他当即想起去年在上海法租界汪公馆见过的那个"黑人"。这次，屠三眉尽管没见到客人的真容，但听见了北湖先生的声音。

北湖先生进入汪精卫的办公室不久，厨师把夜宵送来了。按照规矩，厨师只能把夜宵送到办公室门口，由侍卫官送进办公室。屠三眉端着托盘进去时，再次领教了客人的神秘。汪精卫亲自给他沏的一杯茶放在茶几上，一看就没喝过，而客人竟然还戴着口罩！托盘放到茶几上，客人点头，说了声"谢谢"，那口音带着浙东韵味。

屠三眉离开汪精卫办公室时，接班的另一侍卫官陈鸣已经在门外站着了。两人去隔壁的侍从室交接班……焦允俊听得刚来劲儿，屠三眉却像是踩了一脚刹车。焦允俊追问："往下呢?"

"往下? 往下我就下班了，去隔壁宿舍休息了。"

焦允俊竭力掩饰自己的失望，微叹了一口气："唉，老屠啊，这可就怪不得我们不给你机会了。你提供的情况于我们要找到北湖这个人显然于事无补嘛，怎么算你立功呢？”

屠三眉自是不甘心："报告长官，根据我提供的情况判断，那个北湖先生很有可能是住在上海的，因为汪精卫叫我给火车站打电话询问上海的火车是不是晚点了。”

焦允俊冷笑："嘿嘿，当时的京沪线（即后来的沪宁线，蒋介石政府定都南京，故将沪宁铁路称为'京沪线'）也停靠苏州、无锡、常州、镇江等车站，即使北湖是乘这趟车抵达南京的，也不能说明他肯定是在起点站上的车呀，你说是不是？”

原以为对方闻听此言肯定会满脸沮丧，哪知屠三眉稍稍一怔之后，突然露出笑容，摸了摸脑袋说："哎，这位长官，您这一说我倒是想起来了，后来我听说那个北湖先生可能是住在苏州的。”

据屠三眉说，1942年5月下旬，确切日子好像是23日，汪精卫去苏州检阅"清乡成果"，下榻于蒋介石在苏州的别墅"蒋公馆"。屠三眉当时奉命去杭州出差，没有随侍，陈鸣去了。陈鸣是陈璧君的亲戚，虽然跟屠三眉一样是侍卫官，所领的薪饷也是一样的，但汪精卫对他比对其他侍卫官亲近一些，下意识的防范也少些。后来屠三眉听陈鸣说，当晚汪精卫吩咐秘书通知北湖来一趟其下榻处，有事相询。陈鸣和屠三眉一样，对曾经夜访南京汪公馆的北湖有一份好奇心，所以就留了心。

当然，汪精卫身边的侍卫官都是受过纪律教育的，专门由日本人给他们上过课。陈鸣不会刻意去留意什么，但如果机会送到眼前，他也不会放弃。那天正好他当值，自然就是一次机会。当天午夜，一辆马车载来一个客人。当这个客人从竹丝编织的篷厢中钻出来时，陈鸣暗吃一惊——对方竟是一副中东人的装束，身穿长袍，头上蒙着白色围巾。下车后此人谁也不看，快步进入厅堂，随秘书上楼去了。那辆马车随后调头驶出大门，这边的警卫不知道那"中东人"离开时是否仍旧坐这辆马车，但既然对方没有事先告知，他们也不开口相询，打开大门任由其离去。

片刻，有人敲门。警卫开门一看，竟是两个日本兵，嘴里哇啦哇啦一连串日本话。一干警卫都不懂日语，便去请留学过东洋的陈侍卫官出来应付。陈鸣到门口跟日本兵一搭腔，得知他们是夜间巡逻队，今晚接到城防司令部命令搞戒严演练，此刻正是戒严期间，故在前面拐弯处拦下了一辆马车，要把车夫逮捕。车夫比画着说他是拉客人到蒋公馆来的，蒋公馆是何处所，日本兵当然是知晓的，因此前来核实情况。

陈鸣证明车夫所言属实，但带头的那个上等兵要求他去拐弯处看一下，确认是否就是这辆马车和这个车夫。这样一来，就使陈鸣有了一个跟车夫对话的机会。他过去跟车夫聊了几句，弄清楚车夫姓韩，是苏州的古玩字号"真宝斋"老板吴子扬的私人马车夫，今晚奉主人之命把这个装扮奇特的客人从家里送到蒋公馆。主人吩咐送到即返，回头是否需要去接，待蒋公馆打来电话再说。车夫自然照办，不料今晚日本人搞戒严演练，如果不是陈鸣过来作证，只怕他就得进宪兵队了，不死也得脱层皮。

三、遭遇盯梢

离开黄浦区看守所时，焦允俊三人的神情与先前走进大门时迥然不同，谈不上神采飞扬，但轻松是显而易见的。

接下来应该如何进行调查？孙慎言的想法是赶紧奔苏州找那个古玩商人吴子扬，这人跟北湖有直接接触，应该了解情况。谭弦也是这么想的，连说"可行"。然后，两人就望着焦允俊等他定夺。焦允俊也是这个意思，不过他认为去苏州前应该先去一趟药业公会，了解一下民国时上海滩是否有类似北湖那样一个角色。这样做有两个好处：一是倘若运气好，一下子就在药业公会打听到北湖的下落，那就不必去苏州了；二是如果药业公会那边对北湖其人的情况不清楚，也可以请他们相帮打听着，如果在苏州没有访查到北湖的下落，回头还是得盯着上海药业公会这边，这样一来，就可以节省些调查时间。

不出所料，在药业公会没有打听到北湖的情况，焦允俊做了一番安排，随即与孙、谭二人一起赶赴苏州。当天晚上八点多，三人抵达苏州，住进了祥符寺巷一家叫"怡红楼"的中档旅馆，这旅店的名字实在别致，听上去容易使人误以为是烟花场所。次日，11月23日上午九点，三侦查员去了苏州市公安局。当时各地公安机关都有负责接待外埠同行来本地调查以及办理案件的临时部门，名称基本都是"交办组"、"协办组"之类，苏州这边叫"协办组"。市局秘书科马科长看了盖着华东特案组印鉴的介绍信，自是热情。听了侦查员的外调目的，马科长说有名有姓有职业那就好办，当下通知协办组组长殷德胜配合调查。

协办组立刻与派出所电话联系，并给三位侦查员出具了介绍信。殷德胜还要把协办组的一辆摩托借给他们使用，焦允俊婉言谢绝了。

当下，三人步行前往派出所，核实了吴子扬的住址，孙慎言、谭弦都以为会立刻奔吴宅，哪知焦允俊却不慌不忙。从派出所出来，他朝两人丢了个眼色，示意两人少安毋躁。三人在街上转了一阵，看看已是午餐时分，焦允俊说前面就是苏州有名的观前街，我们去那里找家上档次的面馆吃面。

原本说好是去向古玩商吴子扬打听北湖情况的，现在却成了逛街吃饭，这个安排不禁使孙慎言、谭弦大觉意外，都用不解的眼神看着头儿。焦允俊不管不顾，头前引路，直奔观前街上一家面馆。进去坐定，向跑堂要了三个冷盆、一瓶黄酒加上每人一碗浇头面，说咱们边吃边聊，时间有的是。那二位也是心眼玲珑剔透之辈，当下寻思像是有情况啊！当然，不能有任何异常的表现，一切按老焦的意思做就是了。于是，三人喝酒吃菜，随口聊些闲话。

吃饱喝足，焦允俊说咱们回旅馆休息吧，睡一觉再说。三人又步行回了"怡红楼"，进房间后，焦允俊示意关闭门窗，用手指蘸着茶水在桌面上写了"盯梢"两字。谭弦大吃一惊，一双眼睛瞪着特案组长，嘴唇微张，像是噙着一个问号。孙慎言微微一笑，悄声道："我在面馆就觉得情况有异，确实有人盯上咱们了！"

焦允俊生性机警，接受过专业训练，还有长期从事情报工作的经历，早已养成了"睡觉也只闭一只眼"的职业警惕。这种时刻准备遭遇不测的意识已经成为一种人生本能，随时随地都会发挥作用。每次接受任务后，他都要暗暗提醒自己：伙计，注意啦，没准儿就会遇上危险，稍有疏忽性命难保也是有可能的。所以，只要一离开特案组驻地，他就浑身蓄劲儿，表面上依然嘻嘻哈哈，实际身上的每根神经都绷着呢。

昨天傍晚登上赴苏州的火车，焦允俊的这份职业警惕又被激活了。当然，作为资深情报工作者，他不可能平白无故地为自己设立一个假想敌。特案组所负使命来自中央社会部，由华东局社会部正式下达调查命令，在保密方面应该是没问题的，通常说来不会出现被人跟踪或暗算的可能。可是，通常不是绝对，不怕一万就怕万一，焦允俊从不会因侥幸心理放松警惕。昨晚入住"怡红楼"之后，焦允俊在旅馆里里外外转悠了一圈，没发现可疑迹象。上午去市公安局时，一路上照例暗暗留意，也是一切正常。不料，在平江路派出所了解完情况刚刚出门，就发现有一个三十余岁的妖艳女子在马路对面人行道上与他们三人并行。初时他并没特别在意，可是，拐了两个弯之后还是如此，焦允俊就不得不往跟踪方面去猜测了。

他决定测试一下，路过一家鞋帽店时，他招呼孙慎言、谭弦一起入内看了看，还让店员拿出一双球鞋试穿，最后当然没有买。出门时四下一扫，没见那个女子，寻思可能自己过于警惕了，人家不过是碰巧跟他们同行了一段路而已。哪知，从鞋帽店出来不过两三分钟，那个女子又出现了，这回是在马路同一侧，在他们身后大约十米远的距离尾随。焦允俊断定那女子是在跟踪无疑，心里不惊反喜：正愁找不到线索，你这一跟踪，不是把线索送上门来了吗？

凭经验，他料想对方既然决定跟踪，那就是已经基本确定他们三个佯装游客的主儿的真实身份是便衣了，跟踪的目的不可能是为了证实他们跟公安局有联系，而是还要往下深入了解，看他们接下来会去哪里，想干什么。所以，焦允俊并不担心对方会就此罢休。不过，既然被跟踪，就不能径直去找古玩商吴子扬外调了，得先揪住眼前这条主动冒出来的线索。

带着孙、谭两个转悠了一阵，对方盯梢依旧，但盯梢的人换了，不再是那个妖艳女子，而是一个四十来岁穿藏青色中山装的男子，一米七左右的个头儿，长得很壮实，一张国字脸上的五官比较端正，两道扫帚眉下的那双眼睛里时不时有煞气闪过，应该不是善茬儿，弄不好是杀手一类的角色。和先前那个妖艳女子一样，这人很明显没有受过跟踪方面的职业训练，凭焦允俊的手段，可以轻而易举甩脱对方，或者干脆将其拿下。但此刻焦允俊对其产生了浓厚的兴趣，寻思这对男女背后多半还有人，把对方的情况弄清楚再动手也不迟。

再者说，既然是对身负重要使命的特案组侦查员进行跟踪，对方应该也不是凡品，可这对男女的跟踪水平实在不敢恭维，那就有可能是对方临时利用的角色，说不定根本不知道自己的真正上家是谁。如果贸然出手把这个扫帚眉连同之前的妖艳女子拿下，也就不过证实了猜测，后面的戏估计就停演了，那岂不可惜？因此，焦允俊决定按兵不动，和孙慎言、谭弦吃过午饭，又一起溜达着回"怡红楼"休息。

那么，下午是否要去走访古玩商吴子扬呢？焦允俊分析，如果去的话，对方肯定仍会跟踪，虽然采取反跟踪措施可以轻易摆脱，但这就等于告诉对方已经发现他们跟踪了，没准儿就把他们吓退了。所以，走访吴子扬的事还得往旁边放一放，而且还要通知老殷那边暂且不去找吴子扬了，也不必跟分局或者管段派出所联系。至于特案组侦查员遭到跟踪的情况，更没有必要向这边的同行透露。

下午，三侦查员去了趟市局。果然，路上又受到了那对男女的交叉跟踪。焦允俊生怕另二位露出破绽，事先反复关照他们千万要注意，那二位自是严格遵守特案组长的命令。可是，接下来却发生了令侦查员不解的情况：他们在市局跟老殷喝着茶聊了半个多小时，告辞离开时，那两个交叉跟踪的男女却不见了，也没发现有其他人跟踪。

这是怎么回事呢？

四、深夜遇袭

事有蹊跷，焦允俊等三人难免心神不宁。转眼到了该吃晚饭的时候了，孙慎言、谭弦都说没胃口，不想吃。焦允俊说这也不是什么了不得的事儿，没必要弄得这么纠结，饭总是要吃的。这样吧，你俩不用出门了，我也不出门，招呼账房差一个伙计去叫外卖，弄点儿馒头，再来一锅汤，就可以凑合一顿了。

一会儿，馒头和汤送来了。那二位中午吃的面条早就消化殆尽，这会儿闻到香味儿，腹中立刻"咕咕"作响。可焦允俊却不让他们吃，连汤也不能喝。特案组长平时表面上嘻嘻哈哈，一副没心没肺的样子，其实一向心细如发。此刻人生地不熟，又碰上蹊跷情况，哪敢大意。对眼前这份外卖，他不敢掉以轻心，当下掰了半个馒头，在汤里浸了片刻，走出房门穿过院子（他们的房间在旅馆后一个独立小院里），先前出去时他看见外面天井里拴着一条土狗，即如今唤作"中华田园犬"的那种，此刻，他的主意就打在这条狗身上。

那狗看到他手上的馒头，登时猖猖而吠，他把馒头扔在地上，那畜牲三两口就吞了下去，犹嫌不足，抬头望着他哼哼。焦允俊不再搭理它，点了支烟抽着，走到另一侧墙边的金鱼池前观赏金鱼。一支烟抽完，那狗若无其事，正盘算时间是不是有点儿短时，从前面院子来了两个伙计，抬着一个沉重的木柜，要将其放进天井这边的库房。库房门打开后，因门槛有些高，两人抬不进去，焦允俊就上前相帮。那口柜子里装着历年的账本，确实沉重，三人合力摆弄半晌，总算解决了。伙计自是感激，掏出香烟请焦允俊抽，借抽烟的机会，焦允俊跟两人聊了一会儿。离开时看那狗一切正常，于是返回房间说"开吃"。馒头和汤本来是热的，放到此刻已经凉了。三人也不计较，风卷残云般一扫而光。

孙慎言、谭弦见组长这么谨慎，一颗心也提溜起来了，说咱们得机灵点儿，万一发生啥事儿，比如让歹人把门从外面锁上烧一把火什么的，那岂不给一锅儿端了！焦允俊说没事，咱们只管睡觉，明天早点儿起床，出门找家面馆吃了早饭，直接去吴子扬家登门拜访，顺利的话，中午就可以上火车动身回上海了。

那二位对焦允俊一向信服，见他若无其事，也就放下心来。这时，外面渐渐沥沥下起了小雨，风也渐渐大了，寒气透过门窗缝隙漫进来，让人忍不住打冷战。焦允俊说关灯休息吧，三人遂上床睡觉。

因为接下来发生的情况跟环境有关系，这里先介绍一下三个侦查员入住房间的位置。"怡红楼"是一幢两层楼房，前面有一个很大的院子，再往前便是临街的大门，古色古香的门框上方挂着一块黑底金字的红木匾额，"怡红楼"三字写得很有韵味，据说出自前清苏州知府吴云书之手。那两层楼房便是旅馆的客房，上下各有二十间。楼房后面有个天井，中间一道有月亮洞门的影壁把整个儿天井分成前后两块，前块两侧是厨房，后块两侧是库房。

后天井再往里还有一个小院子，称为后院，里面有一间平房，据说以前是旅馆老板郭元庆为一生笃信佛教的妻子颜氏设置的修炼专用场所。颜氏病逝后，郭老板把该处辟作一处独立客房。据说因发生过"闹鬼"事件，被同行四下传播开去，渐渐一些知晓这一情况的旅客就不愿意入住了。郭老板倒也干脆，立马降价，但凡有三四个结伴旅客来投宿的，便向人家推荐该客房，房价打七折，而且会向人家讲清楚为何打折。胆小的旅客自然闻而却步，但也颇有些胆大的旅客不在乎，因为价格便宜，反而争相要住，有时后院客房的入住率甚至高过前面的客房。

焦允俊三人来登记住宿时，出示的是上海市公安局的出差介绍信。当时郭老板正在账房间，见他们有三位，便推荐后院的那间七折房，亲自领他们去看。侦查员见乃是一处有围墙、大门隔断的独立小院，真有一种踏破铁鞋无觅处的感觉，对于出差在外的特案组侦查员来说，这是最合适的住处，既安静便于休息，又可以在房间里商量案情。至于郭老板所说的"闹鬼"，三人根本不屑一顾。

当下，三人紧闭门窗，上床安歇。夜渐深，雨渐下渐密，风势也渐渐增强，风声雨声掩盖了其他声响。那条土狗起初还不时吠叫几声以显示自己正在履行职责，后来干脆就没有声息了。如果现在随处可见的摄像头穿越到 1949 年安装在后院门外，就会摄下发生于午夜后的那一幕——

　　风雨中，前后天井中间影壁的月亮洞门边沿露出一颗脑袋，镜头拉近，可以分辨出那就是白天跟踪特案组侦查员的两个家伙之一"扫帚眉"。这主儿窥探片刻后，闪身进入后天井。那条在库房前的一堆破烂物件底下避雨的中华田园犬发出狺狺之声，从破烂下面钻出来，却不上前向"扫帚眉"示威，而是退入侧后方的库房门口，借库门上方伸出的棚檐避雨。紧跟"扫帚眉"而入的一个四十多岁身穿黑衣的精悍小个儿男子立刻甩出一个肉包子，土狗闻了闻，继而低头吞食。这畜牲吃得正津津有味，"扫帚眉"拿着另一个肉包子佯装友好走到近前，双手倏地一探，以迅雷不及掩耳之势掐住了土狗的脖颈。后面那个黑衣小个子一个箭步上前，一刀将土狗结果。

　　解决土狗后，二人在湿漉漉的狗身上擦去沾上的狗血。黑衣小个子几步来到后院墙前，耳朵贴着院门探听里面有无动静，稍停，冲身后摆摆手。"扫帚眉"二话不说，就地一个上跃，两手攀住墙头，一个引体向上，轻而易举翻墙进院，开院门让同伙入内。两人移步至侦查员入住的客房窗前侧耳倾听，里面传出不同频率的呼吸声，估计房内的旅客睡得正酣。黑衣小个子瞟了一眼黑暗中的同伙，"扫帚眉"已掏出手枪对准房门口，黑衣小个子则伸手从怀里掏出一个小瓶子。

　　那个年代安装窗户玻璃，都是在窗框内侧钉钉子，然后以油灰（即桐油和石灰的混合物）密封，只要把油灰刮掉，拔去铁钉，就能轻易卸下玻璃。看来黑衣小个子精谙此道，他把小瓶里的油涂在窗玻璃四周，使业已干硬的油灰变软，然后用刚才解决土狗的那把尖刀撬下油灰，卸下玻璃。窗内低垂着的布质窗帘被外面的风一吹，向屋内鼓荡起来，被他一把抓住。

　　两个刺客落网后交代，按照预先的策划，接下来，黑衣小个子会伸手探进窗户，拔出插销，开窗爬进室内，再悄悄把房门打开，待"扫帚眉"进入后，即对三侦查员下手，用匕首将三个睡在床上的目标结果，尽可能不开枪，以防闹出动静来不便脱身。对于他们来说，这项活儿算是轻车熟路，也就眨眼的时间，活人就变成尸体了。

可是，这回他们却遇上了厉害的对手。黑衣小个子把他那双不知沾过多少人鲜血的罪恶之手伸入窗子，两个灵巧的手指头摸索到窗子的插销，正要拔开，手腕突然被一只孔武有力的手掌一把攥住，立刻下意识地要挣脱。他是练家子，手上那把劲儿在老家也是出了名的，可此刻却像是被一把老虎钳钳住，只觉得腕骨钻心地痛，接着，这份疼痛就算不得什么了，对方的另一只手也上来了，竟然硬生生拗断了他用来拔插销的两个手指头！还没等他喊出声来，一副手铐以令人难以置信的速度将受伤之手铐住，另一头则被铐在焦允俊随手从旁边角落抓来的实木衣帽架上。

随着黑衣小个子刺耳的惨叫声，房门猛地打开。突然的变故让"扫帚眉"手足无措，下意识对准房间里开了一枪。但开门的孙慎言本系武工队出身，黑夜执行使命不下几十次了，经验丰富，打开房门后立即闪身躲到一旁。"扫帚眉"正要打第二枪，焦允俊先开火了，因为要抓活的，所以是冲下肢开的枪。枪响过后，伴随着"哎呀"一声，"扫帚眉"左膝中弹倒地，随即被从屋里扑出来的谭弦按在地上，双手死死攥住了他持枪的右手。不料这家伙蛮力惊人，单手挣扎，竟然把谭弦上半个身子都顶了起来。直到孙慎言过来一脚把那支"南部九四"式手枪踢飞，又一脚踩住了他的另一只手，这才喘着粗气极不甘心地被扣上了手铐。

这时，焦允俊提着从黑衣小个子那里缴获的"南部二六"式转轮手枪过来了，把枪递给谭弦后说了声"先把他们看住"，随即出门而去。一会儿，焦允俊押着一个披头散发哭哭啼啼的女人返回来。孙慎言、谭弦定睛一看，就是白天跟踪他们的妖艳女子。他们不禁感到奇怪：老焦怎么知道这个女人也下榻"怡红楼"的？

焦允俊让谭弦去前面账房间往市公安局打电话，请市局派车过来，先把受伤的送医院治疗，再进行讯问。孙慎言取出急救包给受伤的"扫帚眉"和黑衣人包扎时，"扫帚眉"不服气地问："你们是怎么知道我们要搞你们的？"

焦允俊把缴获的两支手枪拿在手中把玩，脸上露出不屑一顾的神情，说就凭这么两支破枪你们就敢来行刺？真是吃了豹子胆了！老子如若没有这份警醒，还敢干这一行？你们白天跟踪、下午入住旅馆，哪样瞒得过我的眼睛？

特案组长绝对不是在吹牛。先前对方突然停止跟踪，焦允俊多少有些意外，寻思对方要是换个什么法子在暗中盯着的话，那倒是有点儿麻烦。他让孙慎言、谭弦少安毋躁，自己出去叫外卖时，路过账房间，脑子里忽然掠过一个念头：对方先前已经跟到过旅馆，会不会干脆入住，准备就在旅馆对付咱们三个？

这样想着，他就进了账房，对账房先生说跟另外两人约好的，今明两天他们会在贵号跟我会合，不知刚刚是否有新旅客入住了？账房先生先前给他们办理住宿登记时已经知道他们是上海公安，对此类公家人自是热情，当下直接把登记本送到他面前。焦允俊一看，下午来登记入住的旅客中，有两男一女所持出差凭证盖着平原省濮阳道口区一家商号的店章，入住前面楼房二楼的 207 客房。那是一个三人客房，虽有三张床，但没有套间，两男一女入住其中，就显得有些古怪了。况且，那家商号竟然一下子出动三个人到同一个地方跑生意，其中还有一个女的，这又是一奇。

焦允俊便向账房先生打听那三位是怎么个年龄模样。当时旅馆的账房先生，其他特长可能没有，但若论打算盘和记人面孔体态，可与当铺朝奉并驾齐驱。他们都是旧社会过来的，那时候开旅馆的必须时不时应付以查账查贼查户口为名登门敲诈勒索的税务官、警察或保安团，一个不对没准儿就被封店抓人，破了财还不一定消得了灾。因此，他们对陌生人的长相都有一种入木三分的洞察力，记性也好，几乎是过目不忘。眼下焦允俊询问的账房先生就是这样一个角色，一来二去就把那三个旅客的一应特征说得清清楚楚。

两男一女中的妖艳女子和"扫帚眉"不就是跟踪他们的那二位吗？焦允俊不由窃喜，如此看来，对方是要跟侦查员拉近距离，不但跟踪，还干脆住到一家旅馆。他们的企图是什么呢？往"和平"的方向去想，无非是明天跟踪时方便些；往"暴力"方面考虑，那就是要对侦查员下手了。焦允俊不知对方会采用哪种方式对付他们，从干他这一行的思维来考虑，自然得往"暴力"方面做准备。

焦允俊知道自己今晚肯定睡不好了。对方是三个，这边他们也是三个，三对三，应该不成问题。但焦允俊不想把孙慎言、谭弦弄得睡不好觉，所以没对他们露出口风，只是让他们安心睡觉。干特案工作的都有一份与生俱来的高度警惕，那二位见焦允俊和衣躺下，也就跟着仿效。不过，他们倒是真的睡着了，而且还睡得很熟，特别是谭弦。直到焦允俊听到外面的动静，将二人悄然唤醒。两个刺客本来是行刺来的，却遭遇了剧情大反转，被侦查员生擒。

五、阴差阳错

苏州市公安局协办组接到特案组侦查员打去的电话，立刻派车赶到。"扫帚眉"和黑衣小个子都受了伤，一个是下肢枪伤，另一个被焦允俊折断了两个手指头，由焦允俊、谭弦和市局协办组警员押往医院处置；那妖艳女子则由孙慎言和协办组警员押解市局。

对三个被捕者的讯问是待两个受伤者从医院回来后才开始的。焦允俊说那个女的一看就是跟班，受人指使，人家让干啥就干啥，可以暂时不管她。我们先审"扫帚眉"，然后是黑衣小个子。我和小谭负责讯问，老孙你负责看守人犯。

焦允俊原以为"扫帚眉"貌似莽汉，心机不至于很重，在三人中应是老二，老大则是那个目光阴沉的黑衣小个子，所以"扫帚眉"应该好对付。哪知一向心思缜密判断精准的特案组长竟然走了眼，"扫帚眉"玩起了零口供，不管问什么，他都像个哑巴似的不开腔，甚至连自己的姓名、年龄、籍贯都不漏一字。焦允俊不想这样折腾下去，只好先把他放在一边，跟那个黑衣小个子聊聊吧。

看面相，黑衣小个子应该是个寡言少语的角色。焦允俊走进关押他的房间前，一想到又得面临一场可能会持续很长时间的较量，不由得有点儿犯怵，站在门口连续打了几个哈欠，甚至把身边的谭弦也感染了。临末，焦允俊擦去不由自主流出的眼泪，又伸了个懒腰，这才咬咬牙推开了门。特案组长算得上心眼绝对玲珑剔透之辈，只朝那黑衣小个子扫了一眼，马上就有了一种直觉——这家伙不会像"扫帚眉"那样死顶的，至少眼下不会！

果然，一支香烟递上去，又给对方点了火，那主儿深吸了一口，脸上显出一种忍受力已经达到极限行将崩溃的神情，目光里的那份阴鸷竟然荡然无存。待到焦允俊又把一杯水递上去，那小个子竟然主动开口了，说兄台有甚要问的，兄弟知无不言，言无不尽——

黑衣小个子名叫阮大成，平原省菏泽人氏，四十七岁，是当地恶霸

"照天明"阮耕云的管家兼家丁头目、武术教师。抗战时当地建立中共民主政权后,阮耕云带着家人在阮大成的护卫下去了徐州。他在城里开着两家商店一家作坊,尽管老家的田地财产被民主政府没收,但靠着城里的资产照样可以过一份舒适的日子。稍后,老家伙又担任了日伪商会头目、警察局顾问,继续作威作福。阮大成跟着主子作恶,民愤甚大,当地民众对"二阮"深恶痛绝,每月初一十五都在家里烧香拜佛,祈求老天开眼,赶快把这两个恶棍收去。

好不容易抗战胜利了,日本鬼子投降,人们以为总算可以惩治"二阮"了,哪知,前来"劫收"的国民党官员收受了阮耕云的重金贿赂,蓄意包庇,不但没追究其汉奸罪行,反倒让其出任当地保安营长,阮大成也弄了个便衣队长的头衔。"二阮"继续作恶,组织还乡团窜回老家,大搞反攻倒算。不久,中共武装力量展开反击,还乡团长阮耕云被击毙。阮大成在混战中身负重伤,被卫士金上榜(即"扫帚眉")救出,连同阮大成的相好、寡妇袁翠珍一起逃往安阳,投奔阮的武林师弟。

师弟是旧军人出身,抗战前就已回乡,在当地经商,开着一家糟坊。糟坊占地较大,且酿造之地少有闲人来往,三人躲在那里暂时太平无事。阮大成对那种厮杀逃窜的日子感到厌烦,看经商的师弟过得安逸,便和金上榜、袁翠珍商量,干脆留在当地,弄个合法身份,开一家店铺过一份平安日子。那二位对他言听计从,自无二话。阮就跟师弟商量,师弟说如此也好,放下屠刀立地成佛,总比一条道走到黑要强。

于是,阮大成就从随身携带的财宝中拿出十两黄金,委托师弟办理一应事宜。师弟在当地人脉较广,很快就为他们三人办妥了户口。知道他们经不住追查,又请当地警察局伪造了户籍档案,阮大成与袁翠珍的关系是夫妻,金上榜与袁翠珍的关系是兄妹,成了阮大成的舅子。办理好一应手续后不久，当地解放了。阮大成开了一家在当地被称为"洋货铺"的专门出售小百货的店铺，做起了新政权下的合法生意人。

可是，师弟所在的安阳毕竟离阮大成的老家不到五百里地，当初阮大成身负重伤突出重围时，只想就近找一处安全的落脚地，养好伤后就要离开的。那时候安阳地区是国共双方经常拉锯的区域，别说阮大成了，就是蒋委员长也不知道过些日子这地方究竟会属于哪一方。阮大成原来的打算是，养好伤后如果还是国民党的天下，那他就出头露面，打通关节重新当个小官，否则就远走高飞。不料形势变化太快，而且于国民党方面大大不利，他的伤势也时好时坏，还感染了一场伤寒，结果连伤带病休养了很久。之后作出留下的决定时，阮大成并不了解国共斗争的大形势，待到生米煮成熟饭，他才发现五百里地似乎并不像想象中那么遥远。经常有操着他所熟悉的乡音的顾客前来购买商品，幸亏他不是阮耕云，否则早就被人认出来了。但这样下去毕竟不是长久之计，安全系数已经越来越低了。阮大成就跟师弟商量，看是否能够找一个万全的法子。

师弟的日子也没有解放前好过，因为他当过旧军官，在当地又是一个能量堪比社会活动家的角色，虽然没犯过事儿，但历史问题是没法儿回避的，隔三差五就被公安局唤去谈话，交代自己的问题，接受本地和外地公家人的调查。随着对时事政策的不断关注和了解，他发现别说其他了，就是帮师兄伪造身份让他们三个隐藏下来的事儿，就够得上包庇反革命的罪名了，一旦败露，逮捕判刑没商量，闹不好脑袋都保不住。他正想把师兄三个请离本地，另觅良枝落脚，但碍于面子又不好开口。此刻师兄主动来找他商量，自是求之不得。几番商量下来，师兄弟终于找到了一个法子：去苏州投奔袁翠珍的舅舅裴高山，请其设法为他们办理落户与开店经商等一应事宜。

华东特案组之失踪的情报专家

裘高山是苏州当地的开明绅士，掩护过新四军和中共地下党员，其宅一度还曾经是华东野战军的地下交通站和伤病员转运点。解放后他虽然没担任新政权的任何职务，但理所当然地受到了人民政府的尊重。相信如果他出面为自己的外甥女袁翠珍及"家属"合法迁移户口并在当地落户，应该是没有问题的。只要成功落户，就算洗白了身份，开店铺或者找工作也就没有障碍了。

当然，从不留后遗症的角度考虑，合法迁移户口也是有难度的。即便眼下这边的派出所没有发现阮大成三人系还乡团逃犯，可以凭苏州那边开出的迁入证明为他们办理迁移手续，但日后其老家那边的公安机关若是追查过来，只要一查派出所的户口迁移档案就可以顺藤摸瓜去苏州拿人了。因此，合法证明是不能选择的，只能伪造。阮大成灵机一动，请师弟设法去外地找个刻章匠伪造一份军队转业证明。之所以伪造军方证明，是因为初解放时军队调动频繁，日后即使警方想调查，只怕也难以找到相应的单位和人员。师弟认为此法可行，就去了趟新乡，找了个刻章匠刻了一枚"华北军区后勤部"下辖一家子虚乌有的单位的公章。

接下来一切顺利，裘高山对这个上门投奔的外甥女所说的一切信以为真，又持有军方出具的证明，就出面相帮办理了落户苏州的一应手续。阮大成原准备自己开店铺做生意，但在苏州考察了一番，意识到以后可能没有私有制了，个体做生意是搞不出什么名堂的，弄不好最后连伪造的身份都会被戳穿，遂决定不开店铺，还是去打工做无产阶级吧。打工也有私营和国营之分，如果进公家企业，就要填写个人简历存进档案，那就不大牢靠，没准儿公家还会来一个调查核实哩。所以，还是去私企为好。这样，阮大成就请他也尊称"舅舅"的裘高山出面，把他介绍进一家私营丝绸厂做了一名财务人员。金上榜则凭着他那身蛮力在轧米厂找了一份扛大包的活儿，袁翠珍还是做家庭主妇，待在租居的房子里烧饭做菜料理家务。

一个月前，阮大成接到师弟的一封信，说是据公安局一名留用警察透露，阮大成老家的公安局已经接到群众反映，称阮大成潜逃安阳一带，改名换姓洗白了身份。为此，平原省公安厅发出了专门针对阮大成、金上榜的通缉令，已经寄到当地公安局了，估计立刻就会予以追查。阮大成大惊之下，立刻给师弟回了一封信，未具称谓、落款，信封上也没有寄出地址，只写了"内详"两字。

不料，信刚刚寄出，师弟就来苏州了。他是逃出来的。当地公安局追查逃犯堪称神速，也就不过短短两三天时间，就已经怀疑到师弟头上，发出了传唤通知。师弟去派出所接受讯问，对方称为追缉罪大恶极的还乡团反革命分子阮大成、金上榜而来，说话间出示了当初师弟相帮阮大成三人买通旧警察办理落户的一应材料，以及经办人所写的揭发材料。对方在师弟面前放上纸笔和一副手铐，说给你两个选择，一是写出交代材料，让我们把逃犯抓到，你就没事了；否则那就立刻逮捕！不过，逮捕后就没有宽大之说了。

师弟当下惊出一身冷汗，意识到他最担心的事儿终于发生了，稍一定神，说能不能给我几分钟时间考虑一下？对方说可以，给你十分钟考虑。说着，收起手铐，在桌上放了一包香烟和火柴，让他一个人在屋里好好想想。十分钟后，当追逃人员再次进屋时，却大吃一惊：窗框上手指粗的铁栅栏已经被拗弯，嫌疑人脱逃了！

师弟这一逃就直奔苏州，见到阮大成后，说师兄我没供出你，从此我只好亡命天涯了。两人一起在馆子里喝了一顿酒，阮大成知道师弟仓惶出逃，身边没钱，便把自己身上所有的钱钞连同手表、戒指一并相赠，师弟却拒绝接受，说他自有办法。阮大成知道师弟本领了得，早年系盗贼出身，后来投到师傅门下刻苦学武，成为他们这一辈中武功最好的一个。盗技加上武术，再有丰富的江湖经验，他应该可以走得下去。

没想到的是，次日清晨阮大成照例到附近公园晨练，听说树林里吊死了一个人，便和其他人一起凑上去看热闹。这一看，不由得大惊失色——上吊者竟是师弟！

师弟出逃时，身上没有任何可以证明其身份的物品，警方勘查后认定是自杀，就按无主尸体作了处理。对于阮大成来说，这条线索算是已经断了，可他突然想起那封寄出的信，不禁一惊：虽然未曾注明抬头落款，里面的话也说得含糊，可上面的邮戳会表明是从苏州寄出的。如果这封信落到警方手里，保不齐就会把侦查触角伸到苏州。

阮大成意识到那封信闯祸了，后悔不已。但此时也无法儿可想，只好设法先作防范了。跟金上榜和袁翠珍商量，那两个哪有主意，都说听他主张，他怎么吩咐就怎么办。阮大成寻思如果老家便衣来苏州追捕，那肯定是要跑派出所的，就决定让袁翠珍化装小贩去派出所周围转悠。时间紧迫，想到就做，阮大成当即去批了些香烟火柴针线糖果小玩具之类的小商品，装在竹篮里让袁翠珍天天出去叫卖。袁以前在家乡做过这一行，倒也熟门熟路，并不觉得犯难，每天还小有赚头。

这样到了昨天上午，袁翠珍照例出去做小买卖，在派出所门口瞥见三个男子从里面出来，其中两个（焦允俊和孙慎言）正在说话，都带着山东口音，尤其是其中的一位（孙慎言）更是带着特别明显的鲁西南口音。袁翠珍这一惊非同小可，阮大成事先交代过遇到紧急情况时的应急措施，当下把竹篮寄存在附近一户她经常去歇脚讨口水喝的居民家，随即对三位侦查员进行跟踪，焦允俊三人进鞋帽店期间，她还抽空到附近给阮大成打了个电话。阮大成立刻与金上榜联系，命其赶紧请假，配合袁翠珍跟踪。

袁、金两人搞跟踪还是第一回，况且这是逃犯跟踪侦查员，其紧张程度可想而知。阮大成也不比他们轻松。像他这种角色，事先早已有了如若发生不测的应对方案。他的方案就是继续逃跑。往哪里逃呢？一是南边几个尚未解放的省份，二是往境外逃，泰国、缅甸、高棉（1953年改称柬埔寨）、老挝或者香港、澳门。从阮大成被捕后的次日即被医生诊断为精神病来看，他在长期逃亡期间所受的精神压力极大，在抵达苏州后精神上应该已经有问题了，而师弟的自杀对他的刺激更是强烈。精神病人都容易钻牛角尖，反映在阮大成身上，就是要求自己制订的计划尽善尽美，滴水不漏，不能有一点儿瑕疵。怎么才能不留后患？偏执的想法导致他脑子里冒出了一个疯狂的念头——把追逃人员干掉。

现在，由于袁翠珍错认了目标，而阮大成自己又不出面予以核实，他派出的增援力量金上榜是个四肢发达头脑简单的家伙，奉命出马，只道老大已经吃准对方是追捕者了，哪里会有甄别之念？所以，阮大成决定一不做二不休，干掉三个追逃人员后远走高飞。这件事对于他和金上榜来说应该比较容易，武器是现成的，那两支手枪是他们干还乡团时就已在使用的，不论逃到哪里都带在身边。于是，他们就用事先准备好以备逃亡之用的假出差证明入住"怡红楼"。事后想来，如果那天他们对付的真是老家来的追逃人员而不是华东特案组侦查员，没准儿还真会成为一件轰动苏州的血案。

作了上述交代后，阮大成对焦允俊说，我已经想通了，这是因果报应，以前是我杀别人，现在是别人杀我，一报还一报。活到现在，我突然觉得自己这辈子其实没啥意思，即便你们不枪毙我，我也不想活了。果然，次日，苏州警方经焦允俊提议将阮大成送医院作精神鉴定，被确认患有精神疾病。稍后报苏南行署公安处批准，将其送沪复查。但在赴沪的火车上，戴着手铐脚镣的阮大成竟然趁上厕所的机会跳车自杀了。

特案组侦查员对阮大成的口供除了震惊，还有一种哭笑不得的感觉。随即又提审金上榜和袁翠珍，金上榜得知老大已经招供，也只好供认了一应罪行，两人的口供得到了袁翠珍一应交代内容的印证。当然，这还需要核查。但这就不是特案组侦查员的事了，他们跟该案其实毫无关系，仅仅是认错了人而已。剩下的事，就委托苏州警方了。

六、调查失利

焦允俊对被阮大成三个耽搁掉的一天多时间颇为心痛，说没想到老子经过多少风风雨雨都没吃亏，这次却差点儿着了土鳖的道道儿，还浪费掉这么些时间，太不划算了。上午办完阮大成的案子，三位侦查员顾不上休息一会儿，立刻前往山塘街吴子扬家。

吴子扬这年已经七十有三，身体尚可，之前他仍执掌古玩店铺的经营大权，但不过是拿拿主意，具体事儿都由两个儿子去做。两年前，他把古玩店铺关闭。不知是这老头儿对局势有先见之明呢，还是正好碰巧，过了一年，又把资产转移到香港，让两个儿子举家移民海外，继续经营古玩。他和老伴则留在苏州这边的宅第里，解放前雇佣的三轮车夫、厨师、娘姨三人都留着，给他们开一份薪水，照应二老的生活。

吴老头儿没有任何政历问题，也不曾参加过什么政治团体或帮会组织，只是一个商人。但他祖上曾做过清廷的四品文官，对古玩非常精通，经常被皇上召进宫廷鉴别大内古玩，因此留下了一份名声。到了吴子扬的祖父，屡次应试落第，干脆放弃做官的念头，改行做起了古玩生意。凭着上辈的名气和祖传的本领，还真是一炮打响。传到吴子扬手里，吴家的"真宝斋"已经是三代相传的老字号了。民国时江南地区的许多达官贵人、巨贾富商都愿意请吴老板登门鉴定古玩，他因此结识了不少这方面的角色，也弄得他解放后不得安宁。倒不是审查他本人的问题，而是外调人员络绎不绝，有点儿应付不过来了。这几天他正动着去太湖东山寻安逸的脑筋，便在大门上贴出了一纸告示，说主人身体不适，暂不见客。

三位侦查员并未理会这纸告示，焦允俊说这事没办法，别说在家里休养了，就是在医院开刀，只要医生说可以，咱们也得打扰他老人家。不过，上门之前，咱先去买点儿慰问品吧。于是就去买了奶粉、水果、糕点、糖果，提着去叩门。开门的娘姨见来人提着礼品，以为是来探病的，就往里通报，如此，侦查员得以顺利见到了吴老板。

事先，焦允俊嘱咐另两位侦查员，说人生七十古来稀，吴老板已经七十开外了，活到这把年纪不容易，咱登门调查不能惊着了吴老板。这样吧，小谭一看就是个白面书生，举止斯文，就由你出面提问吧。先跟他说明白，我们的外调跟他本人没关系，千万别吓着他——注意啦，哪怕吴老板一时糊涂说漏了嘴，说他自己曾经跟汪精卫也好、老蒋也好，总之随便什么字号的反派角色有交往，也统统装作没听见。咱们的任务是寻访北湖，其他情况一律不管！

谭弦是交大出身，素质很高，自是充分领会了组长的意思，而且执行得很到位。到位到什么程度？吴子扬甚至说这位同志说话比我孙子还贴心。可是一说到当年北湖去见汪精卫的事儿，老爷子就直摇头，焦允俊开出的那个定心丸方子他根本不认，使出自己多年练就的"吴系三连"——年纪大了，身体不好，脑子不行。总之一句话：不肯配合！

孙慎言在旁边听得犯愁了。这咋办？这种情况在陈璧君那里碰到过，限于政策，咱们没办法，难道现在对这个古玩商也一筹莫展了吗？想着，便朝焦允俊看了看，那意思是，是不是照昨天派出所民警所说的，由他们出面做做动员工作？焦允俊读懂了孙慎言的意思，微微摇头否定。派出所出面做动员工作？莫非户籍警比咱水平高？那不可能，除非吓唬人家。那就不是水平了。再者说，老头儿这么大年纪了，万一吓出个好歹怎么办？

可是，这桩活儿难道就这样结束了？焦允俊还真是这样想的，说既然吴老先生想不起来，那咱们就告辞了。一句话说得小谭目瞪口呆，孙慎言更是不解，竟然一时反应不过来，没有跟着焦允俊一起站起来。

老爷子给了三位侦查员一个软钉子，这还不算，接下来又给侦查员们出了个难题——让他们把慰问品带走，说他有个规矩，从来不收外人东西。这下，焦允俊不爽了。四样礼品都已经买了，要退回去，人家商号不会接受，食品离柜概不回接嘛，按规矩白送人家也不会收的。那留着自己吃？如果这样做可以的话，焦允俊举双手赞同。可是，礼品是用专案组的经费买的，花的是公家的钱，专款专用，回头还要入账。若是自己吃了，这就相当于监守自盗，侦查员们的纪律意识是很强的，绝对不会这样做。此外还有一个办法，就是花自己的钞票买下来。可是，当时还是供给制，即使是特案组成员，每月也只发一点儿津贴供零用。多少？焦允俊是正营级，每月可领三万元（旧版人民币，与新版人民币的兑换比率是 10000∶1，下同）。所以，这四样礼品用他们自己的钱根本买不起。

不得已，焦允俊向老爷子言明情况，坦陈您老若是不受，我们也没法儿处理，弄不好就犯错误了。哪知，转机就在焦允俊的这番话上，当吴子扬听说这三个公家人每月只有两三万元津贴时，不禁大为吃惊，沉默片刻，让娘姨把车夫老韩唤来。吴子扬对老韩说："还记得那年汪精卫来苏州时我让你去火车站接的那位上海客人吗？后来又让你送到蒋公馆的。这三位是上海来的公安同志，要了解这件事儿，说了跟我无关，当然跟你这个车夫更没有什么关系了。那客人在我这里住了一夜，你是清楚一应经过的，现在你把全部过程向这三位同志如实道明，他们如果

啄木鸟·红色侦探系列

还有什么不明白的，可以直接问我。"接着，又吩咐书房门口的娘姨，"去客厅谈话吧，这是我的客人，好好款待，沏最好的碧螺春。把他们带来的这些礼品也拿出去，请客人随意品尝。"说罢又扭头向焦允俊解释，"我已经收下礼品，三位先生但吃无妨。"

焦允俊在碰壁后，原本就把补救主意打到了车夫老韩身上。想请派出所出面把老韩唤去接受调查，料其不会拒绝提供相应情况，只是担心老韩知道的有限，现在有了吴子扬的这个态度，那就足可额手称幸了。

老韩向侦查员所作的陈述，当然要比汪精卫的侍卫官屠三眉说的详尽了——那天他正要收工回家，吴老板忽然吩咐，让他去火车站接一位客人，客人是搭乘沪宁快车从上海来苏州的，不认识也不要紧，把车拉到站前广场那幅"大东亚共荣圈"的巨幅宣传画下面等着就行了，客人会自己找来的。接着给了他一张写着电话号码的纸条，说如果遇到侦缉队查问，就让他们打这个电话。吴老板还叮嘱，接上客人后，就直接拉到家里，娘姨已经把客房准备好了。

老韩顺利接到了那个客人。那人四十来岁，中等身材（据老韩的描述，侦查员估计在一米七五左右），长得并不精致，但脸上五官还算匀称，没有疤痕，皮肤也滋润白皙，一看便知是位从不接触体力活儿的"先生"。使老韩感到奇怪的是，这人自始至终不曾说话，见到他后点点头就上了车；到达吴老板宅第下车时又是点点头，拱手示谢。另外，客人下车前掏出白色绵纸，把三轮车席篷拉杆等凡是被他的手接触过的位置全都擦拭了一遍。之后两次坐他的车（一次是当晚去汪精卫下榻的蒋公馆，另一次是次日上午返沪时去火车站）都是如此。尤其是次日上午去火车站时，上车前还赏了老韩两枚银元，给钱的方式又使老韩大开眼界——竟是事先已把银元包在手帕里，打开手帕让老韩自取。当然，对于侦查员来说，老韩认为的种种不可思议是很容易理解的，那是人家情报专家的职业谨慎,平时的一举一动都注意隐藏自己的身份信息。

老韩提供的这些信息对于侦查员来说远远不够,那么,吴老板是否可以给予补充呢?之前吴曾有过"还有什么不明白的,可以直接问我"的许诺,侦查员于是再次叨扰。

吴子扬跟北湖的关系带有些传奇色彩——全面抗战爆发前一年的正月初三,吴子扬去上海走亲戚。他是江南古玩业界的大腕,上海那边自有人事先已经跟其亲戚联系,得知吴老板前往,纷纷登门,说是拜年,其实是把珍藏的古玩拿来请他鉴定。吴子扬也乐意提供此类服务,既能结交朋友,又可以顺便捡漏儿。这天就是如此,他用很低的价钱收购了几方唐朝皇室的印章。估算下来,拿回苏州可以以十几倍的价格出手,就这么转转手,少说有五千元的利润。五千元在 1936 年时是什么概念?这笔钱款可以在上海滩中心城区开一家中等规模的中药店铺。

可能是晚餐饮酒的原因,吴子扬乘坐夜班火车回苏州的时候竟然把装着印章的皮包忘在车上了,直到出站后坐上私家三轮行驶了一段路方才想起。立刻赶回火车站跟站方交涉,站方即和这趟客车的下一停靠站无锡站联系,列车因而被获准在无锡站多停靠五分钟。可是,无锡站的工作人员上车检查却未有发现。如此,吴子扬不得不承认自己倒了大霉:那个皮包肯定已被哪个旅客顺走了。

回到家里,吴子扬自是情绪低落。哪知不多久就有人登门,还送来了那个皮包。这人自称姓周,正是侦查员要找的那位北湖先生。周先生说他下车时发现邻厢座位旁挂着一个皮包,断定是也在苏州站下车的哪个旅客遗忘的,就随手取了下来,拿到站台上看看,却无人返回寻找。这时发车铃声响了,火车起步驶离,他就把这个皮包打开,看里面是否有失主的住址信息。检查下来,里面除了钱包、名片,还有一个装着几方古印章的镶银紫檀木盒,便知印章价格不菲。寻思失主肯定心急如焚，就按照皮包里那盒名片上的地址找上门来完璧归赵。

吴子扬当时的心情可想而知，一迭声道谢自不待言，还马上吩咐厨师备酒炒菜，请周先生留下吃夜宵。周先生没有留下，甚至连茶也没喝一口，不过倒是跟吴子扬聊了一会儿，说自己在上海滩从事药业生意。也就坐了不过十来分钟，周先生起身告辞。临走时，吴子扬叮嘱对方，以后如果有什么事需要他帮忙的，尽管开口。据吴子扬说，这人说话似乎带有浙江靠近上海那片地区或者是上海郊区的口音。

这位周先生一去之后再也没有消息。直到1942年5月下旬那天下午，正在古玩店处理事务的吴子扬忽然接到一个电话，对方自称姓周。吴子扬一时没有反应过来，他的主顾、朋友实在太多，每天接到的此类电话不计其数，正迟疑时，对方补充说我是上海的，战前有幸与吴先生同坐一列夜班火车。吴子扬立马想起来了，自是热情倍加。周某说我今晚要坐夜班火车到苏州来，想在贵府借住一宿，不知是否方便？吴子扬马上表示，老朽一直对周先生之恩念念不忘，今日终于候到先生光临，求之不得！两人在电话里说定，当晚让老韩去接站。

电话里，对方并没有说他要去跟汪精卫见面，抵达吴宅之后，才跟吴子扬说起他这次赴姑苏的目的地是蒋公馆。吴子扬大吃一惊，说那里如今已不是蒋委员长或者其家眷居住，而是现"国府"汪代主席的行宫。对方却说，自己此次正是应汪氏之约而来。听到这里，吴子扬再也不敢把话题深入下去了。试想，周某自称一个生意人，竟然能受到汪精卫的约见，这份来头那是不敢想象的呀！怪不得两人相识之后一别数年没有联系，也没留下名片或者口头告知其在上海的住址，这人是干大事业的啊！

接下来，就是老韩所说的那番情况了。那晚周某从蒋公馆返回后，吴子扬已经备好夜宵，但周某跟上次一样，没有吃喝，两人聊了片刻就各自安歇了。次日清晨，周某早早起床致谢辞行，竟连早餐也不肯吃。之后，双方再也没有联系，至今已经七年有余了。

吴子扬的这番陈述，应该说是已经很配合了。可是，对于侦查员来说，收获并不算大，这位北湖先生的真实姓名、确切职业以及地址都没有着落，但好歹总算有了此人的相貌体态特征。至于口音，那就不能确定了。吴老爷子说是浙东地区或者上海郊区的口音，屠三眉也说过好像是浙东口音，但焦允俊知道，像北湖这样的情报专家，肯定熟悉各种方言。就拿他老焦来说，他是山东人，平时自然是一口山东话，但以前执行秘密使命时，还不是两河华北江苏浙江上海话都能说，甚至连山西话也能临时对付一下，而且还说得蛮流利，从来没露出过破绽。

焦允俊和孙慎言、谭弦商量下来，既然吴子扬也言之凿凿地说北湖是从上海过来的，不如返回上海去寻找目标的线索。

七、疑似目标

一行三人于当晚返回上海，顾不上休息，先聚在一起分析案情，最后，侦查员对北湖的一应特点作出了一个大致上的框定——年龄在五十岁左右；身高在一米七二至一米七五之间；操长三角即苏南、浙东和上海郊区口音，其籍贯可能也是这一区域的；可能有过去国外留学或者较长时间逗留的经历，学习过收集情报的工作，具有研判情报的天赋；有学医（中西医不确定）经历；应出身于一个比较富裕的家庭，或有家境优裕的亲友长期给予经济资助；处世经验丰富，性格谨慎，待人接物低调，在外人眼里可能显得有些孤僻。

临末，焦允俊看看手表："哦，已经十一点了，就这样吧，明天去药业公会了解一下他们排查的情况，只要有对象，按照这几点去套，凡

啄木鸟·红色侦探系列

是套得上的大致就八九不离十了，看运气吧。"

次日，11 月 25 日上午，焦允俊、孙慎言、谭弦三人前往上海市药业公会。这是侦查员第二次去药业公会，之前孙慎言、谭弦曾奉特案组长之命去过一趟，向公会查询符合北湖情况的那样一个对象。解放初期的药业公会把中西药业合并了，稍后发现欠妥，就又分开了，接待他们的公会副理事长老王问侦查员要找的那位从事的是西药还是中药行业。侦查员说这个我们不清楚，麻烦你两个行业都了解到就是了。当时他们使用的是上海市公安局的介绍信，对于对方来说就算颇为重视了。这次三人一起登门，上次接待的那个老王同志正在接听电话，瞥见侦查员出现在门口，赶紧结束通话，站起来接待。

老王是上海本地人，三十八九岁，中药店学徒出身，满师后当了一名柜员。据说他对鉴别中药材非常精通，在上海滩中药行业中颇有名气。这份名气掩盖了他的地下党身份，使他成功地为中共地下党默默效力八个年头儿。解放后，他被安排到市工商局当了一名干部，由于精通业务，又被指派到药业公会担任副理事长兼支书，是实际上的一把手。当下，老王向侦查员介绍了公会在寻访北湖线索方面所做的工作——

民国时期上海滩的中西药行业在全国最为发达，药店林立，掮客经纪人更是不计其数，还包括不少外国掮客。自 1927 年北伐军攻占上海，历经一·二八事变、八一三中日淞沪战役和最近的解放上海战役，由于战乱原因，药业变化很大，掮客队伍更是今非昔比，其从业人员的变更至少达百分之五十。因此，要在二十年代后期到四十年代后期整整二十年的时间段里寻找一个不知姓名、年龄和籍贯的神秘人物，其难度可想而知。好在，老王具有多年隐蔽工作的经验，打暗主意的本领还是有一套的。分析情况后，他从药业公会以及下属的会员店家中抽调六名政治可靠精力充沛的积极分子，由药业公会指派的一名党员领导，组成了一个专门的访查小组。

到昨晚为止，这个小组物色到五名疑似北湖的对象。由于他们有药业公会提供的盖着上海市工商局公章的介绍信，调查工作得以做得比较细致，甚至得到了疑似对象所在单位或者管段派出所、分局的支持，允许他们查阅资料，安排知情人接受走访，以便他们充分了解情况。现在，这五个疑似对象的材料递交到特案组侦查员手里，他们当场分析，根据昨晚总结的北湖的诸般特征，认定其中一人与北湖高度相似。

这个对象名叫施政，今年五十挂零，男性，浙江慈溪人氏，身高一米七三，体重七十公斤，肤白少须，浓眉大眼。1900 年，施政出生于慈溪一个资本家家庭，三岁被送给堂伯父做儿子。义父施王道系宁波大户，拥有田地厂店，用初解放时的成分评定标准，应该算是工商地主。八岁那年，施政随义父前往上海英租界生活，进教会小学上学。少年施政天资聪慧，读书很好，只用四年时间就完成了六年的学业，十二岁升入教会中学。两年后，与其义父交好的英国传教士卜罗逊见他聪明伶俐，征得施王道的同意，携其到英国深造。

施政在伦敦一待八年，包括其义父施王道在内的一应亲朋好友，没有一个知道他在英国学了些什么，前五年他甚至没有回国探亲，直到他十九岁时，才在义父及生父的强烈要求下利用暑假时间回了趟上海。这时出现在一应亲友面前的施政，言谈举止竟是一副英国绅士模样。使亲友们感到意外的是，施政除了操一口流利的英语，竟然还能说法语、日语，而且说得很流利，在马路上可以跟法国人、日本人直接对话，听说都无任何障碍。之后，施政每年夏天回国一趟，住上半月至一月，其间，每天去外滩外白渡桥畔英国人开的礼查饭店（今浦江饭店）里的拳击俱乐部练习拳击，或者下黄浦江游泳。

二十二岁那年，施政从英国回沪，说这回不走了，要在上海找一份

啄木鸟·红色侦探系列

工作。其义父其时身体不佳，生意却做得风生水起，想把产业传给施政。跟施政一说，后者却拒绝了，说自己对于经商没有兴趣。那么他想干什么呢？他要做一名侦探。以其八年留学英国的资历，不管在英国学的是什么专业，仅凭其对英人的了解以及那口伦敦腔，公共租界巡捕房都是随时欢迎其加盟的。凭着当初带他去英国深造的传教士卜罗逊先生从伦敦发给公共租界工部局总董先生的一份电报，他轻而易举地成为了巡捕房的一名侦探。三年之后，又跳槽去法捕房供职。

在法捕房干了两年，其时其义父、生父均已病逝，他继承的遗产据说可以排进上海滩富豪的行列。但施政却做出了一个令人震惊的举动——把大部分遗产捐给了英国教会，然后从法租界巡捕房辞职去了日本。和上次去英国一样，据说也是留学，亲友中依然没人知道他学的究竟是什么，只知道在东京。这回，他连暑假也不回上海了。三十岁那年，在没跟亲朋好友打招呼的情况下，施政突然回国，还带着一个日本美女，随即举行婚礼。

英捕房、法捕房听说施政返沪，都向他发出回归的邀请。但施政都婉拒了，选择了做西药经纪人这份职业。这似乎也可以理解，他多年在海外生活，即使在上海当侦探期间，也是跟外侨打交道比与华人打交道的时间多，肯定结交了众多外籍朋友，做西药生意也是顺理成章的事儿。可是，一年之后他却又做起了中药材掮客。须知当时的中药虽然在国内覆盖了整个儿平民医药市场，但外国人是不认的，所以没有出口之说。这跟施政"与洋人熟"的状况应该没有关系，可是，他照样做得不错。

又过了几年，大约在三十年代中期，施政突然压缩了他原本做得不错的中西药经纪人生意，腾出一部分时间做起了西医，在公共租界、法租界各开了一家诊所。这在寻常人眼里似乎算不上一回事，但在同行心目中，那可是一桩了不得的大事。不管是公共租界还是法租界，向工部局或公董局申请西医开业执照的门槛甚高，卫生主管部门审查极其严格，即使是原先在本国就以行医为业的外国人也不一定能一次通过，可施政却同时向两个租界当局提出申请，竟然同时获得通过，顺利开业。开业时也没听说他跟帮会大亨打过招呼，人家也没有送花篮表示祝贺，但之后也没有像寻常新开张的诊所那样遭到地痞流氓小瘪三的敲诈骚扰，一切正常。

不久，全面抗战爆发，上海华界沦陷，诊所纷纷搬迁进租界以保太平。施政忽然又出惊人之招，将两家诊所合二为一，从租界搬往华界区域的法华区（今属长宁区）。亲朋好友都为他捏一把汗，当时的沪西地区日伪势力猖獗，舆论将该区域称为"歹土"，担心施政在那里开诊所弄不好会人财两空。可是，接着众人就大跌眼镜了：日军宪兵队特高课头目竟然驱车前往求医；日本上海派遣军小林司令官身体很好，长期无恙，却也去诊所转过一圈。人们猛然想起施政曾留学东洋，于是恍然大悟，都说原来是老关系，坊间甚至传说施政与小林司令官是校友。

抗战胜利后，施政关闭诊所在家赋闲。1947年，不知怎么又做起了执业律师，更不知他的执业资格是怎么获得的。他专为一些中小汉奸提供服务，法庭上跟公诉人唇枪舌剑交锋竟然也像模像样。转眼到了1949年初，施政关闭了律师事务所，再次赋闲。上海解放后，他安分守己，几乎闭门不出。据其所在地的派出所民警说，解放伊始，市军管会张贴布告，勒令反动党政军警宪特分子和会道门徒众前往登记，施政曾去分局交代自己当过租界巡捕房侦探的情况，白纸黑字书面保证"未曾干过针对中共及民主进步人士之坏事"。对此，警方还没调查过，不过至今为止所掌握的材料中确实没有发现施政牵涉到当时的哪个案子。

根据施政的上述情况，焦允俊、孙慎言、谭弦认为此人诸多特征都与北湖相似，决定去会会他。可侦查员万万没想到，有人已经捷足先登，走在了他们前头……

八、遭遇车祸

施政的日常生活过得静逸舒适，他三十岁时娶的日本妻子铃子在抗战胜利前一年因患肺结核而殁。铃子不曾生育，两人在 1932 年收养了一个四岁女孩儿，取名施铃子。二十一岁的施铃子前年考入大夏大学，现在是大三学生，寄宿住校，每两周回家一次。施政原先雇佣了一个娘姨料理一应家务，解放后辞退了。他是一个可以做好各种事情的人，在女儿看来，他做的饭菜、收拾的家务要比娘姨高出两个档次，而且看上去并不需花费多少时间。

通常，施政的一天是这样度过的：早晨起来漱洗后，先在自家的天井里打太极拳，然后去附近的法华镇溜达，在镇上几家够档次的面馆、点心店轮流用餐，茶馆却是从未进去过。早餐后，轮流去镇上东南西北四个名园散步。回家后沏上一壶香茗，阅读当天的报纸。午餐后小憩片刻，阅读古籍或者外文书，然后出门溜达，买回当天的英文版《字林西报》、《密勒氏评论报》（这两份由英美外商办的报纸分别于 1956 年 3 月 31 日、1953 年 6 月 30 日停刊）供晚上阅读。

特案组侦查员去走访施政时未曾惊动派出所。那是 25 日下午四点，焦允俊三人按照药业公会提供的地址，直接前往法华镇杨宅路施政住所。但施政不在家，邻居听见敲门声出来查看，告知说施先生出门溜达去了，要过一会儿才回来。侦查员只好在附近等候，当时，三人谁也没想到会出事。

转眼一个小时过去，施政还没有返回，焦允俊就让谭弦去向邻居打听施先生平时出门的习惯，都做些什么。邻居说做些什么我们没有交流过，不过这个时间段，有时正好在外面遇到施先生，看到他在报摊上买报纸，每天他回家时手里都是拿着两份外文报纸的；有时报纸来得晚，他就在报摊前等候。焦允俊说看来今天的报纸也来得晚了，咱们干脆去报摊看看。

可是，报摊上却没见施政。问了摊主，说今天的外文报纸四点出头就到了，施先生已经来买过了。那么，施政买了报纸去哪里了呢？侦查员猜测他可能临时要买什么东西，去法华镇上转悠了，如果是这样，那此刻他应该已经回家了。侦查员回到杨宅路，施宅依旧大门紧闭。邻居听见侦查员敲门，出来说同志你们还不知道啊，施先生出事啦！

刚刚侦查员离开才几分钟，杨宅路上有从法华镇回来的居民就在传播一条新闻，说施先生在路上好好走着，忽然从后面开来一辆摩托车，"嘭"的一下把他撞飞到人行道上了，紧接着那辆摩托车就逃走了。

焦允俊惊呼一声"不对"，拔腿就往法华镇方向去，孙慎言、谭弦两个紧紧尾随。路上，谭弦轻声问孙慎言："难道是谋害？"孙慎言一向寡言，这当口儿还不清楚情况，不好发表意见，但他的表情是认同谭弦的猜测的。

应该说，特案组最年轻的侦查员谭弦的这个猜测是准确的，施政遭遇的车祸确实是有人蓄意制造的——

黄浦区北京东路上有一家毫不起眼的电器修理小铺，打出的招牌是"开福电器修理店"，专门修理和出售电话机。店主是一个四十多岁的中年人，名叫叶万成，浙江吴兴人氏。叶万成自幼头脑灵活，眼珠子一转就是一个主意，十五岁那年上初中二年级时暑假到上海走亲戚，独自到外滩游玩，竟敢用有限的英语跟洋人搭讪。巧的是，那洋人是公共租界电话局的工程师，不知怎么觉得这少年不错，就问叶是否有兴趣到电话局做学徒学技术。叶万成立马答应，当场跪下给人家磕头，口称"恩公"。十八岁满师后，他成为电话局最年轻的一名可以独立操作的技工。

不久，叶万成结识了同乡徐恩曾。徐恩曾当时是国民党中央组织部总务科科长兼调查科科长，这个调查科就是后来的"中统"。徐恩曾经常在沪策划指挥一应特务活动，需要在电话局发展关系，就有人向他推荐了叶万成。徐恩曾得知叶是同乡，而且他是认识叶万成之父、开油酱店的叶千莲的，就将叶发展为关系。从那时起，叶万成就开始客串"中统"特工。如果他当时多生一个心眼，向徐恩曾提出要求正式加入"中统"的话，到解放前夕，他肯定就是"中统"的老资格特工了。可是，当时"中统"特务的待遇不及电话局技工，况且他客串的话可以多拿一份收入（"关系"津贴），所以放弃了这个机会。

就这样，叶万成给"中统"一干就是数年，拿两份收入，日子过得不是一般的滋润。到全面抗战爆发，他却走了麦城。上海沦陷后，"中统"、"军统"都有大批潜伏人员跟日寇和汪伪打特工战。这种秘密工作更需要像叶万成这样身处要害岗位的关系，叶万成除了继续为"中统"效力，还被"军统"拉拢，甚至被汪伪"七十六号"特工总部发展为关系。后来他因贪钱竟然把"中统"的情报出卖给汪伪，于是，其三面间谍的身份暴露，徐恩曾大怒之下，下达了密裁令。幸亏叶万成消息灵通，立奔"七十六号"投效，成了一名专业汉奸。

抗战胜利后，叶万成被捕。原本据说是要判死刑的，因其年迈老父向徐恩曾求情——徐当时虽已被蒋介石解除"中统"局长之职，但话还是说得上的，由此叶万成总算免得一死。不过，死罪可免，活罪难逃，法院于1946年6月判处叶万成十七年徒刑。十七年是重刑，而且这种汉奸犯在解放后通常都是按照国民党法院的判决继续服刑，有的甚至还会被加刑。叶万成如果在提篮桥监狱服完刑期的话，恐怕"文革"

都已经开始了。

叶万成一到监狱就开始给徐恩曾写信，希望法外开恩，让他提前出狱。没有回音，他就不停地写，最多时一个星期寄出十封信。不知是这些信起了作用呢还是其他原因（主要应该是与形势有关），反正过了两年不到，1948年5月，叶万成竟然出狱了。他的出狱并无任何手续，那天突然来了两个人，出示了"国民党中央执行委员会党员通讯社"（"中统"在1947年4月至1949年初使用的名称）的证件和公文，就把叶万成给带走了。

不久后，上海北京路上就出现了一家专门修理电话机以及附属设备、器件的"开福电器修理店"，店主就是叶万成。

这个变故，只有叶万成自己说得清楚。被捕后他交代说，"中统"（1947年后称"党员通讯社"，1949年2月改名为"内政部调查局"，但一般仍习惯称为"中统"。本文沿袭此称谓）派人来将其接出监狱是有条件的，让他在北京路开电器修理店长期潜伏，不管今后局势如何，都不露声色地待着，具体干什么活动，需要时有人会向他下达指令。这是"中统"给叶万成的一个"将功折罪"的机会，他接受也得接受，不接受也得接受。否则，他清楚接下来只有"暴病而殁"一条路，监狱通知家属去领回尸体就是。

据有关档案资料显示，上海解放前一年内，"中统"、"军统"（当时已改称"国防部保密局"）用在社会上搜罗曾与这两大特务机构建立过关系的人员的形式，在上海、南京、杭州、苏州、镇江发展潜伏特务一千三百余名，叶万成不过是其中的一个。这种对象，由于具有严重的不可靠性，大多数并非特务组织的正式成员，只是让其以合法职业为掩护，按时发给津贴，如执行任务，则另发活动经费以及相应器材。这种"临时工"并不知道自己属于哪个特务机构，也不知道谁是自己的上司，只要对上暗号，那对方所说的内容就是命令。在长三角地区，这种特务分子被称为"独脚蟹"。叶万成就是这样一只"独脚蟹"。

由此看来，那个北湖先生确实不是凡品，不但中共方面对他大感兴趣，已经败逃台湾的国民党对他也颇为关注，其目光投向此公的时间甚至比中共方面还早两个月。1949 年 9 月下旬一个阴雨绵绵的傍晚，忙完一天正准备下班的叶万成突然接到电话，一个操淮北口音的低沉男声向他下达了自出狱开店以来的第一个指令：注意寻访如此这般一个人，此人曾系汪逆（国民党对汉奸汪精卫的称谓）的私人顾问，一旦访得信息，应即往外滩公园（今黄浦公园），在那株最粗的大树上留下一菱形记号。

这桩活儿不但没有活动经费，而且操作难度颇大，因为有关这个目标的情况少而又少，不过，对于北湖的籍贯倒是有说法的，说是祖籍嘉兴，出身也有说法——"系殷实富户"。叶万成虽说是搞情报的资深特工，但如果将其从事这一行的真实情况亮明，真正的情报特工听着没准儿就会笑歪嘴，传到情报专家北湖先生耳朵里，被气死也有可能。因为叶万成从来没有接受过一天情报特务的技能培训，所谓收集情报无非就是靠工作和技术之便偷听电话，记下内容。后来被"七十六号"招收进去，也是干老本行，不过换了种方式——在行动特工的保护下，爬电线杆窃听指定对象的通话，或者花钱收买原电话局的老同事，让他们相帮窃听。他还曾根据特高课的指令，偷偷从目标家的电话线上连接出隐蔽的支线，通到路旁租居的民房中供"七十六号"特务日夜轮班窃听。由此可见，此刻上司让叶万成寻找北湖的下落，显然是勉为其难之举。

据我方推测，台湾特务机构此举的目的是为了控制北湖，从他那里获取历史情报，分析情报中牵涉的我方人员以及曾经为我方做过工作的非中共人士，制造貌似真实的"历史问题"，以破坏解放后中共必定会进行的审干运动，或离间，或策反，或转移我方视线。据估计，敌特方面已经察知或者预判我方肯定会寻访北湖，所以，把北湖控制在他们手里，也是对我方这一意图的牵制，以达到破坏审干、保护潜伏特务的目的（北湖如向我方提供历史情报，必将会使一些潜伏特务暴露。后来的事实也证明了这一点）。

敌特方面访查北湖的下落，不仅仅指派了叶万成一个，他不过是若干进行此项刺探活动的人员之一。果然，叶万成在东奔西窜日夜忙碌了将近两个月之后，再次接到那个淮北口音上司的电话，告诉他目标可能在上海滩做过医药行业的掮客，要求他进行针对这方面的刺探——这显然是上司从其他特务那里获得的信息。之所以指定叶万成刺探此事，乃是因为他以前在电话局当修理技工时跟证券交易所非常熟悉，证券交易所的业务离不开电话，而当时的通信技术落后，电话机故障频发，交易时间一旦发生故障，那就必须争分夺秒处理。所以，交易所必须跟电话局方面搞好关系，其中包括上门修理的技工。叶万成经常往交易所跑，结识了一些交易所的经纪人，还通过他们认识了不少各行各业有实力的老板，其中包括医药行业。现在，上司就要求他利用这个优势进行刺探。

叶万成没有其他选择，只有遵命照办。也是巧，11月23日下午，他去广慈医院看望结拜弟兄江恒心的老父江钧健，江钧健从事医药掮客多年，叶万成此举也是为顺带了解一下，看江老先生是否有那位北湖的线索。那天他去得早了一些，尚未到医院规定的探望时间，就在医院对面的咖啡馆等候。叶万成中午应酬一个生意上的朋友，多喝了点儿酒，此刻在暖洋洋的咖啡馆中坐着，耳畔是轻柔的音乐，不觉就打起了瞌睡。蒙眬中，听见另一侧厢座里有人说话，初时没有注意，忽然几个字眼钻进耳朵，立马一个激灵惊醒过来！

说话的两位就是市药业公会那个专为寻访北湖而组建的工作小组的成员，是特地来广慈医院向住院的江钧健老先生了解情况的。他们有介绍信，不受医院探视时间的限制。江钧健听明来意后，稍一沉思，提供了一个疑似对象——住在法华区杨宅路的施政。那二位是从药业公会下面的基层会员店临时抽调的店员，热情有加，经验却不足。初次出马就查访到了线索，兴奋之下，离开医院后没立刻返回公会交差，而是进咖啡馆喝咖啡，一边喝一边就说起了刚才的收获。哪知隔墙有耳，恰恰被邻座的叶万成听见了。

可以想象叶万成当时的那股高兴劲儿，当下也不去看江钧健了，立刻返回北京路自己的店铺，用密写药水写了一封信，投进附近马路上的邮筒。当时的平信处理速度要比如今快（史料记载，民国前期上海中心城区的邮局一天最多要投递十次信件，初解放时邮局沿袭此风，但因人手不足，后改为三次），所以这封密信当晚就寄到了上峰指定的本市联络点。次日上午九点多，叶万成接到淮北口音上峰的电话，说经查杨宅路确有施政其人，符合寻访目标的特征，施氏有早晚外出溜达的习惯，指令叶万成在今明两天内设法对其实施袭击，但只能造成点儿伤害，不能要了对方的命。

叶万成原以为打听到目标的下落就算是完成使命了，哪知还有往下的活儿。他想说这不是情报特工应该干的，该指派行动特工去，但不敢冒犯上司——像他这样的"独脚蟹"，如果上司对他失去了兴趣，只要向公安局寄一封匿名信就能毁了他。于是，他只好忍气吞声答应下来。但他并不认识目标，要求宽限时间。上峰说不认识没关系，已经把他的照片寄往你店里了，中午前肯定可以收到。

中午的时候，邮差果然送来了一封平信，里面有一张施政的照片。叶万成寻思这桩活儿是逃不掉了，那怎样去实施呢？想来想去，他决定利用自己擅长驾驶摩托车（以前在电话局做修理技工时，基本都是以摩托车作为交通工具）的优势，把施政撞伤就是了。

这就是施政遭遇车祸的原因。当时，特案组侦查员对此产生了怀疑，决定以车祸为切入点进行调查……

九、追查车祸

焦允俊、孙慎言、谭弦三人赶到法华镇附近的世界红十字医院上海医院（1958年改称上海市纺织局第三医院），被摩托车撞伤的施政经医生救治，已经脱离危险，送入外科病房。侦查员向院方了解下来，施政伤得不轻——右小腿腓骨粉碎性骨折，左右两侧各一根肋骨骨折，双手掌挫伤，脑震荡。

施政出事后是被正好巡查街头的两位法华区公安分局的民警送医的，侦查员赶去时民警已经离开，院方说刚刚给大夏大学打过电话，通知伤员的女儿施熠来院。焦允俊请施政回忆被撞倒的经过，施政说，他是突然从背后被撞倒的，之前根本没察觉到任何危险迹象，倒地时，他看见那辆逃逸的摩托车是绿色的，应该是邮电局的专用摩托。至于骑摩托车的人，施政说那人戴着头盔，又是背影，没法儿辨别，只记得他穿的衣服是米色的，从后衣领看，好像是一件夹风衣。然后他就什么都不记得了。

侦查员此刻最急于知晓的是眼前这个伤员究竟是不是北湖。于是，孙慎言跟他聊起抗战时是否跟汪精卫打过交道。施政听着，脸上显出莫名其妙的神情："汪精卫？我认识他，可他不认识我。"

"那么，1942年5月23日施先生是否去过苏州，还在那里住了一夜？"

施政又是摇头："苏州我以前去过多次，不过我记不得具体日期了。"

这时候，施政的女儿匆匆赶到。施政介绍了三位侦查员，又把刚才侦查员的问题说了说。施熠眼珠子转了转："1942年？不就是民国三十一年吗？5月23日，是小孃孃结婚的日子嘛，家里照相簿里有照片的，那天晚上你是在国际饭店参加的婚礼，照片上有你的，你怎么会跑到苏州去呢？"

这一说，施政也想起来了。这人颇有君子风范，这种情况下，竟然还对侦查员露出歉意的笑容，说我想起来了，那天确有其事，三位同志可以随小女去家里看看照相簿。

侦查员当然不会就此罢休，还有其他相关问题询问。但问下来，越听越觉得眼前这个伤员似乎的确跟汪精卫没有关系。接着，就去施家看照片。

焦允俊和孙慎言随同施熠去了施家，照相簿里果然有沪上名字号王开照相馆的照相师到国际饭店婚礼现场拍摄的一套照片，其中八张均有施政。照片上有落款日期："民国三十一年五月廿三日"。

为验证照片的真实性，侦查员把照相簿拿到南京路王开照相馆，照相馆账房先生随即把老法师李先生请出来辨认。李先生只一看，便说那是赵师傅拍摄的，他现在还在王开工作，不过今天上早班，已经下班回家了。侦查员当然不可能等到明天，问明地址，立刻前往北站区天目中路赵师傅家。赵师傅看了照片，确认是他亲手拍摄的，没有进行过任何修改。

焦允俊稍稍考虑，即对下一步的工作作了安排——他自己驱车前往苏州，把施政的照片带去请古玩商吴子扬和车夫老韩辨认；孙慎言则去法华分局了解施政的车祸调查情况，并让分局派警员到医院与谭弦共同保护伤员的安全——这次车祸很可能是对手故意制造的，那是追查该案的一条线索。再则，施政并非北湖其人，目前已经基本确认了，敌特方面是否也知道这个情况了呢？如果敌特还不知道，得知北湖没死，会不会二次下手？所以，必须严密保护伤员的安全，让医院给他安排单人病房，警方安排人员二十四小时值守。

焦允俊驱车赶到苏州后，直奔吴子扬宅第。他让吴、韩两个分别辨认照片，吴、韩都摇头，说不是那年曾经来过的周先生。又让吴宅曾经见过北湖的娘姨辨认，也说不是这人。焦允俊想想不放心，请吴子扬和老韩随同他去上海走一趟，当面辨认。

抵达上海时，已是11月26日凌晨两点多，焦允俊开着中吉普直接把吴、韩拉到医院病区。最终结果是，这位施政并非北湖其人。焦允俊暗叹了一口气，向吴、韩表示感谢，陪同两人去医院食堂吃了夜宵，然后请市局司机把他们连夜送回苏州。

与此同时，孙慎言已经跟法华分局交警队有了接触，交警队认为这是一起肇事逃逸案件，勘查现场后，把调查的活儿交给留用警察老邢、老杨两人。邢、杨连夜赶到法华镇现场走访目击者，得知肇事车是一辆疑似邮局专用的绿色摩托车。初解放时邮局属于要害单位，不是能随便调查的，哪怕来人是穿制服的警察。邢、杨想要到邮局调查，得向分局申领介绍信。

不巧的是，这时早已过了下班时间，分局秘书股唯一的值班警员奉命去市局送一份公文，邢、杨两人只好等候。就在这时，华东特案组侦查员到分局来了解情况。孙慎言跟邢、杨两人见了面，让他们把调查笔录取来，稍一浏览，当场出具一纸条子，连卷宗袋一并取走了。他让邢、杨转告分局领导，这个案子分局暂时不必过问，查访摩托车的活儿由特案组来进行，有了结果再通知你们。

午夜前，孙慎言去了位于四川路的上海市邮政管理局。当时，上海市电信局、上海市邮政管理局刚结束军管，分别受华东电信管理局和华东邮政管理总局领导。市邮政局保卫处当晚值班的负责人老许是华野出身的侦察连指导员，奉命转业留在上海。他没听说过华东特案组，但看了孙慎言出示的市局和华东局社会部的两份介绍信，意识到面前这个深夜访客定然身负重要使命。孙慎言从未跟邮电系统打过交道，更不了解邮电系统如何运作，本以为调查一辆疑似邮局的摩托车不算难事，可听老许一说，顿时有点儿头大——

　　旧上海的邮电系统分为几部分：由旧政权掌管的"国有资产"上海邮政管理局、上海电话局、国际电台（管收发电报），以及外资所有的英商中国东洋德律风公司、英商上海华洋德律风公司和美商上海电话公司，上述外资公司中的前两家在抗战前已被美商公司兼并。上海解放次日，中国人民解放军上海市军管会宣布接管上海邮政管理局、上海电话局、国际电台，而没有动沪上唯一的电信外商美商上海电话公司。直到抗美援朝战争爆发后的1950年12月31日，市军管会方才宣布对美商上海电话公司实行军管，由上海市公用事业局对该公司进行管理。

　　上述的邮政、电话、国际电台和美商上海电话公司，都有邮电专用的绿色摩托车。当时的摩托车主要用于送邮政快信、电报、接听长途电话通知和作为维修技工外出急修时的交通工具，单上海市邮政管理局的下属单位就有市区内的二十三个邮政支局、十四个邮亭（即后来的邮电所），郊县的三十二个内地局、两个邮亭、一个邮政支局，加上市电话局、国际电台和美商上海电话公司，估计至少涉及上百个单位、二三百辆摩托车。孙慎言暗忖这活儿还真不好干，市区、郊区这么多单位跑下来，只怕耗时太多，时间上来不及，看来得从市局、分局调人来增援了。

　　孙慎言回到跟焦允俊约定的临时集结点红十字会上海医院时，分局派来的两个便衣已经向谭弦报到并进入岗位了。谭弦告诉孙慎言说，老焦已经从苏州回来了，在走廊尽头那间向医院临时征用的办公室里。孙慎言马上过去向焦允俊汇报了调查车祸的情况，焦允俊不同意临时调人协助查摩托车，说这样动静太大，不利于保密，还是咱们两个去调查吧，明天上午每人一辆摩托车分头行动，先市区后郊区，美商上海电话公司也照查不误。

焦允俊、孙慎言两人马不停蹄跑了两天半，到 11 月 28 日中午，完成了对邮电系统所有单位的调查，竟然每个单位的摩托车都没有被人挪用过。午后，两人筋疲力尽返回医院临时办公点，谭弦告诉他们，刚才分局来电，称上午有个群众向交警队报告，说他老婆在车祸那天亲眼目睹那辆逃逸的摩托车牌照尾号是 714Q。焦允俊顿时兴奋起来，招呼孙慎言马上出门。

两人先去市局交通处查摩托车牌照。尾数是 714Q 的绿色摩托车只有一辆，是美商上海电话公司工程部第二修理室专用于急修的车辆。再到美商上海电话公司一查，得知该车并不属于某一个或几个修理工，而是由修理室主任美国工程师奥斯坎掌管钥匙，哪个修理工需要使用，须向修理室庶务员领取签条，凭签条到奥斯坎主任处领取钥匙，返回公司后，必须在第一时间把钥匙送回主任处，取回签条找庶务员销差。这一切都有书面记录，什么时候去拿签条及领取钥匙，为哪个号码的电话机用户进行维修，什么时候出发，什么时候返回，都记得清清楚楚。

前往调查的焦允俊还是第一次知晓，美商上海电话公司的管理制度竟然这么严格，不由连连点头，对孙慎言说老美这一套还真值得我们学习哩。然后，他们就开始查阅庶务员拿出来的签条存根，发现 11 月 25 日下午施政遭遇车祸的那个时段，尾数 714Q 的那辆摩托车并没有被哪个技工使用。

这不奇怪了？要说是那个向分局反映情况的群众看错了，怎么会这么巧，这辆车竟然真的是邮电专用车？焦允俊问庶务员，会不会出现有人使用这辆摩托车却没到你这里来领签条的情况。庶务员说不可能，不说公司制度严格，就是主任那里也不可能破例给别人钥匙啊。

焦允俊随即到停车处看了看。美商上海电话公司有一个比较大的停车场，水泥地面铺得非常平整，轿车、吉普、卡车和工程车，以及摩托车、自行车和三轮车都分门别类停放，车身都是绿色。焦允俊脑子里冒出一个念头，会不会有哪个家伙利用正常用车的机会领到了钥匙，自己悄悄去配了一把，私下使用摩托车，用后再停回原处？反正停车场是没有专人管理的，门卫更不管了，见到绿色车辆就放行，那是可以瞒天过海的。

对庶务员一说，庶务员连连点头，说这个问题我倒是没想过。此刻档案室的人还没下班，我们可以去查查档案，看看近几年有多少人用过这辆车。如果有私下配钥匙的人，那一定在这些人之中。

档案显示，这辆牌照尾号为 714Q 的摩托车是 1941 年 1 月由美商上海电话公司购买，挂的是向公共租界巡捕房申领的牌照。当时该车牌照的尾号是 714，没有后面的字母 Q。直至上海解放后重新调换车牌时，根据规定才在外商车辆后面添了英文字母。据登记材料显示，八年内一共有六千余人次使用过这辆摩托车，落实到具体人则有八十九个。侦查员一看这个数字头就痛了，别说此刻只有两人，就是整个儿特案组侦查员都调过来，只怕也不是三五天能够拿得下来的，而且过了这么长时间，保不齐这些对象中有找不到的——离职的离职，失联的失联，说不定还有已经不在人世的，真没法儿查呢！

焦允俊问孙慎言有什么招儿可以使，孙慎言搔着头皮说这好比老虎咬刺猬，没法儿下口，看来还是得走群众路线。焦允俊说走群众路线没错，可怎么走法儿，只怕一时吃不准吧。两人商量了一阵，认为如果有人偷配钥匙，那这人一般说来在品行方面必定留下过劣迹，还是先从这方面下手吧。

接着向庶务员了解有劣迹的员工，庶务员的语气很肯定，说如果确实有人偷配了钥匙，必是那些已经离开电话公司的技工。这人脑子好使，当场就把八十九人中已经离开公司的十三人指了出来，单独列了一份名单，还注明了每人进入公司和离开公司的时间，竟然精确到具体日期。焦允俊看了一下，排列在第一个的就是叶万成。当然，此刻这个名字对于侦查员来说并无意义，只不过是十三人中的一个。不过，细心的焦允俊注意到，在这份名单中，叶万成既不是第一个进入公司的，也不是第一个离职的，为什么庶务员要把他名列榜首？

庶务员说，这些离职者都是因为各种各样的过失被开革的，列在第一的那个叶万成是汉奸，抗战胜利后被判了十几年徒刑，现在还关在提篮桥监狱呢。说到这儿，他突然反应过来，此人既然还关押着，那就不可能使用摩托车，立即说："哦，那这人应该划掉吧？"

"不必划掉。"焦允俊马上意识到，也许有戏了。

十、密捕疑犯

焦允俊、孙慎言随即去提篮桥监狱调查叶万成的下落，没想到在监狱档案里竟然没查到此人的姓名和材料。侦查员觉得此事蹊跷，又往美商上海电话公司打电话，问那个庶务员是从哪里获知叶万成因汉奸罪被国民党法院判刑的消息的。庶务员说那是1946年的事儿，《申报》上登过的，是国民党上海市法院判决的，你们去法院查查旧档案应该能查到。

当时沪上新政权的法院只有一个，名曰上海市人民法院，下设北、中、南、西四个分庭，每个分庭管辖若干个区。市法院所在的北浙江路离提篮桥监狱不远，侦查员赶在下班时堵住了正要离开办公室的秘书主任。出示证件后一说来意，对方自是全力配合，当场指定几个准备下班的工作人员协助查找。一干人一直翻查到午夜前，竟然还是没有发现叶万成的案卷。

焦允俊、孙慎言返回驻地，躺在床上一时睡不着，已经熄灯了，二人犹在黑暗中讨论下一步该怎样走。不知怎么，他们都有一种直觉，这个名叫叶万成的家伙不寻常。那么，应该怎样查呢？两人商量，还是应该再去提篮桥监狱，不查死档案，而是查活档案——向留用狱警了解是否记得有那样一个犯人，同时还可以进一步向当时一并押解提篮桥监狱，解放后仍在服刑的其他犯人调查。

11月29日上午，焦允俊、孙慎言再次前往提篮桥监狱。向狱方说明来意后，狱方说你们要调查的这个对象如果真的被判了十七年徒刑，按照规定属于"大刑犯"，该当关押于一号监，那是一幢独立的五层钢筋混凝土大楼。侦查员这一步果真走对了，不止一个留用狱警记得此人，但后来突然释放了。又向狱政部门的留用人员询问，有一个老狱警说，大约在1948年5月，此人被两个穿黑色西装的男子带走了。次日，其中一个黑西装又来监狱，拿去了该犯的卷宗，内有法院押解该犯前来监狱时必须随同递交的刑罚执行卡。老狱警还翻出一本破旧的备忘录，在上面查到了关于此事的记载，上面还记录着叶万成的名字和执行卡号码。

至此，庶务员的说法得到了证实。但材料没有了，怎样才能查到叶万成的详细情况呢？狱警说，可以去向一号监与叶万成一起服刑的犯人了解。侦查员再去一号监，提出几个当时与叶万成关押于同一监房的犯人问下来，打听到叶家住老西门会稽路，具体门牌不清楚，家有妻子儿女，连同他合计五人。

　　这番调查终于见了点儿光亮。侦查员又赶往芦家湾区公安分局，分局跟老西门派出所联系后，说确有这么一个人，是否因汉奸罪服过刑不清楚，解放后他没向政府登记过曾参加反动组织的情况，派出所方面只知道叶万成在北京路开着一家专门修理电话机等通信设备的小店铺，生意做得不冷不热，维持家用而已。其妻无业，三个子女分别在上技校、初中和小学。

　　下午，焦允俊、孙慎言和谭弦在红十字会上海医院开了一个短会。焦允俊介绍了调查进展，对谭弦说医院这边还是要坚守下去，你待得乏了，可以让老孙跟你换个岗，咱俩搭伴儿干另一茬活儿。所谓的另一茬活儿，就是秘密跟踪叶万成。以焦允俊丰富的隐蔽战线经验，好不容易发现了一个可能（仅仅是可能）的嫌疑对象，寻思的不是如寻常案件那样把这个家伙提溜进局子，他估摸叶的背后必有大鱼在策划指挥，因此先把这个人盯住了再说。

　　焦允俊对叶万成这条线索绝对小心翼翼，当下以华东特案组的名义向上海市公安局借调了十二名政保部门的便衣侦查员，先给众人开了个会，当然不会说特案组在执行怎样怎样的一桩重要使命，只是对如何监视叶万成作了布置。固定监视点设了两个，分别在叶万成的住宅和北京路的店铺对面，其任务是留意进出这两处地方的是些什么人；另外还布置了流动监视人员，专门负责跟踪。这些侦查员都配备了机动车辆以及自行车、三轮车和照相机，还有充足的经费，以便对象一旦进了豪华酒店、咖啡厅、舞厅等高档场合消费时也可以从容跟进。焦允俊知道这十二名侦查员都是"土八路"出身，特地嘱咐，需要花钱时，只管挥金如土！我们的对手可不是土包子，都鬼得很，小小一个不合拍的动作没准儿就会看穿你的身份，那就坏事了。

至于谭弦，其实焦允俊原本就要把他从医院调出来的。焦允俊另外还从华东局社会部临时调了一男一女两个侦查员，谭弦负责协助他们监听与叶万成的店铺相关的所有通话。焦允俊的考虑是，既然叶万成开着个修理电话设备的店铺，他的上级也许会通过电话与其联络。谭弦精通英语，叶万成曾在美商上海电话公司干过，料想也是会英语的，万一他跟人用英语通话，谭弦的特长就可以发挥作用了。

一切布置定当，一应人员随即进入工作状态。也是巧，谭弦刚在电话公司机房由一名技术员指导着上机监听，叶万成的修理店就接到一个电话，正是前面曾交代过的那个隐身上司"淮北口音"打给叶万成的。他向叶万成下达了一道指令：目标已经进了医院，目前一应情况如何，你在今晚前往查看，明天中午前我会来电听取汇报。

谭弦立刻向坐镇于虹桥路特案组驻地的焦允俊报告了这一情况。焦允俊思索片刻，往医院孙慎言那里打了个电话，指令让看护施政的人员故意装出一副懈怠的样子，如果有人向医务人员打听或者以走错病房等为借口查看叶万成的情况，都要假装看不见。

当晚七点，叶万成进了医院，来到外科病区，向护士台打听有个名叫施政的先生是否住在这个病区，护士已经接到侦查员的通知，自然如实回答。叶万成随即进了病区，在走廊里看似随意地踱步，走过施政所住病房时，特意向里面扫了一眼，看清楚正倚在病床上跟病友聊天的施政的面容，然后就离开了。

次日上午九时许，侦查员监听到昨天那个操淮北口音的男子往叶万成的店铺打来电话，叶万成用暗语简单汇报了昨晚去医院窥察的情况。上司向叶万成下达的指示是两个字：待命。

待命？待什么命？焦允俊寻思，敌特方面对施政采取"车祸行动"，说明当时他们跟特案组侦查员一样，是把施政作为北湖来看待的。我方在车祸之后很快就查清施政其实并非北湖，之所以还安排警力在医院看护，那是想捡个漏儿。对方一连数日对此没有反应，焦允俊原已开始怀疑敌方也意识到撞错人了，但昨天那个淮北口音的上司给叶万成下达了指令，那说明敌特方面至少还没有完全确定。

那么，对方接下来会怎样做呢？焦允俊认为，按照特工这一行的思维来判断，不外以下两种——

一是"淮北口音"接到的指令是干掉北湖，派叶万成执行。但叶万成修通信设备活儿不错，搞行动却外行，估计可能是半路出家，没接受过正规的特工训练，所以并没有解决此事，现在上司准备让他返工。如果是这样，那上司命叶万成去医院的目的是属于踩点性质，下一步行动就是要把目标搞死。

二是敌特方面之前已经布置了多条渠道寻访北湖的下落，施政的情况仅仅是其中之一，因为这条情报可信度特别高，所以按照事先制订的计划采取了暗杀行动（也有可能并非必须把目标置于死地，只是让目标吃点儿苦头，以作为对他的警告，一旦被中共方面访查到，知道该说什么不该说什么）。但是，在车祸之后的这几天里，敌特又发现了北湖的线索，其可信程度不亚于现在躺在医院里的这位。如此，他们就需要作一个准确的评判。而窥察伤员的情况，特别是我方对负伤后的施政的措施，可以作为参考标准之一。因此，上司就向叶万成下达了指令。如果属于这种情况，我方也可以将计就计，把对方是否还关注施政作为我方的一个重要分析参照点。

鉴于这种考虑，焦允俊决定继续维持之前所采取的两项措施，医院那边须保持高度警惕，严加防范；同时，对叶万成继续严密监视。

就在这当口儿，特案组的领导马头儿突然来检查工作了。特案组这段时间分成两拨执行任务，按照纪律，互相之间不能知晓各自任务的内

啄木鸟·红色侦探系列

容，所以马头儿先去郝真儒那边听取了汇报，才来到焦允俊这边。焦允俊一看马头儿的神情，估计老郝那一摊进行得不顺，暗自庆幸自己这边虽说不是风生水起，但总算还有点儿眉目，不至于挨批评。不能不佩服马头儿的那双眼睛，焦允俊不过是心里想想，脸上肯定没有显露出来，但马头儿却已经感觉到了，开口就说是来听你的好消息的。

焦允俊知道向领导汇报工作必须要言不繁，当下三言两语把情况要点汇报了。像马头儿这样的老资格情报工作者，脑子特别快，焦允俊刚说完，他的意见就出来了，说你的分析有道理，我谈一点儿看法，你们研究研究，如果觉得可行，就试试看；不行，那只当我没说。我的观点是，等待三天，如果对方按兵不动，既没派人去医院再次对施政下手，那个淮北口音的上司也没给叶万成下达指令，那就……说到这里，忽见焦允俊目光炯炯，马头儿骤然刹车，对焦允俊说："看来，你已经有想法了？"

焦允俊这当口儿还不忘调侃，说我的脑子一向不大好使，今天不知怎么，多半是受了领导的感染，竟然大大提速了。我在想，可能是这样一种情况——如果叶万成去医院窥察是为验证我方是否深信施政就是北湖的话，那么看看医院里那副架势，敌方就应该立即采取行动；如果三天之内敌方既不行动，也不向叶万成下达新的指令，那就说明敌人已经获取了正牌儿北湖的情报，所以就放弃躺在医院里的那个假目标了。既然如此，不如干脆密捕叶万成，然后顺藤摸瓜获取北湖的线索。

马头儿微微点头，既然你理解了，那我往下就不必多说了。具体怎样做，是你们特案组的工作，你是组长，看着办就是。一边说一边站起来，然后又补充了一句，说这件活儿有点儿急，北京已经打过三次电话了。焦允俊一个立正："请领导放心，我们会尽快完成任务的！"

两拨侦查员一连监视了三天，既未发现可疑对象潜入施政所住病区，监听和跟踪也没有捕捉到叶万成与外界有任何可疑接触，于是，12月3日下午，特案组长焦允俊下达了密捕叶万成的命令。

焦允俊不敢有丝毫大意，事先已经在北京路至老西门叶万成家来来回回转了几趟，根据执行监视任务的侦查员每天汇报的叶万成的日常活动规律，制订了万无一失的行动方案。事后他觉得，这个方案真是过于高看叶万成了。以在战争年代多次执行深入敌后任务的焦允俊的水平，对付叶万成这么一个业余特工，那真是大材小用。12月3日傍晚，叶万成结束了修理铺的营业，骑自行车回家途中被侦查员轻松拿下，随后押解特案组驻地。

讯问时，起初叶万成装出一副无辜的样子，但在给他放了一段与"淮北口音"通电话的录音后，他就无话可说了。继而，侦查员又端出了其制造车祸的证据——叶被捕后，另一路侦查员对电话修理铺进行搜查，发现了电话公司摩托车的钥匙。在证据面前，叶万成只得交代。

讯问虽然顺利，焦允俊却兴奋不起来，因为叶万成是一只"独脚蟹"，不过是敌特棋盘上的一枚小卒子，既不知道敌方对北湖有何企图，也无法主动联系"淮北口音"以助我方钓鱼，而"淮北口音"倒是在需要找他的时候，随时可以往北京路的修理店铺打电话。如果要利用叶万成钓鱼，他本人肯定想不出什么法子引诱上司上钩，只有我方制订计划。而且这个计划必须在今晚制订，还要跟叶万成说清楚利害关系，鼓励他立功赎罪。天亮之前如果不把叶万成释放，明天他就去不了北京路的修理店。上司如果一连数次打不通他的电话，肯定会起疑心，就会派人或者亲自前往北京路查看，一旦这么做，他肯定会发现问题，那就只有切断联系了。

这个问题该如何解决呢？

十一、敌特暴露

当晚十点半，焦允俊打电话把孙慎言、谭弦召至特案组驻地，三人商议解决方案。讨论到午夜，也没想出什么好办法。焦允俊说此事耽搁不起，咱们别拖了，暂停讨论，你们两个一起去跟叶万成谈话，先说服他将功赎罪，具体怎么做，我再想想。实在想不出法子，可以在天亮前先把叶万成释放，跟他说清楚他是受我方严密监控的，要想活命，只有一条路可走，否则，以他汉奸、特务和制造车祸的罪行，肯定是死刑。

孙慎言、谭弦离开后，焦允俊绞尽脑汁也没法儿破解面临的一个最大的难点：叶万成是敌方的一只"独脚蟹"，他本人是没法儿联系到上司的，只有人家给他打电话。而那时没有什么来电显示，上司的电话是哪个号码打来的都不清楚。据叶万成供述，"淮北口音"每次打来电话，周围嘈杂声甚大，估计应该是在闹市区的街头电话亭或者临时借用哪个商店的电话机，反正他说的是暗语，不必担心会被人注意。

在这种情势下，即使叶万成眼下没有被捕，也没有受到我方的怀疑被监视，哪怕他此刻掌握了有关北湖的确凿情报，也没法儿向"淮北口音"报告。因此，焦允俊设想的种种钓鱼手段，一种也用不上。

远处传来阵阵鸡鸣，焦允俊看看手表，凌晨三点多了，再过两个小时天就要亮了，能在天亮前想出什么良方妙计来吗？这时，孙慎言打来电话，说已经跟叶万成谈完了，这家伙愿意立功赎罪。焦允俊说那就按照预定的方案让他回家，一会儿照常上班，不要露出任何破绽。放下电话，焦允俊脑子里忽然闪过一个念头，随即又把电话给孙慎言拨了回去，说先别放他，立刻把他带到我这里来，你和小谭也过来，我要跟他聊几句。

这一聊，焦允俊忽然对解决难题有了信心。焦允俊跟叶万成聊的是什么呢？他让叶万成着重说说上司给他打电话时的电话背景音。叶万成思来想去，终于想起一个细节：上司第一次给他打电话时，听着像是在市区某个热闹地带的弄堂口，话筒里传来的嘈杂声中有女人呼唤小皮匠和小孩子叫着阿五头奔跑嬉闹的声音。上司压低了嗓音跟他说话，因为这是第一次通话，首先需要对接头暗语，而上司那口带着浓重淮北口音的官话又听不清楚，有几句话重复了好几遍，通话时间就稍稍长了一些。快要结束的时候，他听见有个嗓音苍老的女人一遍又一遍叫着"洪老侉"，那声音越来越大，仿佛是一路喊着走过来的，但在声音最响亮的时候戛然而止。这时候，两人的通话也结束了，上司挂了电话。

焦允俊、孙慎言、谭弦三个对这一细节进行了分析——

"淮北口音"很有可能是在市区中心城区的某个弄堂口拨打的电话（上海首部公用电话出现于1882年，由丹商大北电报公司设立，至1949年12月，全市市区已有四百余部公用电话，付费即可使用），因为小孩儿嬉闹和居民呼唤小皮匠的声音都符合沪上弄堂口的特征。

至于那个老太呼叫"洪老侉"没有得到回应，那就颇有讲头了。"老侉"是当时沪上坊间对北方人的称呼，但并不包括所有北方人。一般来说，沪上的本地居民把来自长江以北的人（哪怕已经在上海定居）都看作北方人，但又把一些特定区域分离出来，比如在城市人口中占比较高的苏北、山东地区的居民被称为"老江北、小苏北"、"老山东、小山东"等，其他来自北方的居民，就一并以"老侉"、"小老侉"概括，单个称呼时，则在前面加上其姓氏。沪语中"冯"、"洪（红、弘等）"不分，所以老太喊的那个"洪老侉"，也可能是冯、红或者弘之类。

那么，老太究竟是在叫谁呢？侦查员认为很有可能就是在叫叶万成的那个上司，因为她从老远叫到近前，显然是有目标的。之所以没有得到回应，是因为"洪老侉"忙于其他事，不便回应她。老太叫到近前忽然刹车噤声了，那应该是被叫的人用手势告诉她自己正在进行某桩事情，请她稍等。如此推断，老太叫的"洪老侉"应该就是跟叶万成通话的"淮北口音"了。

另外，从老太呼唤"洪老侉"的情状来判断，"洪老侉"应该具有以下特征：其一，他是这条弄堂或者邻近某处的居民，并且已经居住较长时间了，邻居跟他比较熟；其身份并不是知识分子一类，可能属于底层劳动者，否则，邻居应该称其为"先生"。其二，老太老远就呼唤，而且是一边走过来一边喊，那说明她跟"洪老侉"并无特殊的关系，因为她不必担心跟"洪老侉"的接触会引起其他人的注意。其三，结合上述两个特征，可以推断"洪老侉"从事的职业是与居民日常生活密切相关的手工活儿，老太呼唤他是因为家中有活儿需要他干。

焦允俊决定据此展开调查，把那个"洪老侉"找出来。但这桩活儿的工作量甚大，上海滩中心城区大大小小的弄堂有数千条之多，每条弄堂都要一一查摸到，这该费多大劲儿、耗费多长时间啊！不过，焦允俊另有主意，以上海市公安局的名义向全市二十个市区公安分局下达命令，让下辖的派出所分别在各自管段调查即可，凡是符合"操淮北口音、被居民称为'洪（冯、红、弘等）老侉'、从事手工活儿、其住所附近有弄堂且有公用电话点的男子"条件的，一律将其情况上报市局，焦允俊还特别强调：查到一个即报一个！

焦允俊让孙慎言把在医院看护施政的活儿移交法华分局，回特案组负责接听电话，还从华东局社会部临时借调了两名侦查员协助。12月4日上午十点，这项工作开始启动，五分钟之后第一个电话就打进来了，是榆林分局打来的，说下辖龙江路派出所管段有一个男子酷似上级要求查摸的对象。焦允俊接听了电话，听听似乎确实符合一应特征，不过，他不相信会撞上这等好运气，就让分局派人向该男子供职的私营作坊（该男子是白铁匠，即钣金工）老板核查其最近半月的活动情况，即查即报，这边坐等结果。

一会儿，分局报来了调查结果，证实该男子没有犯案时间。类似这样的情况到当天傍晚六点为止一共有二十多起，其中三起是特案组侦查员孙慎言驱车前往分局或派出所直接查询的，最后全部排除。又过了一个小时，终于从静安寺分局传来一个消息，说在该分局管段康定路有个对象符合条件。

此人叫茅国靖，系河南永城县人氏，四十二岁，青年时来沪，以走街串巷补锅镶碗为生，后自学电器修理技术，于抗战胜利后开了一个电器修理小铺，未婚。分局侦查员将其情况与上级通知中的协查对象进行比对，河南永城县地处苏鲁豫皖四省之交，地理上属于淮北区域，其口音带一些淮北味，但不算重。其经营的小铺修理电熨斗、电吹风、收音机、手电筒、电动玩具等，附近居民家中的此类电器发生故障也都是叫他修理的，据说技术还不错，收费也合理，小修小弄就不收费了。如果他出现时被附近需要他修理东西的居民看见，随时都可能被居民拉到家里。另外，距茅国靖的修理小铺兼住处三四十米确实有一条弄堂，弄堂口的杂货小店里装有一部公用电话。

那么，是否有人唤其"洪老侉"呢？分局方面作了肯定的回答：茅国靖的右侧腮帮有一块铜钱大的红色印记，十年前他刚到这里居住时（当时还是走街串巷的小锅匠）有人叫他"红侉子"、"红老侉"，意思是"脸上有红斑的北方人"。

焦允俊当即决定逮捕茅国靖。出于慎重，需要制订一个行动方案，并且要向市局借调行动警力。随着一个个电话打出去，相关人员陆续前往市局在建国西路的一处对外不挂牌子的办公点集中。焦允俊向第一个到达者——被分局用小吉普送来的茅国靖的房东金老先生了解茅的店铺兼住处的房屋结构及周边地形、地理情况，聊下来，得知金老先生年轻时做过地理老师，焦允俊乐了，即在老先生面前放上纸笔，说劳驾您老给画下来。

金老先生画完，有专人陪同他去大舞台看戏——此刻不能让其归家，以防走漏消息。然后，马头儿派来的一位部队作战参谋老王到了，和焦允俊对着地图制订了行动方案。稍后，二十名武装便衣奉命前来报到，焦允俊向他们交代任务并作了分工。

一整套准备工作要算做得很充分了，可是，意想不到的情况还是发生了……

十二、曹氏姐妹

这个"意想不到的情况"不但让焦允俊目瞪口呆，而且绝对无解——抓捕人员包围了茅国靖的住所，正准备破门而入，屋里突然一声枪响，茅国靖饮弹自尽了！

焦允俊自是后悔不迭，还不如在白天茅国靖的买卖开张的时候假扮顾客去抓人。最初他也考虑过这个方案，但茅国靖是小本儿买卖，假扮顾客进入铺子的侦查员只能是一两个，不利于控制，经过反复考虑，这个方案被放弃。现在看来，真的是失策了。可是，后悔也来不及了。

拍摄了现场照片，法医运走了尸体，焦允俊和孙慎言以及几个作为临时助手的市局侦查员对现场进行了搜查，一直忙碌到拂晓方才离开。

应该说，作为一名特务，茅国靖的保密工作是做得比较到位的。一干侦查员搜遍整个儿屋子，除了那支用来自杀的手枪和一台性能不错的收音机，竟然没有发现任何通常潜伏特工（还是一个小头目）会有的密写药水、经费和从事相应活动的器材。

焦允俊、孙慎言交换了意见，初步认为已经自杀的茅国靖应该是敌特方面委派的专门负责指挥若干类似叶万成那样的"独脚蟹"的特务组长，与其上司的联系及接受指令，是通过其他特务小组使用的电台或短波广播，以及使用暗语的报纸广告、来往信件等手段。按照初解放时潜伏敌特分子的常态，像他这样一个小头目应该有活动经费和一些器材的，可能藏匿在其他地方了。

一年后，一名潜伏特务郭某向公安局自首，特案组侦查员的判断方才得到证实。郭某系茅国靖的助手，系"中统上海第三特别站"的站长助理，该特务站有六名"独脚蟹"，但姓名、住址、职业等一应情况均由茅国靖掌握，并由其直接联系。而该站的特务活动经费、器材等，均藏匿于郭某处。茅国靖出事后，台湾方面切断了与"上海第三特别站"的联系。郭某自首后，公安机关曾组织力量调查其余五名"独脚蟹"的下落，但未能如愿。

抓捕行动失利，原打算拿下茅国靖后根据其口供获取北湖信息的指望变成了一个肥皂泡，往下该怎么办？12月5日午后，焦允俊、孙慎言、谭弦三人开了个碰头会。焦允俊恢复了以往的自信，抱着"大不了从头再来"的想法，在两个部属面前露出轻松的神态，说雁过留声，茅国靖既然活动过，总有切入点，就看我们能不能找到了。

一番分析下来，侦查员达成了共识，茅国靖跟其部属叶万成一样，其实也是一只"独脚蟹"，而且比叶万成"独"得还彻底，竟连家眷也没有。这对其保密工作当然有好处，但在活动时所有活儿都要自己出面去做，那就免不了留下痕迹，比如他平时经常去哪些地方，经常有什么人去其电器修理铺找他；分局社会股曾接到过群众的举报，说他的开支与收入不相称，他都把钱花在哪里了？等等。

由于茅国靖已死，对施政的威胁已经消除了，对叶万成的监听和监视也可以撤销。这样，焦允俊就让孙慎言、谭弦跟他一起对上述情况进行调查。

当天，他们调查到一个情况，据经常去电器修理铺的顾客反映，茅国靖跑得最多的地方应该是北站区虹江路电器旧货市场。侦查员次日去了虹江路，很快查摸到经常向茅国靖提供电器零部件的那处所在是一家名唤"亚涛旧货行"的店铺，就把该行老板薛亚涛传唤到附近的北站公安分局。

五十八岁的薛亚涛是个老江湖，看架势就知道茅国靖犯的事儿不小，对侦查员不敢隐瞒——

薛亚涛是1941年4月跟茅国靖认识的。当时，茅的电器修理小铺正准备开张，三天两头跑虹江路来淘电器零部件。虹江路旧货市场经常有地痞流氓出没，专门欺负新客，茅国靖被他们给盯上了。一天下午，几个流氓正围着他准备下手，薛亚涛路过，见茅国靖一副老实相，颇有些可怜巴巴，就吆喝了两声。薛亚涛算是虹江路店主中的老资格，江湖经验丰富，平时跟警察、税务、帮会的关系都处理得比较到位，其他店主也好，地痞流氓也好，都买他的账，平时有什么事儿，他吆喝一声发表意见，别人不管想得通想不通，都愿意听从。从此，茅国靖就把"亚涛旧货行"作为他每次进货的必选之店。

有了这么一层关系，两人自然而然走得近了。薛亚涛在外国轮船上当过八年维修技工，其对于电器修理之精通，足可在上海滩随便哪家工厂当一名出色的工匠。他跟茅国靖接触下来，发现这位朋友的技术水平极低。低到什么程度？给他做徒弟的资格都不够，只能做徒孙。茅国靖也看出薛亚涛的技术高出自己不知多少个层级，每次来进货时都虚心求教，而且是活学活用，在修理中碰到什么问题就求教什么问题。这些问题对于薛亚涛来说自然都是小菜一碟，如此，两人的交情就更深了。

从 1941 年春到抗战胜利，这么长时间，薛亚涛并未觉得茅国靖有什么不正常的地方。可是，到了 1947 年，他的看法就变了。那年年初，有个老顾客来"亚涛旧货行"淘旧货时跟薛老板闲聊，说他曾两次看见茅国靖与几个一看就是特务做派的家伙在饭馆喝酒。如此，江湖经验非常丰富的薛亚涛对茅国靖的看法就复杂了些，觉得这人似乎不简单。正因为有了这种想法，在往下的接触中虽然表面上一切照旧，但他心里对茅国靖是有防范的，甚至怀疑茅国靖可能是国民党方面的秘密情报人员。当然，以他丰富的江湖经验，绝不会对茅国靖进行试探，再者他于政治也不感兴趣，生意人嘛，好好做生意就行了，这么大年龄了，再混几年就该回家养老了。

到了 1949 年 5 月下旬上海解放，薛亚涛注意到茅国靖来他电器行的次数明显减少了，又过了三个多月，才恢复了正常。薛亚涛没有问其原因，只是隐隐为其担心，寻思如果他真是国民党情报人员的话，那就是反革命特务，一旦被公安发现，弄不好只怕连性命都难保！开国大典后，薛亚涛发现这位老弟有了一个明显的变化，每次来总要使用电器行的电话机往外打几个电话，而且总是趁他接待顾客或者理货的当口儿，一个人待在店堂里侧的小房间里关上门拨打，每次通话时间不长，三五分钟吧。

由于薛亚涛对茅国靖已有特务之疑，他开始留意这个多年朋友的举动，打算找个机会听听茅国靖在跟什么人通电话，说了些什么。这个打算若是产生于其他人的脑子里，也就不过想想而已，但对于薛亚涛来说，是可以落实的。日前，他在自己的电话机上接了一根暗线，通到后面的库房。这是个小工程，所需零部件电器行里都有，不过是举手之劳。12月2日午后，茅国靖再次来到电器行，拿出一纸货单要求薛亚涛配货。此举正中薛亚涛下怀，于是就去了后面库房。茅国靖枉为受过正规训练的正牌特工，大概是和薛相处时间太长了，对薛根本没有防范意识，结果被轻易窃听了电话。

那么，薛老板听到了什么内容呢？他对侦查员说，茅国靖是把电话打给一位"曹女士"的，对方的声音很低，要仔细分辨才能听清。茅国靖要求跟对方见个面，"曹女士"拒绝，说她没有空儿，再说自上海解放后她已经闭门不出，也不接待外人拜访。茅国靖说他持有"闵先生"写给对方的条子，"曹女士"犹豫片刻，方才勉强答应。双方约定在江宁区江宁路上的"白色咖啡馆"见面，时间是次日即12月3日下午三点。

薛亚涛虽然江湖经验丰富，但对特工那一行不熟，不知这样约见一个人是不是属于特务接头，想不通，索性不想了，这事也就放在了一边。不料今天侦查员来向他调查（他还不知茅国靖已经饮弹自尽），当下不敢隐瞒，如实把这一情况说了。

焦允俊三人立刻调头奔江宁路"白色咖啡馆"。那是一个白俄开了将近三十年的老店，从老板到员工都是一家子，两代人都能说一口流利的汉语，而且国语沪语相兼，跟侦查员交谈并无障碍。可是，白俄老板对于侦查员要调查的情况却回答不上来。不是他故意隐瞒，而是并不曾留意过那天是否有茅国靖那样一个顾客光顾，更不清楚茅国靖约见的那位"曹女士"是个什么样子。这下，焦允俊皱眉头了，他让老板把正在忙碌的那几个眷属一个个唤来分别询问，也没人说得上来。

正当三个侦查员束手无策的时候，外面传来一阵喧哗。白俄老板离开谈话的账房间，去店堂查看。片刻，白俄老板回来，低声对焦允俊解释，外面有一个喝多了酒的青年，一点多来咖啡馆要了一杯咖啡，哪知等咖啡送上去时，他已经趴在桌上睡着了。遇上这种情况，咖啡馆的规矩是不能唤醒人家的。这青年一觉睡到此刻醒了，其位置正好在账房间侧面，他大概听见了里面的片言只语，忽然说他知道"曹女士"是谁，要进来说一说。侍者是白俄老板的儿子，哪肯轻信，生怕让他进来搅扰了侦查员的调查，就刻意阻拦。那青年不依，于是就发生了争吵。

焦允俊闻言暗叹"天助我也"，当下就让谭弦去把那青年请进来，示意众人退出，孙慎言则去外面守着，以防有人靠近账房间听见里面的谈话。焦允俊看那青年不过二十来岁，一张白净的胖脸，高鼻梁，深眼窝，有几分混血儿的样子。没等焦允俊开腔，对方就主动开口了，问你们三位同志是公安局的吗？见谭弦亮出证件，对方便自我介绍说他名叫乔克，您三位要打听的那位就是我的嫡亲阿姨。

乔克的这个阿姨叫曹诺蓝，已经四十岁了，立志终身不嫁，到现在还是单身。她出身于沪上一个富裕家庭，三代都是基督徒，早年从神学院毕业后，供职于教会。她有一副好嗓子，擅长反串浑厚的男低音，经常担任教堂唱诗班的领唱，故结识了沪上众多从事各种职业的人士，社会活动能力很强。上海解放后，曹诺蓝辞了职，离开了教会提供的住宅，搬到姐姐曹诺洁家。

乔克的父亲乔舒亚是英国人，在公共租界警务处任职。1940 年前往伦敦出差时，恰遇德军轰炸而殁。乔克的母亲曹诺洁是留英海归，回国后曾供职于公共租界工部局财务处，后因生乔克时难产，健康受损，产后不再工作。丈夫遇难后，母子两个靠家中的积蓄、房产租金和英国政府按月发给的抚恤金（乔舒亚去伦敦算是公干，死于轰炸，被英国政府作为因公死亡对待），日子过得还不错。

那么，曹诺蓝跟那个打电话给她的人（乔克不知此人姓名、身份，只知道是个男子，因为是他接的电话）是什么关系呢？乔克说他不清楚，只听阿姨在挂断电话后告诉其母说，有人约她明天下午去"白咖"（"白色咖啡馆"的简称）。曹诺洁问妹妹是什么人约见，妹妹却含糊其辞，当姐姐的有点儿不放心，在妹妹出门后便密嘱乔克跟上去看看。

乔克跟踪阿姨一直到咖啡馆，再跟下去只怕就会被阿姨发觉了，正琢磨该怎么办时，正好看见一个朋友经过。那人叫黄生浩，平时经常和乔克一起练习拳击，便吹声口哨示意对方驻步。乔克对黄说，我阿姨大概谈了个男朋友，老妈让我来看看是个什么样的男人，我不便进去，你代我进去看看。不等对方回答，又交代了阿姨的穿着打扮。黄生浩进去喝了杯咖啡就出来了，说了那个男子的长相和穿着，还判断说看样子你阿姨不是跟那个男的谈朋友，像是谈生意。估计谈得还不错，此刻已经谈完，两人从后门出去了。

乔克回去向老妈复命，不料进门却见姐妹俩正虎着脸，像是很不开心的样子。原来曹诺蓝已经发现被外甥跟踪，断定是曹诺洁的主意，回家就质问姐姐。姐妹俩闹起了矛盾，乔克好生无趣，也不吭声，一头扎进了自己的房间，躺在沙发上看了一会儿小说，不知不觉睡了过去。等到被妈妈唤醒时，外面天已经黑了。曹诺洁说你阿姨出去了，临走时说晚饭不回来吃，让我们不要等她。然后就问儿子，你阿姨是不是处对象啦？乔克说处什么对象，她不是说过终身不嫁吗？她好像是跟一个四十来岁的男人谈生意嘛。曹诺洁闻言诧异，说你阿姨从来没有沾过生意上的事，平时闲聊也没提到过经商，她会做生意？不可能啊！乔克说等她晚上回来你问她就是了嘛，你们是姐妹，还有什么话不能说的？

可是，当晚曹诺蓝却没有回来，她在晚上八点左右打来一个电话，说她另外有点儿事，今晚不回家了，可能明天也不回来。第二天傍晚，曹诺蓝又来电，说她和两个大学同学在一位老同学那里，玩得蛮开心的，明天要去杭州游玩，后天上午回来。这时，旁边的乔克憋不住了，接过话筒叫了声阿姨，说不是妈妈叫我跟踪您的，是我自己的主意，请阿姨不要生气。曹诺蓝笑着说没事，跟踪也可以的，阿姨跟姐姐、外甥最亲了，不会有什么事儿瞒着你们的。这样吧，阿姨后天回家请你喝咖啡，就去"白咖"。于是两人说好，下午一点半在"白咖"见面。

今天乔克遵守诺言准时到达咖啡馆，却没见着阿姨。他等了一刻钟，往家里打了个电话，一问，妈妈说你阿姨正在处理教会托她办的一桩急事，让你等一会儿，她会过来的。乔克就继续等着，喝喝咖啡，看看报纸，一会儿觉得有了倦意，往桌上一趴就睡着了。趴着睡当然不可能睡得很熟，侦查员刚才从座头旁边经过去账房间时，他被惊醒了。睁眼看阿姨还没到，想想不如回家，正要招呼结账，忽然听见账房间里的说话声，侦查员在向老板打听3日下午一个穿棕色皮夹克戴同样颜色漆布鸭舌帽（这身装束是薛亚涛最后一次见到茅国靖时茅的穿着）的中年男子来这里跟"曹女士"见面之事，他马上想起那个约见阿姨的家伙，蓦地一惊：刚才那三位一看就是公安局的便衣，便衣打听那家伙，难道那个男的是坏人？阿姨会不会受到牵连？乔克急于弄个明白，就主动站出来提供情况了。

侦查员听下来，认为乔克所说的约见曹诺蓝的那个男子确系茅国靖，就请乔克带路，去他家跟曹诺蓝见面。

可是，曹诺蓝不在家。其姐曹诺洁说她刚才接到一个电话，说有个朋友找她，然后就匆匆忙忙出去了。为什么说是匆匆忙忙呢？她姐姐说，教会先前来电，让她赶紧写一份解放前参与教会活动的情况说明，说是政府的要求，写好马上送去。她已经写好了，但出门的时候却没带上。

谭弦有点儿紧张似的看着焦允俊，似是在问：怎么这样巧？焦允俊不动声色，但也不免担心，生怕曹诺蓝遭遇不测。他有一种直觉，这个曹诺蓝可能是了解北湖下落的唯一知情人。

十三、终现曙光

运气还算不错，侦查员担心的不测总算没有发生，他们在曹家等了不到一个小时，曹诺蓝就回来了。

这是一个长得十分精致的女人，四十多岁还保持着顾长窈窕的身材，一张鹅蛋脸上五官标致，特别是柳眉下的那双杏目，扫视一眼，真有些顾盼生情的韵味。不过，现在那眼睛是冷的，不但目光，连声音都似乎透着寒意："三位先生是市公安局还是哪个分局的？或者是来自其他机构的？"

焦允俊也还以冷峻，朝谭弦递了个眼神，后者随即出示市局证件。这时，乔克开腔了，说阿姨他们是市局的，我看过派司了。曹诺蓝不为所动，还是仔细看了证件，然后把目光转到焦允俊、孙慎言身上："抱歉，您二位的派司我也要看看。"

三份证件都验看过后，曹诺蓝点点头："要不，到书房去坐坐？"

侦查员进了书房落座，曹诺蓝显然已经看出谁是头儿，盯着焦允俊问道："几位有什么问题，那就问吧？"

焦允俊不得不承认，眼前这个女人是他从事情报工作以来接触过的所有对象中最冷静最从容不迫的一个，对方的那副做派，让人感觉谈话的主动权好像在她手里，而非侦查员。焦允俊自然不喜欢这种气氛，马上进入正题："我们来麻烦曹小姐，主要是想了解一下 12 月 2 日您曾接到一位姓茅的先生打来电话之事。"

曹诺蓝冷笑："恕我冒昧，我这里的电话是不是被公安局监听了？"

"这个我们先不探讨，还是请曹小姐如实回答我们的问题。"

原以为以曹诺蓝这副架势，会跟侦查员扯个不停，那就不得不把她请进分局"交流"了，可出乎侦查员意料，曹诺蓝不再在枝节上纠缠，说我料到你们会来找我，那位茅先生出事我已经听说了。如今是共产党坐天下，凡事都认真，不讲情面，即便你们不来找我，我也准备带上生活用品去找你们了。我会把这件事的前因后果一五一十告诉你们，但这事说来话长，请允许我照我的思路来说，等我说完，如果你们还有什么不清楚的，我再一一作答，你们看如何？

在这种被动的形势下，这个女人竟然依旧巧妙地掌握着谈话的主动权，让焦允俊不由得有点儿佩服起来。既然如此，那不妨先听她怎么说吧——

12月2日，曹诺蓝接到茅国靖的电话，说想跟她见个面。她以前在教会工作时经常抛头露面，跟社会各方面的人打交道比较多，这种莫名其妙的电话常有，对方都说认识她，可她对对方根本没印象。解放后的头两三个月里，这类电话特别多，最近才开始渐渐减少。这次接到电话，她也像以前一样拒绝了。但对方只说了一句话，就使曹诺蓝改变了主意。这句话是："哦！我有闵老先生的亲笔条子，老先生说曹女士可以跟我见个面的。"

闵老先生何许人也？一向冷峻傲慢的曹诺蓝为何一听他的名字就改了主意？因为这位老先生曾两次救过曹诺蓝的命（这一情节跟本案无关，本文就不详述了）。因此，曹对闵老先生向来是执父辈之礼的。现在，对方既然说有闵老先生的条子，那就必须见一见。这一见，就引出了一个名叫黄景君的人。

说到这里，曹诺蓝停顿片刻，继而轻声道："这位黄先生曾经有过一个特殊身份——汪精卫的私人顾问。"

三侦查员闻言蓦地一惊。焦允俊暗忖：天可怜见，终于找到北湖的线索啦！

曹诺蓝继续往下叙述。12月3日下午，她去"白咖"跟茅国靖见了面。对方果然拿出了闵老先生的亲笔便条，上面写着让她跟来人说说对方想知道的情况。那么，对方有什么事呢？茅国靖说他想见见北湖先生。又补充说，他为此找了闵老先生，老先生说可以向曹女士求助。

曹诺蓝微叹一口气，既然是双料救命恩人（救过她两次）的意思，那自然不能拒绝。那么，曹诺蓝跟黄景君又是什么关系呢？这里面有一番说头。

像黄景君这样的人物，在社会上肯定具有方方面面的关系，三教九流都有他的朋友。作为情报研判专家，并不是拍拍脑袋就可以取得成果的。除了天赋之外，还需要对社会各个领域发生的大事小事都有所了解，方可在分析情报时随手拈来作为研判依据。因此，黄景君早在三十年代初就将其社交触角伸向教会，也就可以理解了。1933年，曹诺蓝从神学院毕业去教会工作不久，与黄景君相识。不过，两人仅仅是萍水相逢，并没有多少交往。如果不是抗战爆发，两人可能一辈子也说不上几句话。

1937年11月13日，惨烈的中日淞沪会战结束，日寇占领上海华界。上海滩的公共租界和法租界被日伪控制的地盘所包围，称为"孤岛"，从那时到1941年12月7日太平洋战争爆发日军武装占领租界的这段时间，史称"孤岛时期"。1938年元月中旬，日军上海宪兵队司令部特高课开始寻访黄景君，其目的是请其协助从东京飞来的军方情报专家八康静仁中佐组建一个情报研判工作室。

这项工作，其实早在日军侵占上海华界之前就已经策划定当了，据说选定黄景君担任八康中佐的助手，是东京大本营高层经过多次会议讨论最后才决定的。八康中佐来沪时，随身还携带了大本营高层的决议。

因此，在上海华界盘踞的日本特务机关，早在中日淞沪会战刚刚结束，就已经在着手这桩事情了。日军宪兵队特高课接手该任务后，立即行动。当时全上海华界都已经沦陷，特高课的情报网遍布全市，据说只用了十天时间，就查访到了黄景君的藏身处。

1938年2月3日，一个北风呼啸的寒夜，特高课的一支由十名特工组成的行动小组，驾车来到上海北郊江湾镇，把藏匿于该镇一座古庙内的"居士"黄景君"礼请"至虹口的一处花园洋房（日特机关的一处密点）。原以为这桩活儿就此完成了，哪知八康中佐跟黄景君谈了数日，后者对于协助日方进行情报研判之事并无兴趣。不但没有兴趣，黄景君还充分发挥他那不凡的智慧，趁夜间与日本特务饮酒的机会，佯装腹痛，说可能是胃出血。在日方眼里，这人是一宝，哪敢托大？立刻开了一辆吉普，由三个特务陪着将其送往日本海军医院。

然后，就发生了令人惊讶的一幕——进放射科检查室拍片时，看似文质彬彬手无缚鸡之力的黄景君竟然一掌切在日本医生的颈部动脉上将其击昏，随后把医生的白大褂穿在身上，从检查室边门从容脱身。穿越走廊时，那三个日本特务和他近在咫尺，正坐在检查室门前的椅子上吹牛呢。

为追捕黄景君，日本宪兵队采取了数项紧急措施：封锁市区通往浦东的黄浦江面，电令所有关卡日夜检查过往行人，搜查全市所有寺庙道观甚至庵堂，还指派大批日特和汉奸化装潜入公共租界和法租界访查。在这等严密追查下，黄景君无法离开上海，只有辗转于几个友人家中。最后实在没办法了，于一天深夜越墙潜入曹诺蓝所在的教会躲藏。黄景君的记忆力极强，曹诺蓝五年前与其初次见面时随口说起过她在教会上班的班次安排，他竟然一直牢牢记着，算准这天晚上该是曹诺蓝值班。而且，凭着他对曹的判断，他相信这个女子会掩护他。就这样，曹诺蓝把这个逃亡者藏进了由她掌管的教会资料库房，每天给他送饮食。

黄景君在教会一躲五天，第六天中午，他突然有了一种不祥的预感，对曹诺蓝说今天我必须转移，这里不安全了。尽管曹诺蓝不以为然，但毕竟安全第一。问他打算怎么出去，黄景君说可以化装成神父离开。可是，转移到哪里去呢？黄景君说，只有一处安全的地点，就是你姐姐曹诺洁家。巧得很，那段时间曹诺洁和她的英国丈夫正好带着孩子去了香港，房子托付妹妹照看。于是，曹诺蓝就按照黄景君所说，将其在那边安顿下来。

黄景君刚刚离开没多久，教会的电路突然发生故障。电力公司派来数名技工（其中混有日本特务）进行紧急检修，为找到故障所在，他们要求检查所有屋子，当然也包括资料库房。而黄景君临走前，已经将其在资料库房留下的痕迹消除，日本特务没有任何发现。事后听说，那天和之后数日，公共租界和法租界的教堂都被租界当局以电力、消防、建筑、卫生等理由检查了一遍。战后披露的资料显示，当时日本方面为实施搜查，拿出一百两黄金买通了工部局、公董局的官员。

一周后，曹诺蓝按照黄景君的要求，去公共租界工部局警务处找其洋姐夫的一位同乡威尔斯副巡官（警务处仅次于处长、督察长、正巡官的高级警官），弄到了一纸通行证，并联系了一艘英国邮轮。黄景君借此化装逃离上海，去了香港。

再次见到黄景君已是 1940 年春，其时，这个神秘人物已经有了一个新的身份——北湖。当然，他不是以本来面目出现在曹诺蓝面前的，而是化装成一个佝偻着背脊的五十多岁的老头儿，长衫马褂瓜皮帽，额头皱纹密布，脸皮酷似存放已久即将干枯的橘子，鼻梁上架着一副镜片圆而大的黑框眼镜，胸前挂着一个十字架。如果不是他主动开口，曹诺蓝绝对认不出来。

这天正好是曹诺蓝在接待窗口值班，黄景君在窗口前的椅子上坐下，推了推眼镜，说声打扰，递过一张纸片。曹诺蓝一看，上面是一行阿拉伯数字与英文的组合。一个愣怔，脑子快速运转，随即作出反应，这是租界当局对有特殊需要的对象颁发的特别通行证的号码。继而她想起，当初托洋姐夫的朋友威尔斯副巡官给黄先生办理过这样的通行证。再看眼前这个老头儿，她终于认出来了。

　　当晚，曹诺蓝应约与黄景君在"七重天"露天舞场一角喝咖啡。黄景君告诉她，当初在她的帮助下脱险离沪去香港后，他化名在香港汇丰银行找了一份工作，原以为自己逃得够远，在香港又有朋友关照，如此隐身应该没有问题了。没想到汪精卫在南京成立伪国民政府后，竟然立刻有人从内地赴港找到了他，出示了汪精卫的手札，聘请他担任其情报顾问。来人对他说，他的行踪确实隐秘，很长一段时间日本人都不知道他的下落。但日本人的韧性也不可低估，他们一直在寻找他。日前，终于得知他藏身于香港汇丰银行，日军准备派特务秘密潜入港岛将其绑架回沪（其时太平洋战争尚未爆发，日军还没有占领香港）。这个计划被汪先生得知，正好他也在物色情报顾问，就向日本方面提出，此事由南京接手。日方经过研究，同意了这一要求。于是，就促成了这次港岛之行。

　　谈话的地方是香港一家著名酒店，附近就是香港警务处，这是黄景君自己定下的安全地点。可是，在整个儿谈话过程中，他不但发现不时有形迹可疑的人物在包房外面晃悠，甚至香港警务处负责保护他的那位警官也进来过一次，还当着他的面跟汪伪特使打招呼。黄景君明白这次他是没法儿拒绝了，对方是来绑架他回内地的，而且已经买通了香港警务处。

　　黄景君别无选择，成了汪精卫的私人顾问。但他跟汪伪方面达成了

啄木鸟·红色侦探系列

协议：汪精卫召见他时，他保证立刻赶去；他的活动范围在上海、苏南、浙东即长三角区域，平时可以自由做他想做的事情，对方不得干涉。

在"七重天"喝过咖啡后，黄景君就像被风吹走的肥皂泡一样，无影无踪了。曹诺蓝原以为不会再跟这个神秘人物见面了，不料去年深秋的一天，她突然收到一封信函，里面的信件没有抬头和落款，只有一行阿拉伯数字。曹诺蓝寻思这种神神道道的做法在她的朋友中只有黄景君才会有，仔细回忆，终于想起上次在"七重天"分手时对方曾似漫不经心地说过一句话："有时我的信息可以在英文小说《上海历险记》中找到。"灵光闪现，她立刻去翻这本英文小说，翻到这组阿拉伯数字对应的页码一一查找，终于弄明白了这封密函的意思——两天后的傍晚六点去国际饭店十三楼见面。

这次见面是吃晚饭，黄景君只字不提政治，也不谈自己的情况，只谈上海滩的风花雪月；曹诺蓝知趣，也不打听对方的情况。吃得差不多了，结账走人。临分手时，黄景君送给曹诺蓝一本书——法文版的《茶花女》。次日，曹诺蓝收到一束鲜花，所附文字尽管只是普通的祝福和感谢，但她知道其中必有秘密。细细检查下来，发现一片花叶上有一行阿拉伯数字。她用《茶花女》作为密码本将其破译出来，内容是让她去北苏州路 66 号烟纸店买一盒香烟，内有礼品一份，设法急送济南，还交代了抵达济南后跟交接方的联系方式。

曹诺蓝立刻行动，买回香烟后，拆开检查，发现里面藏有微缩胶卷。其时济南战役已经结束，济南已被华东野战军拿下，由此可见，黄景君这是在为中共提供情报。曹诺蓝是虔诚的基督徒，平时不问政治，但她是把黄景君视为兄长式的好友对待的，如此重托，她自然不能让他失望，几乎是不假思索地就决定照办。

当时上海去北方的交通尚在维持，但国统区对北上旅客的查验之严可想而知。好在曹诺蓝是教会人士，其主要工作是协调各地教会教堂与地方上的关系，可以借去济南查看教会情况的由头跑一趟。有教会身份的掩护，她顺利抵达济南，按照黄景君在密函中的交代，向华东野战军递交了微缩胶卷。当然，直到现在为止，她也不清楚胶卷拍摄的是什么内容。

半年后的 5 月 27 日，上海解放。三天后，曹诺蓝收到了一张未具落款及地址的明信片，上面写着些祝愿的话，一看就是黄景君的笔迹。有了前几次的经验，她马上意识到明信片上肯定有内容，仔细查看，果然发现明信片图画的右下角用钢笔看似随意地打了一个很小的勾。曹诺蓝就对这幅图画产生了兴趣。这幅图画比较简单，就是一座教堂，从顶部打开的天窗里飞出一只小鸟。初时她不解其意，看了又看，想了又想，终于领悟，黄景君的意思是让她离开教会。曹诺蓝对黄景君很信任，认为他这样暗示肯定是有道理的，于是毅然辞职。

黄景君似乎对曹诺蓝的动向非常了解，辞职后的次日，他往曹氏姐妹的住所打了一个电话，没有说明信片之事，只是告诉她如今解放了，要低调小心过日子，尽可能不要抛头露面，明哲保身为上。曹诺蓝问他，如果我有事情不明白想向您请教，应该去哪里找您？电话那头稍一迟疑，黄景君报出了一个地址：西藏北路五祥坊口煤球店。

曹诺蓝没有遇到需要请教的事儿，也就没有必要跟黄景君联系。但是，她没有事，救命恩人闵老先生却有事相托。茅国靖持闵老先生的条子来找她，她不能拒绝，就在去"白咖"跟茅国靖见面时把煤球店的地址告诉了对方。

说到这里，曹诺蓝站起来给侦查员面前的杯子里添水："我知道的就这些，你们还有什么要问的？"

焦允俊问:"那位闵老先生的地址呢?"

"地址我当然可以给你,不过,你们就算找到他,恐怕也没什么用了……"

"这话怎么讲?"

曹诺蓝说,她这两天没回姐姐家,为的就是此事——两天前的下午,闵老先生突然中风,急送医院救治,性命保住了,但已瘫痪,神志不清,更说不出话。她一直在忙着联系医生,去电香港急购药品。直到今天闵老先生在外地的子女赶抵上海,她才得以脱身,但晚上还是要去医院陪护的。

焦允俊思忖片刻,做了个手势,孙慎言便示意曹诺蓝随其离开书房。然后,焦允俊抓起书桌上的电话机,叫通市局总机,报出了一个代表"绿色通道"特权的密码,让即刻接通西藏北路派出所。派出所的内线电话正在使用,而且是分局长在和所长通话,但还是被话务员毫不迟疑地掐断,把焦允俊的电话接了进去。

"我是华东特案组,要求你所立刻执行以下命令:派员对西藏北路五祥坊口那家煤球店秘密监控,不管老板、店员,只要离开,一律扣下!"

十四、新的线索

放下电话,特案组三侦查员立刻驱车前往西藏北路,见到煤球店老板林开先,二话不说,就问一件事——茅国靖是否找过他。

林老板说,茅国靖在 12 月 3 日傍晚找过他,打听一位黄先生的住址。林老板其实并不认识黄先生,他是受人之托,记住一个地址。托付之人告诉他一句暗语,叮嘱凡是用这句暗语来找他的,不管是什么人,哪怕是叫花子,都得告知那个地址。因此,林老板就把地址告知茅国靖了。

　　这个地址是中兴路 170 号——距煤球店所在的西藏北路不远，步行只需二十来分钟。可是，当侦查员赶过去时，却是铁将军把门。向邻居打听，得知这里确实住着一位黄先生，不过这两天没看见他露面，没有人知道他去了哪里。那么，这位黄先生从事什么职业呢？邻居说这里的房子是他租的，说是养病，所以没有职业。

　　这里打听不到什么情况，侦查员只好去派出所。派出所说有这么一个人，其户籍在本市常熟区陕西南路，在这里是临时居住。按照规定，本市户口的居民租借房子是不需要向派出所申报临时户口的。当然，户籍警打电话核实过其户籍的真实性，对方派出所说此人并无政历问题，不是内控对象，属于一般群众。如此，这边的派出所也就不去过问他的情况了。

　　侦查员商量后，决定查看一下黄景君的住所。华东特案组的侦查员都是身手不凡之辈，诸般锁具难不倒他们，只不过有时不便施展而已。回到黄景君的租住处门口，谭弦摆弄了不到半分钟，门就开了。

　　焦允俊表面看似轻松，其实心一直悬着，因为有之前施政被敌特袭击的先例，他担心黄景君已经遇害。打开房门，把几间房子查看一遍，没有发现异常，这才放下心来。卧室、客堂、厨房都收拾得整洁有序，卧室的书架上摆放的上百册书籍虽然陈旧，但并无灰尘，可见主人是经常收拾的。检查中还发现五斗橱里放着现钞、存折和若干贵重物品。

　　侦查员走访了几户邻居，都反映说黄先生是个好人，喜欢跟老人小孩儿闲聊，从没有给别人制造过麻烦。那么，他是几时离开这里的呢？邻居说法不一，但也就一天之差，有说 3 日傍晚看见他出门的，也有说好像 4 日清晨还看见他在前面拐角的小摊上吃馄饨。

　　煤球店林老板说过，茅国靖是 12 月 3 日傍晚前去打听黄景君住址的，焦允俊对这个时间节点特别注意，向左右和对门三户邻居着重了解黄景君那天傍晚的行踪，最后把各人所述情况综合起来——

那天下午四点半左右，黄景君离家外出，手持一个草编提兜儿，路上跟邻居打招呼，说是去菜场看看，那副样子跟平时并无区别，看上去心绪轻松。可是，这一去就再也没有回来——至少那三户邻居没看见他回来过。倒是稍后有个男子找上门来，打听黄先生是否住在这里，邻居告诉他黄先生去菜场买菜了。那人等了十来分钟就离开了，此后再没出现过。

侦查员分析，根据茅国靖之类"独脚蟹"的特点，他过来寻访北湖不会带助手，否则他向林老板打听到黄景君的住址后不会自己出面寻上门去。如果他要对黄景君下手，在有部属可以指使的情况下，就不会亲自出马，多半会复制对付施政的手段。毕竟杀人不是儿戏，尤其是对付黄景君这样一个角色——那可是曾经从防范严密的日本宪兵队手里逃脱过的人——风险不是一般的大。即便茅国靖去菜场寻找黄景君，怕是也没办法把黄骗到一个隐蔽地方下手。所以，可以比较乐观地作出判断：黄景君并没有被害，可能凭他那种天生的直觉觉察到有危险逼近，于是主动避开了。

那么，黄景君会躲藏在哪里呢？侦查员想到了其户籍所在地——常熟区陕西南路的居所。

12月7日，三侦查员前往陕西南路调查。他们赶到时，派出所长和户籍警已经在门前等候了。户籍警告诉焦允俊，户口底卡显示，该处房产是属于黄景君的，他是单身，填的是未婚。但这人不知出于什么原因，在上海解放前三个多月就把这处房子出租给了两户居民，只留下两间作为自用。黄景君自己则住到闸北区中兴路去了，那边的派出所曾来电询问过他的情况。

询问房客，两户房客都说是从经纪人那里租的房，没跟房东见过面，一切全由经纪人代办，付了一年房租。问经纪人姓甚名谁，其中介店铺在哪里，房客却说不知道。他们是在邮电局门口张贴的广告上得知这边有房子要出租的，觉得价钱比较合适，就按照广告上经纪人的地址写了信，经纪人收到信，就登门来让看房子了。至于经纪人的地址、姓名，他们早就忘记了。

尽管如此，侦查员还是进入这幢三开间两层楼的民居去看了看，不久又支开房客，施展手段开了房东那两间没出租的房间，家具、地板上灰尘颇厚，一看就知道主人确实已经多时没有回来过了。

东边碰了壁，只好把脑筋动到西边去了。所谓西边，就是位于这条马路西侧的区房管所。侦查员想调阅黄景君的房产档案，看看能不能获得些线索。可是，焦允俊三人是在与一位思虑极深的情报专家打交道，事后焦允俊不得不承认，自己低估了对方的智商。他们在房管所翻遍了解放前留下的旧房契副本，竟然没有发现黄景君名下那套房产的痕迹。看来，黄景君在获得这套房屋的产权时，就已经通过某种关系做了手脚，把原始档案销毁了。

离开房管所时，天色已晚。焦允俊又去找煤球店林老板，想弄清楚是何人嘱托他保存黄景君的住址的。挖出这条线索，也可以顺藤摸瓜往下查。

可是，那个托付林老板的人早在上海解放前半个月就病逝了。此人姓宋，系青帮中人，林老板也是青帮人士，但比宋某要小一辈，宋算是他的师叔。宋生前与林老板亦已作古的青帮师父范先生关系密切，所以宋与林老板的情谊等同于师徒。按照帮会规矩，既然有这种关系，只要宋发了话，林老板是必须照办的，而且只要宋不说原因，林老板也不能打听。

焦允俊暗忖，虽说宋已经作古，但他家属应该还在，也许他们知道些情况。就向林老板问明了宋家的地址，连夜赶去。宋的家人确实还在，一共四位，老伴和三个已经出嫁的女儿。因为住得很近，侦查员一一都问到了，但她们都不清楚宋老头儿生前跟哪些朋友有深交，因为他从来不把朋友往家里带。

12月8日，三侦查员聚在一起继续研究案情。用焦允俊的说法，不管怎样总得找出解决问题的法子，否则没法儿向上面交代，也坏了华东特案组的名头。三人刚坐下，突然电话铃声大作。是中兴路派出所打来的，反映了一个情况：刚才民警下里弄例行了解社情，跟一个姓马的小老头儿聊天，对方无意间提起坊间正在议论的170号黄先生忽然失踪之事，马老头儿说他前天去南市走亲戚，昨天上午亲戚请他去老城隍庙旁边的"小得月茶楼"喝茶，曾在那里见到过黄景君——这人没有失踪嘛！

焦允俊挂断电话，立刻下令：找马老头儿去了解情况！

马老头儿提供的情况很简单，他和亲戚一起在茶馆底楼一副座头上喝茶，亲眼看见茶馆老板客气地把黄景君从二楼送下来，一直送出门。至于黄先生去茶馆干什么，茶馆老板为什么对其那么客气，他一概不知。侦查员问："黄景君有没有看见你？"

马某说："应该没有看见，因为我们那副座头在角落里。"

接下来，就是驱车南市了，还是先去派出所。派出所派人去了老城隍庙"小得月茶楼"，悄悄把老板岳从泰请过来，一问黄景君，他摇头说不认识。焦允俊马上意识到问题提得不对，又问昨天上午岳老板送走的那位客人是谁。岳老板恍然，原来您三位问的是冯先生！

侦查员担心马老头儿认错了人，就请岳老板说说那位冯先生的年龄、体态、相貌，听对方一一道来，跟黄景君高度相似，于是认定那是黄景君在岳老板面前使用的另一个身份。像黄景君这种角色，改名换姓是常态，焦允俊粗算算，自己使用过的化名至少也有二三十个。

那么，冯先生拜访岳老板所为何事呢？岳老板说，他是来向我借钱的，说最近手头有点儿紧。先前据派出所民警介绍，这位茶楼老板岳从泰有个绰号叫"铁公鸡"，以一毛不拔著称，黄景君怎么会开口向他告贷？

原来，岳从泰跟化名冯讷的黄景君相识颇久，至少有二十个年头儿了。起初他们并无深交，无非是茶楼老板和经常光顾的茶客之间的关系。三十年代初有一段时间，自称住在附近的黄景君每天去"小得月茶楼"喝茶——侦查员估计是去收集情报。时间稍长，就跟岳老板熟悉了。岳老板也并未将其放在心上，寻思不过一个经常光顾茶馆的生意人罢了，只是出于职业习惯，相逢开口笑，过后不思量。

这样过了一年多，"小得月茶楼"遇到了麻烦。有两伙流氓到茶楼来"吃讲茶"（谈判），没有谈拢，当场械斗，一方失利败逃。这种情况在当时常见，茶馆不需要承担任何责任，斗赢的一方还得负责支付茶资、赔偿茶馆损失，这是江湖规矩。可是，这次胜的那一方不但不赔偿损失，还说茶馆跟败的那一方串通，在胜出方老大所喝的茶水里放了毒药，致使老大突患重病，急送医院救治，能不能保住性命还难说。因此，要向岳老板讨一个说法。对于"小得月茶楼"来说，这是一桩大事，就算老大不死，医药费、营养费、精神损失费（当时叫"压惊银"）合并算下来，茶馆就得关门打烊了，岳老板只好到处找人求情说和。

没想到，第三天傍晚传来消息，老大死在医院里了。岳老板一夜未眠，还没回过神来，次日上午胜方已经来了一伙流氓，人人穿黑衫，个个戴白孝，怀揣着短刀、铁尺、九节鞭，有人还提着火油箱，显然是准备一旦谈不拢那就砸店放火，来一个彻底解决。对方为首那位说，这个茶馆，以及岳老板在方浜路的住宅，从今天起就是我们的了，已经请人估过价了，两处相加也抵不了咱们老大的命，算是便宜你了。现在请岳老板办理交割手续，否则，我们只好下手了。

岳老板哪里经历过这种阵势，当场吓傻。当时谁也没有注意，正在靠近门口那副座头上喝茶的冯讷已经悄然开溜。因为他的及时开溜，让岳老板逃过一劫。警察和青帮几乎是同时赶到茶馆的，那伙流氓在江湖上只能属于小爬虫级别，哪里再敢继续造次？一个个灰溜溜地跟着警察走了。事后，岳老板听说是冯先生出手相帮，自是感激不尽。他虽然吝啬成性，但江湖规矩却是懂的，知道自己必须有所表示。几天后黄景君去茶馆喝茶时，岳老板当众向其表示感谢，奉上一盒银洋。可是，黄景君却婉拒了。

那天之后，黄景君再也没有去过"小得月茶楼"。直到前天上午，阔别多年的冯先生突然出现在岳老板面前。岳老板大喜，连忙将其请入二楼账房间，摒退账房先生，吩咐跑堂沏茶奉烟。冯先生说因手头紧有急用，想告贷一笔钞票。岳老板虽然抠门，但知道江湖规矩是不能坏的，二话不说，立刻问对方要多少。对方伸出两根指头，岳老板说巧得很，茶馆账上正好有几笔刚收的账款，大约二三百万。于是唤进账房先生，开出了一张见票即兑的支票，一共二百六十万元。冯先生也不言谢，取过桌上的纸笔，写了一纸借条，约定三个月后归还，计三分息。岳老板寻思原本就是我欠着你这份大人情，还有什么还不还的，当下就把借条撕了。

听了岳老板的介绍，三位侦查员把情况作了如下梳理——

从黄景君住处发现的现钞、存折和若干贵重物品这一点看来，诚如邻居所说的，黄景君离开住处时确实是打算去菜场买菜的。可他这一去之后就没有再回来，稍后却出现在"小得月茶楼"，向将近二十年没有联系的岳老板借钱。这说明他的出走是临时起意，而且导致他出走的原因既危险又紧迫，以至于他连回家取出钱钞、存折等都不敢。什么情况会使黄景君作出这等反应？看来只有敌特方面的因素了。

当然，也许还有公安。黄景君担任过汪精卫的私人顾问，新政权要审查他也是情理之中的。不过，黄景君也曾为中共提供过有价值的情报，因此他也应该明白，新政权不至于为难他，否则，早在解放前他就可以躲到海外去。像他这样的人才，去了海外还怕找不到事做？可是，他选择了留下。这说明他并不担心新政权跟他过不去。

那么，黄景君怎么知道敌特分子茅国靖去煤球店向林老板打听他的情况呢？难道他在煤球店里安排了内线？这一点，焦允俊后来也问过黄景君。黄说他不可能在煤球店物色内线，之所以知晓有人打听其下落纯属偶然。

煤球店的账房先生是林老板的堂弟，早晨喜欢去附近茶馆喝茶下棋。而黄景君也有这个爱好，两人就在茶馆相识，经常碰面。有时他还接受林先生的邀请去家里做客——自然也是以下棋为主要内容。去的次数多了，林家的孩子跟他也熟了。那天下午他去菜场买菜，正好遇见林先生上小学五年级的女儿林容湄。小姑娘每天放学后要去菜场买菜，去之前会去煤球店向老爸要钞票。这天她去煤球店时，正好遇上茅国靖向林老板打听黄景君的地址，把双方的对话听了个清楚。此刻在菜场见面，就随口告诉黄先生了。黄景君不露声色，随口问了问来人的年龄、外貌、口音及与林老板的对话内容，马上断定并非公安人员，那就是敌特了。没别的办法，只有立刻消失。

三位侦查员此时当然还不清楚这个原因，但他们深信，黄景君肯定是察觉到危险，于是三十六计走为上。如此，他向岳老板告贷也就顺理成章符合逻辑了。

继续往下分析，黄景君出走后去了哪里呢？估计会找一个他认可的安全之地暂栖。从他接着就向岳老板告贷这一点看来，他的暂时栖身之处安全是没有问题的，但接待他的朋友经济条件不咋样，甚至比较拮据，所以，他必须弄一些钞票予以贴补。这是一种可能，另一种可能，他借钱的目的是为了离开上海，甚至前往海外。后一种可能是侦查员最不愿意接受的，但此刻着急也是干着急，只有暗暗祈祷黄先生别打这个主意。

侦查员还分析了黄景君在上海解放后的心态：这是一个国内罕见的以研判情报为其主要经济来源的专家，解放前（或者说到抗战胜利为止）他是只认钱不认政治，尽管他有基本的爱国理念，比如拒绝为日本侵略者服务，但并没有迈出走向正义比如投奔中共的关键一步，反而担任了汪精卫的私人顾问。抗战胜利后，黄景君的观念逐渐发生了变化，促使他发生变化的原因，估计其中之一是对国民党发动内战的失望，他开始倾向于认同中共的政治主张。1948年下半年让曹诺蓝前往济南送情报一事，就是其认识变化的一个反映。

焦允俊长期在华东诸省特别是长三角地区从事情报工作，根据他对当时地下工作的了解，基本可以断定黄景君这一行动是出于自发。1948年下半年时，我方的地下情报输送渠道已经很畅通，如果黄景君的情报是华野情报人员事先"订购"的，那华野情报部门肯定会专为其设立转送情报的通道，而不必动用曹诺蓝这样的非专业人员——这也太冒险了。

综合上述分析，焦允俊判断黄景君在上海解放前夕没有选择离开，而是隐居下来，表明他应该是拥护新政权的。既然如此，那就先考虑前一种可能——如果黄景君没有离沪，他会躲藏在哪里，什么样的关系在他看来是可靠的。讨论下来，侦查员认为这种关系必须具备以下两个条件——

其一，黄景君与对方的关系必须非常铁，铁到什么程度？估计像岳老板那样的恐怕还不行，借钱可以，藏身那就要犹豫了。而像黄景君那样的性格，事先估计会犹豫的朋友，他肯定不会考虑，否则求助不成，反倒会留下痕迹。

其二，光有这份铁关系还不行，还得有供黄景君藏匿的条件，这里主要指的是住房条件，最好是深宅大院，平时鲜有亲友登门。黄景君在里面住下后，既有自由活动的余地，又不会被外人察觉。符合这种条件的处所首选寺庙道观，其次是大户人家，再有就是酱园糟坊和大店工场之类。除了藏身条件，还有经济条件，黄景君优裕日子过惯了，寻常收入的朋友怕是养不起他。

继续往下分析，符合这两个条件的会是什么人呢？谭弦提出，也许是黄景君以往情报生涯中的利益相关者。孙慎言摇头表示反对。理由很简单，现在已是中共执政，以前黄景君搞情报时的利益相关者应该都属于敏感对象，多半在上海解放伊始就到公安局登记了，平时的一举一动都在派出所眼皮底下。这种情况黄景君不会不知晓。即便有公安局不掌握的利益相关者，但这种人本身恐怕也是特工，或者和国民党的特务组织有联系。如此，黄景君就不得不考虑一个问题，找这类人帮忙，相当于跟敌特方面打招呼，告诉人家自己在什么地方。以黄景君的谨慎，不会做这么冒失的事。

那孙慎言的意见是什么呢？他觉得，还要从这个"铁"字上下功夫。所谓的"铁"分许多种。最铁的关系无非就是生死之交，可有些生死之交，不一定非要有很深的交情或者很密切的交往，就好比钟子期和俞伯牙，二人萍水相逢，却相互欣赏，成为知音。黄景君看人准，比如曹诺蓝，尽管并无深交，他却毫无芥蒂地去找曹诺蓝请求帮助，而曹也能毫不犹豫地帮他藏身。不过，鉴于他与曹的关系已经暴露，他肯定不会再去找曹帮忙了。那么，他会不会还有类似曹诺蓝这样的朋友呢？比如红颜知己之类？

焦允俊赞同孙慎言的意见，接着又分析说，尽管寺庙道观、大户人家、酱园糟坊等处所是比较理想的藏身之地，但具体落实颇有难度。刚才我们估测过黄景君玩失踪的动机，应该不是为提防我们，而是为了提防敌特。敌特对他过去活动的情况和关系比我们掌握得多，上述地点敌特显然也会考虑到，甚至还有具体目标，已经反复了解过。另外，现在的情势跟过去不同，工商联、同业公会、工商局和劳动局正在对私企雇工情况进行登记，不论大厂还是小作坊，增加劳动力没有问题，但招收是有条件的，比如户籍，还必须向劳动管理部门备案。你们说，像黄景君这样的人，会冒这种险吗？我的意见是，我们可以往红颜知己方面考虑。黄景君以前做情报研判，收入肯定不菲，但并没听说他在投资方面有什么动作。那么，那些钱到哪里去了呢？说不定就花在红颜知己身上了。

十五、完成使命

12 月 10 日，焦允俊三人接受寻访使命的第二十天，一早，三人就去了"小得月茶楼"。这是他们进行新一轮调查的第一站，理由是：从目前掌握的情况来看，这家茶馆是黄景君情报生涯的早期活动场所，他很有可能就是在这里掘到第一桶金的。这种出道伊始时的活动，由于经验不足，意识不强，难免会留下痕迹。

侦查员想打听的是，在那一年多时间里，几乎天天去"小得月茶楼"喝茶的黄景君跟哪些茶客经常接触，聊天的时候曾经说过些什么。

相信这种挖掘工作如果做得到位的话，应该可以查摸到蛛丝马迹。

"小得月茶楼"岳老板的记忆力不错，对于时隔将近二十年的老茶客的姓名还记得比较清楚。更使侦查员感到欣慰的是，竟然当场从正在茶楼喝茶的那些顾客中请来了三个老者，说他们当年就经常跟黄景君一起喝茶聊天。侦查员请这三位把当年跟黄景君一起喝茶聊天的其他茶客大体上排了排，目前联系得到的尚有另外三人。事不宜迟，立刻与派出所联系，让他们派人把那三位也请过来。

岳老板临时腾出一间空房，沏上好茶，又让跑堂去附近茶食店买来几样茶食点心，说是请六老喝茶聊天。这一聊，还真的聊出了内容——黄景君当年喜欢狎妓，喝茶时曾聊起过与三个关系密切的妓女的交往。

"狎"的含义，通常作"亲近而态度不庄重"解释。所谓狎妓，与一般意义上的嫖娼稍有区别。古人狎妓多是在青楼或者妓院。场所不同，程序和花费也不同。两种场合相比，青楼更繁琐一些，对来者的学识、见闻、财力、背景都有较高的要求，比如古代那些著名文人大多喜欢在青楼出没，相比之下，妓院的档次就比较低了，他们是不屑于光顾的。古代一些著名才女也多出身青楼，从事该职业的女性多擅长歌舞，也称歌伎、舞伎，其中有不少奉行卖艺不卖身的原则，与一般的妓女不同。

六个老茶客回忆，曾被黄景君津津乐道的三个妓女，艺名分别是花胜月、莫无愁和枫叶红，真名不详，当时在哪家妓院或者娱乐场所也不清楚。焦允俊和孙慎言、谭弦讨论下来，决定把上海滩从事该行业的资深对象召集起来开个座谈会。

12月13日，三位侦查员在上海市民政局与应邀前来参加座谈会的十四名对象见面，一个多小时的座谈后，花胜月、莫无愁、枫叶红就全部有了着落。

稍后，侦查员即开始对这三个女子进行外围背景调查。虽然只知道艺名，但参与座谈会的那些人提供的住址比较清楚，侦查员只是往三个对象住地的管段派出所分别打了电话，那边就奉命作为紧急情况立刻调查，很快就有了回音——

花胜月，本名范贤娟，三十七岁，浙江鄞县人氏。幼年随父母赴沪，童年少年时家境不错，入学读书，课余时间还学音乐、绘画和外语，国文特别是古诗词是其强项。十一岁就在报纸发表诗词、散文、国画。原本可以很好地发展下去，不料十七岁初中毕业那年家中突遭不测，其父母由沪赴鄞县老家探视患病的长辈途中遭遇强盗，命财两空。自此家境败落，范贤娟被迫终止学业。又因两个兄长懦弱，妻子蛮横，联手作恶，将其赶出家门。

范贤娟为谋生计，曾做过女佣、家教、看护，十九岁那年使用艺名花胜月进了福州路妓馆"百花园"，与老板签约时写明做清倌人（指卖艺不卖身；既卖艺也卖身的，称为"红倌人"），而且经人介绍，请公共租界工部局卫生处督察约翰逊先生的夫人作为监督人，所以从业以来一直太平无事。1941 年太平洋战争爆发，公共租界被日军占领，范贤娟决定辞业，至今独身，居住于约翰逊夫妇（她已拜这对夫妇为干父母）回国前留赠她的位于新闸路的房屋。据派出所了解，自 1941 年底离开"百花园"后，花胜月笃信佛教，把住宅出租一半收取租金。她本人很少出门，与邻居从不往来。

莫无愁，本名许慕霜，三十八岁，祖籍江苏徐州，生于上海浦东洋泾镇。其父系前清秀才，科举落第，遂以教私塾为生，兼做中医。莫无愁自幼随父习文，善吟诗词牌曲，久之自己也能创作，渐为居住于沪上南市的其父老友凌祖鑫赏识，收为义女，供其在南市上学。凌系前清举人，南市名绅，家境不错。莫无愁小学毕业后，入法租界教会中学，除学习正常课程外，还修习外语、西洋绘画，业余时间还去跑马会学习骑马、到百乐门跳舞。初中毕业时，已俨然一副上流社会子女的做派。

之后，她又上了寄宿制的教会高中。不料，莫无愁因少了凌举人的督教，竟然结交了一班富家少爷纨绔子弟，逃学逃夜，最后被学校开除。年迈的凌举人又气又恼，因无颜面对老友，竟然一病不起，没多久就一命呜呼。许秀才一怒之下，登报声明断绝父女关系，将女儿逐出家门，不相往来，生死无关。到这一步，莫无愁干脆破罐子破摔，经一富家少爷介绍，投奔教堂街（今河南中路）"凝香坊"，做了一名既卖艺又卖身的红倌人。抗战中期，"凝香坊"发生火灾，面临破产危机，莫无愁用其积蓄资助老板重建，遂成妓院的股东。目前，她仍在协助老板主持营业。不过，她本人在抗战胜利后已经不再接客，嫁了一个比她大十六岁的资本家做填房。

枫叶红，本名白歆芝，三十九岁，祖籍江苏苏州，出生于上海。她是抗战前上海滩知名的清倌人，1930 年曾被报纸评为"沪上十大名伎"，排名第六，系公共租界"夜忆楼"妓院的头牌。枫叶红的职业选择原因在青楼行业中是比较罕见的，竟然是祖传，到她已经是第三代了。她的外婆、母亲均从事这一行，而且都是美貌又富才艺的清倌人。枫叶红打自三岁起，就开始接受与清倌人从业相关的教育，诸如书法绘画、唐诗宋词元曲、英语（特别是口语）、唱歌乐器跳舞，以及做一名出色的清倌人所需的种种礼仪举止。十六岁那年秋天，白歆芝就以枫叶红的艺名在"夜忆楼"正式从业。

《汉书·孝成许皇后传》有言："其余诚太迫急，奈何？妾薄命，端遇竟宁前。"这是成语红颜薄命的出处，指女子容貌美丽但遭遇不幸。枫叶红以及其外婆、母亲都没有想到，这种命运竟然在她们身上应验了。枫叶红 1925 年挂牌后，一连红了九年，到 1934 年时忽然没了影踪，"夜忆楼"悄悄摘下了她的艺名彩牌。导致这种情况的原因是枫叶红患了肺结核，而在这之前三年，那个老牌清倌人、她的老外婆就已因肺结核不治而殁。不久，其母白锦心也患了同样的疾病。过了两年多，枫叶红也没能幸免。

旧时肺结核是除癌症以外的第一凶险之病，因无对付结核杆菌的特效药，生了此病只有死路一条，很少有人逃得过。当时的中西医师对其母女之病均束手无策，不过也有医嘱，只有两个字——静养，其实就是等死。如此，枫叶红寻思自己这片树叶看来红到头了，准备落下吧。继续从业当然不可能了，就卖掉了在市区的住宅，母女俩悄然迁往沪郊北新泾镇（当时北新泾、七宝地区属上海特别市蒲松区，区治所设在北新泾镇。1947 年蒲松区改为新泾区，1949 年 5 月由上海市军管会新泾区接管委员会接管）。

说来也是不可思议，医学奇迹竟然在这对母女身上出现，两人到北新泾定居之后，静心休养，竟然都活到解放后，而且活得还比较健康。新泾公安分局负责调查的民警向特案组汇报说，白歆芝与其母白锦心为谋生计，已把原先在镇上买下的房子出售，在镇外觅得一方地皮盖了三间草房，在房前屋后种植鲜花蔬菜、搭建棚子培育蘑菇出售，也替人做些女红活儿，过着一份清贫日子。

侦查员分析了上述三个对象的情况，认为青楼女子在与男性交往方面肯定与寻常女性有区别，不能以寻常的思维去推测她们的行事风格，对这三女在跟黄景君的关系上也难能作出公式化的判断，之前总结出的红颜知己必须具备的若干条件也不能生搬硬套，所以干脆直接登门调查吧。

焦允俊说，这位黄先生道行很深，我甚至有一种咱们三个也不如他一个的感觉。怎么说呢，他还真是天生搞情报的料，那份直觉我非常佩服！所以，在调查时绝对不能对他有丝毫惊动。目前这种状况，他很难辨识查访他的人是哪一方的，出于自我保护意识，最好的方法就是只要发现触角——不管是打着哪一方旗号的触角，都一概玩消失。而且，这次一旦消失，天知道什么时候会再露面。因此，可以说眼下是我们唯一的机会，千万不可错失！咱们得设连环扣，环环相扣，在他注意到我们之前就找到他。

焦允俊的连环扣设想是这样的：另外抽调侦查员，分成三个小组，特案组三侦查员各负责一个，约定时间，同时调查这三个对象。如果运气好，正好在某个对象处撞到黄景君，那就直接将其请走。如果没有这份好运气，那就向调查对象了解她与黄景君的关系和以前的交往情况，了解后随即告辞。但是，离开现场的仅仅是登门的那两三个人，另外还要有人秘密监视。如果调查对象接纳了上门暂时避风头的黄景君，并且将其藏匿于其他地方，她肯定会在事后设法通知黄景君。没有露面的那一拨侦查员就悄然跟踪，如果真能走到这一步，特案组这桩不寻常的使命应该就接近尾声了。

很快，华东局社会部和上海市公安局调集了二十名侦查员紧急向特案组报到，其中三名是女同志。这二十人分为三拨，焦允俊、孙慎言、谭弦各带领一拨，每拨都有一名女警员。

当天午夜前，三拨侦查员分别抵达三个调查对象花胜月、莫无愁、枫叶红的住地。午夜十二点，三组各指派三名侦查员叩响了三个调查对象的家门。特案组三侦查员的分工是随机安排的，因为谁也无法估测究竟哪一路胜算大些，焦允俊带领的一路负责调查花胜月，谭弦那一路调查莫无愁，孙慎言一路调查枫叶红。结果，花胜月和莫无愁都说黄先生已经消失多年，别说见面，连他的生死都不清楚。这两路调查结束随即告辞，另安排侦查员在周边蹲守，没多久，就接到孙慎言派人骑摩托车赶来告知的消息：任务已经完成！

如果当时有条件把三个对象的情况输入电脑进行评估，孙慎言那一路应该打分最低。因为枫叶红的住所实在简陋，就三间加在一起不过四十多平方米的草房，一为卧室，一为客堂，一为厨房，母女两人生活在内都显得逼仄，再加上一个外来男子，那就无处安身了。所以，光凭这一点，评估时就要扣分，而且扣得较多。负责这一路的侦查员孙慎言在接受任务时也是这么想的，寻思自己这一路估计没戏，只不过走过场罢了。可没想到的是，最精彩的戏竟然让他赶上了——

午夜时分，孙慎言和两名外援叩门，屋里应声很快，开门也很迅速。孙慎言更加坚信没戏了。三人入内后，孙慎言在正中那间客堂跟这对清倌人母女谈话，两个外援则查看卧室和厨房。这么狭小的地方，一眼就能看清是否藏匿着第三人了。使孙慎言感到意外的是，枫叶红矢口否认她认识黄景君，问一句摇一下头，几句问过之后，甚至连手也一起摇着以加强动作感。就是此举让孙慎言看到了成功的曙光，因为他从中读出了对方的一种急迫感，似是急于澄清自己与黄景君没有关系。

结束调查告辞离开后，孙慎言立刻在附近与另外五名外援侦查员会合，指示他们做好跟踪准备。

果然，仅仅过了十来分钟，那对母女居住的草屋就"咯吱"一响，屋里并不点灯，黑暗中闪出一条人影，沿着田埂往西走去。三名侦查员立刻跟随其后，稍等片刻，孙慎言招呼其余外援和他一起尾随。走了大约二十分钟，来到吴淞江畔的高地上，远远望去，那里耸立着一幢建筑物。

上海战役打响前，孙慎言曾奉命核对内线提供的军事地图，北新泾这边正是分给他的核对范围。搞情报的记忆力出众，他一看那孤立的建筑物，马上想起这是一座小小寺庙，名唤"河神庙"。当时他曾以烧香为名进去踏勘过，里面只有两个和尚。这样的小庙，属于当地村民集资自建的"野庙"，官方是不予登记的。看来黄景君也清楚这一点，所以敢放心大胆地藏匿于此，即便有人想到去寺庙找他，也只会通过官方资料了解上海市的寺庙分布情况，这样找当然是找不到他的。

黄景君果然是通过枫叶红母女的安排藏匿于此的。枫叶红半夜敲门报信，他顿时一个激灵。听枫叶红说来人出示了上海市公安局的证件，他心下稍安，暗忖看来此番是新政权在寻找他，不是敌特分子。正在考虑应该怎样应对这一突如其来的情况时，庙门又被叩响。于是，黄景君明白枫叶红被跟踪了。

往下的动作，表明黄景君不愧为资深情报专家，他知道不管来人是为寻访他还是逮捕他，肯定是做了周密安排的，所以根本没动诸如攀爬围墙脱身之类的脑筋，竟然就自己上前打开了庙门。

特案组终于圆满完成了这桩使命。当天上午，焦允俊、孙慎言、谭弦三侦查员陪护黄景君去医院进行过体检，中午又陪这位情报专家吃了一餐饭，然后，把黄景君移交给华东局社会部专门成立的一个承担安全保卫、生活照顾的五人小组。当晚，黄景君由五人小组陪同着，在北站登上了开往北京的列车。

华东特案组之夫妻逃犯

一、连环杀手

1915 年，江苏沛县（民国前期属江苏省徐海道管辖）一申姓大户的女主人在接连生了三个女儿后，终于如愿以偿一胎生下两个男婴，男主人申公远给两个儿子分别取名申今望、申今达。

申公远有个堂弟叫申公大，自幼习武，以骁勇出名，后来入行伍，七八场仗打下来，从哨长、副把总、外委把总、骁骑尉、外委千总一路晋升到守御所千总。守御所千总是从五品，朝廷给的俸禄有限，不过外快比较多，到辛亥革命前，申千总已经有了数量可观的积蓄。清廷被推翻后，官是做不成了，凭着这些积蓄，申公大定居青岛，开了一家武馆、两家店铺，摇身一变，成了一个不大不小的资本家。

申公大娶妻妾三人，却无子嗣，遂与堂兄申公远商量将双胞胎中的一个过继给他。申公远与老婆几番商量，将双胞胎中的老大、十三岁的申今望从沛县送到青岛，成了青岛资本家兼国术名师申公大的公子。当时谁也不可能想到，这个眉清目秀举止斯文的白脸少年日后竟然会蜕变为一个嗜血魔王、连环杀手。

申今望在青岛上了初中，同时跟着武馆拳师习练武术，当年曾浴血沙场的堂叔兼养父申公大也时不时传授给他几手格斗技巧和江湖经验。申今望二十岁上，养父兼叔父病殁，一应家产由其继承。虽然已是青岛地面上小有名气的拳师，但申今望本性不喜炫耀，便关闭了武馆，也不再跟江湖上的朋友来往，专心守着养父传下的两家店铺做生意。不久，又娶了原在申公大的武馆中担任过教练的孟老拳师的女儿孟守玉为妻，生了两个孩子。时间一长，江湖上渐渐就把他淡忘了，很少有人记得当地武林中曾崛起过申少爷这颗新星。

这种状态一直持续到 1946 年。就在这一年，他作出了一个改变他命运的重大决定：把两家店铺卖掉，加上多年积蓄，招兵买马，组织了一支民间武装。当时对这种武装有一个总称——"还乡团"。

之所以作出这个决定，缘于沛县老家的剧变。1946 年夏初的一个夜晚，申今望接待了一位不速之客。来人名叫申今琴，是申今望的嫡亲姐姐，原被当地农会关押，后伺机脱逃，一路乞讨，吃尽了苦头，总算活着抵达青岛。申今望这才知道老家发生了大事！

1944 年 8 月，沛县第一次解放，在丰沛公路以北的沛县属地和丰县的冯屯、欢口两地成立了中共沛县委员会和沛县抗日民主县政府。10

月，丰沛公路以南的沛县地区和铜山县的一部分又成立了中共沛铜县委和沛铜县抗日民主县政府。1945年春到1946年上半年，两县范围内先后开展了减租减息和反奸诉苦的群众运动。申今望的父亲申公远系当地一霸，举凡巧取豪夺、鱼肉乡里、欺男霸女的歹事儿一向没少做。1946年6月，当地减租减息、反奸诉苦运动开始后，群众纷纷控诉其罪行，老头子不但不低头认罪，反而唆使其妻其子挨家挨户对群众口头警告，威胁"胆敢跟申家人过不去，必定遭殃"。

申家恶名远扬，还真有一部分群众给吓住了，斗争会开不起来，白天分的粮食晚上又偷偷给申家送了回去。工作队遂决定对申家采取措施。民兵随即抓捕了申公远一家，查抄申家，搜出了武器、弹药以及抗战时汪伪"清乡委员会"发给申公远、申今达父子的密探证件。如此，那就是汉奸、特务的罪名了。民主政府公安局当即将这对父子逮捕，并把申今达的妻子、三个已经出嫁的女儿隔离，委托农会指派民兵看守。不久，民主政府召开公审大会，将申氏父子以"汉奸、特务、恶霸"的罪名判处死刑，立即执行。在之后举行的斗争会上，愤怒的群众给申今达之妻和他的三个姐姐剃了光头。当晚，除申今琴以外，其他三个妇人在隔离点上吊自尽。民兵发现后，申今琴趁现场一片混乱脱逃。

听了姐姐的哭诉，申今望没有吭声。他一向说话、办事都非常审慎，事无巨细，从不轻易作出决定，而一旦作出决定，那就不大可能更改了。他让妻子孟守玉把姐姐带往崂山一处尼姑庵陪其小住，自己带了两个以前跟他学过武术、现在在他经营的店铺做事的徒弟，以去天津进货为名悄然离开青岛，却没去天津，而是直奔徐州。到徐州后，申今望待在旅馆，命两个徒弟前往沛县老家打听消息。

那两个徒弟长期在申今望手下做事，也养成了审慎行事之风，此去不但把一应消息打听属实，还携回从墙上撕下来的民主政府处决申氏父子的布告和申今望两个姐姐以及弟媳妇"对抗运动,自绝于人民"内容的油印传单各一。申今望见到布告和传单,号啕大哭,对着家乡方向下跪磕头,磕得很猛,以致"额头沥血",最后"昏厥送医"。

返回青岛后,申今望给死去的家人办了一个隆重的水陆道场,历时七七四十九天。做完法事,他告诉妻子,他要变卖家产,购置武器,组建武装,回乡报仇。当然,他也留下了足够的钱钞,托付孟守玉和申今琴把他的两个孩子抚养成人。孟守玉出生于世代习武的家庭,生性耿爽,又有着旧时那种"嫁鸡随鸡嫁狗随狗"的观念,当下表态说,你干什么我都跟着,以前随你享福,现在随你回乡复仇。申今望说那也好,两个孩子就交给姐姐抚养吧,今后咱夫妻俩就绑在一块儿了,同生共死。

接着,申今望在报纸上刊登广告,拍卖两家铺子以及养父传给他的两套宅院。这广告同时也是申今望重出江湖的宣言,以前那些已经中断了来往多年的老朋友又都跟其恢复了联系,还带来许多新朋友。这也是申今望计划中的一部分,通过这些朋友的帮助,他不但把铺子、宅院卖了一个好价钱,还顺利购买到二百五十支长短枪以及大量弹药。

孟守玉也没闲着,这个自小到大除了上学、练武、操持家务,从没踏上过社会跟人打过交道的女子,竟然显示出超常的能力。也不知她是怎么运作的,反正就在丈夫变卖财产、购置武器的同时,她开始招兵买马,不过个把月时间,她已经招收了二百多人。不仅如此,孟守玉招的这些家伙,百分之九十都有和申今望类似的经历——住在解放区的亲属被惩处并被分掉财产,内心都充满了强烈的复仇欲望。

于是,申今望就顺利组建了这支名谓"湖西难民第七武装还乡团"(湖西,指微山湖以西的苏鲁豫三省交界地域,又称苏鲁豫边区)的反动武装。出乎他意料的是,被孟守玉招来的那些家伙中颇有几个富家子弟，他们抱着"同仇敌忾"的理念，提供了数额可观的活动经费以及武器装备。

这时的形势也恰恰适合申今望这伙人还乡复仇——1946 年 6 月，全国内战再起。8 月下旬，国民党新五军、整编第十一师、整编第八十八师及苏北、徐州顽军集结兵力二十万人，向湖西及冀鲁豫解放区猛扑。中共主力部队为保存力量，与沛县民主政府干部、民兵、家属及武装人员数千人，由微山湖东渡，取道鲁南向冀鲁豫根据地转移，史称"北撤"。

申今望率领简称为"七团"的反动武装开往家乡，向人民群众反攻清算，杀人无数，光是其本人亲手杀害的就有十七人，其妻孟守玉亲手枪杀三人。很快，"七团"引起了国民党方面的兴趣，先是整编第八十八师看上了申今望，派副参谋长邢芝盛前往鼓动该团集体改编为正规国军，许诺配齐一个正规团编制的兵员、武器，按时发给粮饷，并任命申今望为中校团长，遭到拒绝。然后，当地反动武装头子（当时称为"土顽"）、国民党沛县县长张开岳亲自登门，请申今望出任副县长，突击入党后兼国民党县党部主任，并把全县武装力量交由他负责，任保安总队总队长，申今望还是拒绝。

申今望的态度引起了国民党方面特别是张开岳的不满和怀疑，他认为申今望是想取代自己成为新的"沛县王"。拉拢不成，张开岳便开始谋划如何将申今望收拾掉。申今望并非等闲之辈，已经预料到对方可能会对他下手，赶在张开岳伙同八十八师行动之前携妻悄悄离开驻地。当晚，"七团"被包围，激战半夜后被缴械。从此，申今望的名字上了国民党中央政府内政部向全国发出的通缉令，成为五十名巨匪中的一个。

不过，这对他并无影响。回到青岛，申今望和孟守玉躲进崂山，过起了隐居生活。当地警察局根本没把中央政府的通缉令当回事，只要申今望不出来作案，他们乐得眼开眼闭，免得遭到对方朋友、徒弟的报复。

1948年11月11日，沛县解放。随即成立的中共政权顺应民意，立刻发出了对数以百计的还乡团反革命分子、杀人凶手的通缉令，申今望高居榜首，其妻孟守玉也在其中。之后，该通缉令又以沛县的上级行政机关冀豫行署湖西专署的名义发出。只是当时青岛尚在国民党手中，申今望、孟守玉夫妇暂时无忧。次年7月，青岛解放，当地军管会公安机关虽然收到了该通缉令，但一时腾不出力量进行侦缉。

1949年10月1日新中国成立后，湖西专署的上级机关平原省公安厅所发出的通缉令中，申今望也名列其内，孟守玉的罪行尚不够单独列出的资格，附于其夫之后。这回，青岛方面腾得出手来了，当时公安局已经成立了一个专门协助各地同行在本地追逃的"协捕组"，平原省公安厅的这份通缉令上写明申今望最后一次出现是在青岛，所以该组肯定是要仔细查一查的。这一查，就查到了申今望、孟守玉夫妇藏匿于崂山的线索，当即前往抓捕。结果令人沮丧——申今望持枪拒捕，打伤两名便衣后脱逃。当追逃人员押着被捕的孟守玉，抬着两名伤员往回走时，竟然遭到申今望的截击，一名便衣当场牺牲，另一人受伤，孟守玉被救走。

青岛市公安局随即向平原省公安厅通报情况，继而出动便衣，与接到平原省公安厅电令后迅即派出的湖西专署公安处追逃组会合，共同对这对夫妻逃犯进行追捕。这项工作从1949年11月持续到1950年4月，十七名追逃便衣的足迹遍及山东省、平原省、苏北行署、苏南行署、皖北行署、皖南行署（当时未设江苏、安徽两省，上述四行署即后来的江苏省和安徽省）、浙江省、上海市、南京市（当时是单列特别市）等多地，却没有获得逃犯的任何线索。当时的判断是申今望、孟守玉可能已经潜逃海外，青岛市、湖西专署两地公安机关只得撤回了追逃人员，将该案暂时挂起。

1950 年 4 月上旬，中华人民共和国公安部刑事侦查局一位方姓工作人员在统计汇总上半年全国大陆各省（及苏、皖、川诸行署）尚未侦破的刑事命案数据时，偶然发现了一个值得注意的情况：1949 年 11 月至 1950 年 3 月这四个多月内，山东省的济南、徐州（当时徐州属山东省），平原省的菏泽、聊城，皖北行署的安庆、芜湖以及苏南行署的镇江、无锡等地共发生八起旅馆抢劫杀人案件，案情如出一辙，都是两个互不相识的旅客入住双人房间，当晚，其中一个旅客被杀害，而另一个旅客也即劫匪不知所踪。

小方怀疑这些案子系同一个或同一伙案犯所为，随即向领导报告。公安部刑侦局领导认为小方的怀疑有道理，便向山东省、平原省和皖北、苏南行署警方发函，要求将这些凶杀案的简要情况电告北京。汇总了各地的情况，公安部的刑侦专家对上述命案进行研判，最终断定这一系列案件的凶手系同一人——

凶手的杀人手法惊人一致，均系以肘弯夹颈致受害人窒息死亡。估计凶手的力量极大，在勒住受害人脖子的同时，还以下肢挟控被害人身体，以防其挣扎过于剧烈——事后刑警询问周边房间的旅客，被询问者均表示，案发当晚没听见什么异样响动。从尸检情况判断，案犯作案通常是在下半夜两三点钟，作案后并不立刻离开现场，而是在清晨五六点钟旅馆开门时方才去服务台结账，从容离店。

凶手抢劫的财物只有被害人随身携带的钱包以及出差证明，其余物品不论价值多少一概不动。逃窜至下一个城市，即用上一个被害人的介绍信入住旅馆，而且总是选择已经有人入住的双人房间。

当时的出差介绍信上需填写姓名、性别、年龄、出差地及事由，但后三项通常均以成年或未成年、最终目的地及途经地、因公或因私予以概括，不附照片。案犯持有这样的证明，笃定可以顺利入住。而一地发生命案后，警方出警、勘查折腾下来，要耽误不少时间，即使立刻成立专案组开展侦查，也不可能想到案犯已经持被害人的出差证明去另一城市的旅馆登记入住了。等到想明白的时候，案犯早已利用这个时间差再次作案，使用新劫得的证明去了下一个城市。新中国成立伊始，社会治安状况复杂，各种案件频发，而公安机关警力有限、装备落后、刑侦业务水平较低，案犯的这种作案手法算得上是高智商犯罪了。

现在，公安部刑侦局虽然注意到了这一系列案件，但还未曾把这个连环杀手跟申今望联系起来。当时还不时兴搞什么"公安部督办"之类，那么应该怎么办呢？公安部的意见是，指令案发地公安机关联手侦办，由山东省公安厅负责牵头协调。命令下达后，山东方面立刻通知皖北行署公安处、皖南行署公安处、苏南行署公安处指派刑警前往济南集结，与山东刑警会合组建专案指挥部。

由二十四名刑警组成的专案指挥部对旅馆系列凶杀案进行了周密详尽的分析，其间还数次赴案发地进行补充调查，积累的卷宗材料叠起来足有一人高。根据各案发地旅馆服务员、案发时入住的旅客对案犯年龄外貌的陈述，证实这些案子发生前入住事发旅馆的那个操山东、江苏交界地口音的男子，确系同一人。一干刑警分析下来，认为该犯作案并非纯为钱财，因为他每次杀人后，对被害人的行李包裹根本不屑一顾，翻都不翻。因此，怀疑该犯作案其实是为了获取被害人随身携带的出差证明，以供其冒名入住旅馆，获得一个暂时的护身符。

什么样的角色才需要这样做呢？刑警推测此人应是一名逃犯，流窜江湖没有固定住所，而入住旅馆是需要证明或者证件的，为获得可供借宿旅馆的证明，他就想到了杀人。那么，这主儿是哪一路性质的逃犯呢？刑警认为，尽管此人手段了得，心理素质也好，但并非黑道人物。如果是混过黑道的，可以自己找处目标（比如某个机关、工厂、公司）溜门撬锁入室行窃，所冒的风险远比接二连三用杀人的方式获取证明小得多；如果他不愿意自己出马，也完全可以凭那手不凡的功夫搞定所到之地的小偷、乞丐之类的帮伙，通过他们获得住宿证明——小偷、乞丐还巴不得结识这么一个人物哩。可是，该犯并未这样做，那说明他对黑道的常用手段并不熟悉，可排除其是江洋大盗或惯匪的可能。

从该犯留在各家旅馆住宿登记簿上的笔迹判断，此人写得一手好字，应该是接受过相当程度的文化教育。因此，有刑警认为可能是反动军警、特务之类，但随即又有人提出反对意见，理由是反动军警、特务一般都和黑道打过交道，再说这种在一地作案后利用被害人的证明到另一地入住的手法虽然一时显得巧妙，可一旦被刑警发现规律，提前布控，那简直就是自投罗网了。讨论到最后，终于有人想到，这人的种种特征很像还乡团头子嘛！

专案指挥部立刻派刑警前往山东省公安厅、平原省公安厅、苏北行署公安处调阅二省一署发出的所有缉拿还乡团成员的通缉令，终于查到了由平原省冀豫行署湖西专员公署通缉的反动武装"湖西难民第七武装还乡团"头目申今望以及他的妻子孟守玉。申今望的一应特征符合之前刑警分析的案犯特点，通缉令上的照片也与目击者的陈述相符。不过，鉴于案情重大，专案指挥部不敢最终拍板认定，就分派刑警带着翻拍的照片前往案发地请旅馆服务员辨认，结果一致认定就是此人。刑警同时还查了在发生杀人案件时当地所有旅馆是否有与孟守玉特征相符的女性入住，结果发现不但有，而且孟使用的是被害旅客携带的备用空白证明。不过，由于有些被害旅客并未携带空白证明，孟守玉有时会连续两次使用同一纸证明登记住宿。这对夫妻逃犯住宿的旅馆相隔不远，估计是为了一旦有事可以相互照应。

接下来，就是追缉这对夫妻逃犯了。经与冀豫行署公安处联系，该处从申今望的家乡沛县公安局调来三名刑警参加追捕。令人遗憾的是，专案班子从 1950 年 6 月中旬开始一直到 9 月 28 日，整整忙碌了三个多月，始终未能发现这对夫妻逃犯的蛛丝马迹。10 月中旬，华东公安部（其时华东局社会部已撤销，并入华东军政委员会公安部）下令解散专案指挥部，追捕申今望、孟守玉夫妻的任务由华东特案组接办。

二、分析案情

华东特案组自 1949 年秋正式成立后，连续出击，独立侦破了数起大案要案。进入 1950 年 10 月，特案组奉命休整，在上海西侧市郊接合部虹桥路上的驻地进行政治、业务学习。10 月 19 日中午，一干侦查员、内勤刚吃罢午饭，窗外传来汽车引擎声。组长焦允俊刚说了声"有情况"，随着一阵刺耳的刹车声响，那位被侦查员私下称为"老大"的领导马处长已经出现在门口。

"老大"一贯奉行无事不登三宝殿原则，凡是亲自出马赶到虹桥路这边来，必定是交代任务，而且通常都是一副债主面孔。焦允俊曾私下嘀咕"老大缺乏亲和力"，被副组长兼支书郝真儒批评"无组织无纪律，背后议论领导"。不过这回，使焦允俊感到意外的是，"老大"脸上的筋肉竟然有些放松，眉宇间透出些许笑意，不禁纳闷儿：莫非有好事儿？

果然，马处长宣布了两项任命：免去郝真儒同志特案组副组长职务，担任特案组指导员；任命支富德担任副组长。焦允俊喝声"拥护"，带头鼓掌。才拍了两下，忽然瞥见"老大"眉宇间的那丝笑意倏然消失，于是立刻急刹车。他不无遗憾地意识到，这次休整十有八九要提前结束了。

马处长目光敏锐，将焦允俊的神情变化尽收眼底，朝他点点头，继而吩咐内勤同志回避。目送材料员钟思捷、会计兼办事员蒋瑛出门并轻轻把门带上后，他对众人说："同志们，上边儿有一桩重要使命，大伙儿又得辛苦一趟，具体情况我先简单说一说，回头秘书小杨同志会给大伙儿详细介绍案情……"

小杨是江西人氏，当地神童，后来考入上海复旦大学国文系。在周围师生眼里，他似乎是一个只知摇头晃脑背诵古诗词的书虫，谁也没料到他竟然是中共地下党员，为党组织收集国民党特务针对学运的破坏活动的情报，为此救了不少进步师生，被救者自己却是蒙在鼓里，直到上海解放后小杨突然穿上解放军军装，这才恍然大悟。大家都争着想跟他亲近，却已没了机会，他被组织上抽调到华东局社会部给马处长当了秘书。

小杨写得一手好字，当时一些有着地下党身份、以经营店铺为掩护的同志都找他题写店名。焦允俊知道后，特地抽空跑到南京路、淮海路、四川北路去看了七八家小杨题的店名，回来后赞不绝口，一直惦念着请杨秘书给题一首古诗，只是苦于没有机会。如今小杨好不容易来一趟特案组，待其介绍过案情，焦允俊一把将其扯住，让人取来笔墨，请小杨写了一幅中堂。送走马处长和小杨，焦允俊说要把这幅字送到"朵云轩"去裱一下，挂在会议室里，显示一下特案组的文化底蕴。如此折腾了一阵，直到马处长派人送来了那对夫妻逃犯的全部卷宗材料，众人才静下心来浏览。

当晚九点，特案组举行了首次案情分析会。长方形的会议桌东侧是组长焦允俊的位置，他的右手一侧，分别坐着郝真儒、张宝贤、沙懋麟，左手一侧则是支富德、谭弦和孙慎言，西侧即焦允俊的对面是材料员兼记录员钟思捷的位置。小钟并不是每次会议都到场，有少数保密性特强的，就不通知她到场，由郝真儒或支富德记录。

在焦允俊看来，这对夫妻逃犯之所以跑来跑去到处流窜杀人，纯是为了保障自身安全，而并非另外隐藏着其他作案目的。申今望的这种打时间差的作案思路，乍一看似是高智商，其实就像魔术师的帽子，拆开了，也不过如此。这对夫妻就像待在一间放着许多箱子的屋子里的老鼠，不停地从这个箱子逃窜到另一个箱子，再怎么逃，也是在屋子里面，总有一天会落网。那么，申今望、孟守玉二犯是否意识到了这一点，并对此作出了修正，此刻已经逃离了"屋子"（即潜逃出境）呢？这是焦允俊向与会侦查员提出的第一个问题。

众人认为，申、孟两人的上辈虽然是开武馆的，但他们并无黑道经验，更无偷窃、诈骗之类的下三滥本领。对于这夫妇俩来说，逃离大陆前往海外这种事可以想想，但做不到，因为他们既没有可以帮助他们偷渡越境的现成关系，也没有寻觅这种关系的本领。不但如此，他们显然连起码的可供暂时躲避十天半月的处所也没有，只得疲于奔命，一边杀人一边逃亡。这个结果，肯定是当初申今望"毁家起兵"时没想到的。按说根据他虑而后动的性格，组织还乡团时他不会没有长远打算，但他显然过于相信国民党的宣传了，以为复仇结束躲进崂山就可以平安无事，根本没有做应付紧急情况的准备。

这个问题有了答案，往下需要讨论的是，申今望、孟守玉夫妇既然无法逃离大陆，那么他们究竟藏身何处呢？一干侦查员的观点基本一致，认为应该在江南地区，具体来说，就藏匿于苏州、杭州、上海三个城市之间的三角地带。这个判断的理由是，申、孟二犯在青岛崂山拒捕杀人开始逃亡，到他们在济南旅馆杀人（他们在济南入住旅馆时使用的是申今望在青岛经营的店铺转让前留下的盖有店章的空白证明），中间不过相隔一天，七百多里路显然是坐了火车。然后，二犯又马不停蹄从济南去菏泽，从菏泽奔聊城，从聊城到徐州。从地图上看，这是一条从东到西、折向南后又往东行的迂回路线，说明二犯是想逃往南方。

为什么朝南方逃？估计是从新政权对社会治安的控制力度来考虑的。北方地区解放得早，治安控制得较好，这对于逃犯来说显然大为不利。至于不直接从青岛往徐州，估计是出于防范警方在山东境内沿海地区设卡拦截。而到了枣庄又往西南方向绕道去徐州，则是出于避开申今望的家乡沛县的考虑，免得被人认出。接下来又从徐州往安庆逃，到了安庆又去芜湖，然后逃往镇江，直至无锡。从整个儿逃亡路线来看，二犯显然没有一个固定的目的地。在无锡，申今望作了最后一起旅馆杀人案，然后就没有信息了。这说明他们已经找到了相对安全的落脚点，不必再用证明了。

这个落脚点在哪儿？显然不会在无锡当地。以申今望的谨慎性格，他在无锡杀了人，而且是跟旅馆服务员以及个别旅客打过照面的，他不得不考虑万一被认出的可能性。所以，他只有往其他地方去。根据之前已经形成的"往南不去北"的思维，他会往东或者往南去。既然没再作案，说明他这趟旅行的距离不是很长，靠在无锡获得的那纸证明可以撑得下来。

那个后来被称为"长三角"的苏沪杭地区，在地图上可能微不足道，但此刻在特案组看来，就显得过于辽阔了，仅仅这片区域内的上海市、杭州市、苏州市三地，就足够翻腾的了，况且还有数十个县，还有一个个星罗棋布的小镇，大伙儿都有一种头大了一圈的感觉。而特案组要干的第一桩活儿，就是在长三角各地的旅馆查访二犯的踪迹。

次日上午，侦查员向苏州、杭州、上海这块三角形区域内的市（含市辖区）、县公安局邮寄以华东特案组名义发出的紧急调查函，要求各公安局立刻对辖区内的所有旅馆进行面对面的调查，查明自去年11月至今入住的旅客中是否有凭系列案中被害人的证明进行住宿登记的。所谓"面对面"，即参加调查的民警必须与各旅馆的服务台、账房人员见面询问，同时查看旅客住宿登记簿，当场记录，被询问人签字。这项工作，要求各单位必须在二十四小时内完成，无须报上级机关汇总，直接报知特案组即可。

10月21日午前，苏沪杭区域各公安局的最后一份调查结果传送至特案组驻地，均未发现持系列案被害人的证明入住当地旅馆的可疑旅客。特案组遂得出结论：申今望、孟守玉这对逃犯夫妇确实在长三角区域的某地隐藏下来了。

当天下午，特案组开会研究应该如何开展追捕。一种做法是，要求各市区及县公安局调派警力，对各自辖区内的新增居民进行详细查摸。这个设想遭到了焦允俊的否定，理由是：如果这样简单行事就能解决问题，那上边儿根本不用把这桩活儿下达给华东特案组，干脆以华东公安部的名义指令相关地区的公安局去做好了。所以，这个法子肯定不行。

这么一说，大伙儿都表示赞同。那就再想第二种法子。这时，指导员郝真儒开腔了。他的意见是，目前江南地区解放已经一年半，建立了稳固的政权，公安队伍都已走上正轨，户籍管理落实到每一个角落，人民群众也充分发动起来了，二犯如果是在江南地区隐藏的话，肯定有表面上合法、正规的手续掩护，这可以从户籍登记方面着手调查；还有一种可能，他们躲在某个不需要落实户口也能隐藏下来的地方。我们的调查可以从这两个方面入手。

其他几个侦查员也纷纷发表意见，其中有一种观点引起了与会者的一致重视：二犯并非两眼一抹黑，一路无目的地向南逃。很可能他们是有投奔处所的,那处所就在长三角的某地。之所以绕了那么大一个圈子,就是为了扰乱警方的视线,让警方无法判定他们到底要去向何方。如果真是这样,那么特案组就应该着手调查二犯的社会关系。

反复讨论下来,大伙儿都认为这种可能性很大。于是就定下了侦查方案:派出两拨侦查员分头前往申今望、孟守玉的原住地(也是孟守玉的生长地)青岛和申今望的生长地沛县查摸这对夫妻的社会关系,同时以特案组名义向长三角各县和市区公安局发出协查通知,要求各地详查户籍档案,汇总解放后落户的人员情况报特案组。

三、古刹夜斗

10月22日,特案组的两拨侦查员离开上海虹桥路驻地,其中一拨由组长焦允俊率领前往青岛,另一拨由副组长支富德带队前往沛县,指导员郝真儒留守驻地,负责处理各地报送来的户籍资料线索。

话分两头,先说赴沛县侦查员的调查情况——

支富德、沙懋麟、孙慎言三人从上海坐火车先到徐州。特案组办案,自有一套与众不同的路数,保密为第一,来到徐州市公安局,根本不说自己此行的目的,只要求市局派一辆汽车把他们送到沛县。徐州至沛县不到百公里,汽车行驶两三个小时即到。这时天色已晚,三人找了家旅馆住下。次日,侦查员去了县公安局,这回不亮华东特案组的名头了,出示的是上海市公安局的工作证和出差证明,要求协助查摸申今望以及申家在当地的社会关系。

县局派一名四十多岁的侦查员老曹协助调查。解放前老曹是当地的游击队侦察员,对沛县、丰县的情况非常熟悉。他告诉侦查员说,申家在当地已经没有近亲了。减租减息运动中,申家父子被民主政府处决,两个女儿和儿媳自杀，还有一个女儿跑了，至今不知下落。当时他们家在本县倒是还有七八户亲戚，但平时跟申家来往不多，且本身都是守法良民，民主政府和农会没找他们的麻烦。后来申今望带着"七团"杀回沛县大肆报复，杀了不少人。1947 年 11 月，解放军开始反攻，那些遭到报复的人家又把顽匪和还乡团的亲属杀掉不少，尽管民主政府下令阻止，但这已经使申家那些并未参与反攻倒算的亲戚魂飞魄散，全部逃离沛县，再也没回来过。

正唠着，看守所所长老林来找老曹办事，听老曹这么说，纠正道："要说申家的亲戚，我那里倒是关着一个，叫申解扣，是那个杀人魔头申今望的远房侄子，不过两人倒是同岁，他也三十多了。"

老曹大感意外，问老林到底是怎么回事。老林介绍，这个申解扣早年在军阀部队里当过骑兵，后来吃不起那份苦，又贪生怕死，就开小差逃回家乡，变卖了带回的马匹和枪支，以此为本钱开了家小小的饭铺。这种亲戚，对于申今望的老爸申公远来说，是根本不会放在眼里的。申解扣有时生意不好揭不开锅，求上门去打秋风，十有八九被打回票；难得有一回给些许施舍，老爷子也是连训带骂。因此，申解扣背地里对申老爷子一家恨声不绝，这是当时沛县路人皆知的事儿。

1946 年民主政府清算汉奸、恶霸申公远时，农会四处出动，把凡是跟申家沾上点儿亲戚关系的都传讯了一遍，独独没有碰申解扣。没想到，申解扣并不领情，待到申今望率领"七团"气势汹汹杀奔沛县，这小子主动前往投奔效力。申今望看在亲戚分儿上，封了他一个空头副官。还乡团是不发薪饷的，其成员一部分是狂热的复仇者，不但不向"团部"要钱，反而把自己的钱财用来贴补军费；另一部分则是申解扣之流，就是冲着发财去的，当然不肯白干。申解扣在还乡团混了不到三个月，搜刮的不义之财已经相当于以前开小饭馆时七八年的收入。

不久，沛县土顽头子、县长张开岳与国军第八十八师联手火并"七团"，申解扣侥幸逃脱，但从此再没见到过这个同龄远房叔叔。在山东、平原两省胡乱流窜了一阵，申解扣跑到徐州继续经营小饭铺，被两个前往徐州出差的沛县干部认出，当场拿下，押解回乡，现在就押在看守所里等着接受审判。

侦查员一听，自是喜出望外，寻思正好可以审一审，这厮可能会知晓一些申今望的社会关系。

果然，申解扣供出了一条线索。申今望的"七团"被张开岳火并掉的前三天，有一位不速之客由一个名叫陈凌发的当地人引领着前来拜访，受到了申今望的热情款待。申解扣作为名义上的副官，安排勤务兵提供周到的服侍。那位客人听他唤申今望为"叔"，又姓申，便知必是申今望的亲戚，对他也就显出了一份热情。客人被陈凌发和申今望称为"童先生"，说一口带浙江宁杭口音的上海话，与申今望相谈甚欢。

申解扣从听到的片言只语分析，他们似乎是在谈一个什么项目，真正的大老板在上海，邀请申今望去上海面谈。申今望对该项目兴趣甚浓，说等他忙完这边的事儿腾出工夫就去上海。由于三天后就发生了火并事件，申解扣、申今望各自逃命，此事结果如何，也就没有下文了。不过，那个陈凌发他不久前曾在徐州见过。

当时申解扣在徐州经营小饭铺，饭铺斜对面是一家布店。9月下旬的一天，他忙完午市后沏了一杯浓茶，端了张躺椅放在铺子门口小憩，忽然看见一个男子从大街那边走来，进了布店。看那男子的背影，申解扣觉得似曾相识，可一时又想不起是谁。虑及自己是被沛县公安局通缉的反革命分子，还是避一避为上策。正待把躺椅收拢，那男子背着双手出来了，在布店门口的台阶上驻步四下扫视，正好和申解扣打了个照面，双方同时认出了对方。申解扣自是惊慌，陈凌发却是一脸淡定，朝申解扣抱拳招呼一声"申先生"，继而移步穿过大街走到饭铺门口，连说"幸会"。

　　此刻，申解扣对于自己的午后小憩后悔不已，但后悔也无用，只好迅速调整心态，脸上竭力显出一副若无其事的样子，嘴里一迭声"里边请"。对方却没有进屋，申解扣正疑惑间，布店里出来一个伙计，把一大捆四五匹包装好的布匹放在门口一侧的下马石上，朝陈凌发一哈腰："先生，放这儿啦！"

　　陈凌发点点头说行了，没你的事儿了。正说着，来了一辆三轮车，陈凌发挥手叫停，跟申解扣握手，说有事先走一步，回头有空再过来唠。说着，穿过马路，在车夫的帮助下把那捆布匹装上车，跟着自己也上去了。坐在车上，他再次冲申解扣招手告别。直到三轮车消失在视线外，申解扣才算暂时松了口气。此后的日子，申解扣提心吊胆，生怕陈凌发找上门来。但直到落网，陈凌发也没有来过。

　　三位侦查员议了议，认为要打听陈凌发的下落，有两条现成的线索，一是布店，一是三轮车车夫。布店相对省事，于是先去布店打听。对于布店来说，向他们打听一个月前的某个普通顾客，那他们肯定是说不上来的，不过陈凌发不是普通顾客，他是买了数匹整布的特殊顾客，这种主顾只怕一年也没有几个。所以，别说一个月前了，就是隔年他们也忘不了。果然，伙计、账房一听就说记得，遗憾的是，他们并不知晓那顾客是什么人，更不知他住在哪里。那顾客买了五匹黄褐色的棉布，没要发票，伙计包装好，就叫了一辆三轮车拉走了。

　　如此，侦查员只好去徐州市人力车同业公会调查了。这时距解放已近两年，各同业公会虽然还没改称行业协会，但工商局已派出干部指导其开展工作，名义上是指导，其实就是掌控。这对于侦查员的调查自然是方便了许多，那个干部看了他们出示的上海市公安局的证件，立刻安

啄木鸟·红色侦探系列

排人通知各分会查询，再三关照必须查问到每个三轮车工人。

原以为这样做算是牢靠了，哪知调查下来竟是一无所获。那个干部一脸的歉意，说要不咱们再细细过一遍，既然有人亲眼看见三轮车拉过那个顾客，应该是没错的，多半是下面分会的人查问得不细。侦查员见多识广，一边表示感谢一边说，也有可能那辆三轮车是外面什么地方拉客人来徐州的，有人招呼，那就顺便拉个活儿。

说这话的是侦查员沙懋麟。之所以这样说，是因为他已经想到还有第三条路可以走。布店方面提供的信息是陈凌发购买了五匹棉布，买多少匹布侦查员并不在意，在意的是那些棉布的颜色——黄褐色。这种颜色在生活中的非特定场合见得极少，而在特定场合则是满目皆是，那就是寺庙了。如此看来，陈凌发是给寺庙买的棉布。为何购买？可能是捐赠，也有可能是做买卖，但侦查员认为捐赠的可能性较大。所以，与其再费周折请人力车公会重新查摸一次，倒不如直接去向徐州当地的寺庙调查。他是用三轮车运送那些棉布的，那就可以断定不会很远，应该比较容易查到。

果然，稍稍一查就有了发现，有居士向兴化寺捐赠了五匹棉布。兴化寺又名兴化禅寺，系苏北地区的一座著名古刹，位于徐州城南著名风景区云龙山东麓，占地近万平方米，寺内苍松翠柏，曲径回廊，幽雅清静，一向香客云集。支富德、沙懋麟、孙慎言三人商量下来，决定以外埠香客的名义前往借宿，住上数日，仔细查摸陈凌发其人的情况。

10月24日下午，三侦查员分头前往兴化寺。该寺辟有专供香客、居士借宿的客房，还提供素斋，均不收费。不过，也并不是让人白住白吃，前往借宿的，都会向寺方奉馈香资，捐赠钱物。数额没有规定，可多可少，寺方则按照其所出金额的多寡安排不同标准的食宿。这个情况，三侦查员事先没有摸清，抵达寺庙的时间不相同，掏的钱也不同。

· 211 ·

第一个抵达的是支富德，他是华侨出身，自幼生长在巴西的一个医生家庭，家境较好，养成了出手大方的习惯，进门后香资一掏就是十万元。因此，他被寺方安排在寺庙后院的一个独立小花园内，那里有一字儿五间上等客房。这天是阴历十四，并非佛教的什么纪念日，香客不多。引领支富德前往客房的小沙弥低声告知："此处还住着一位外地来的施主，就在您隔壁。这位施主性格有些乖僻，白天待在房内闭门不出，住持说可能是在修习，到了深更半夜方才到花园里活动手脚。他讨厌别人打扰，施主您若是遇到他，见他爱答不理的，不必介意。"

　　支富德听了心下嘀咕，莫非此人正是此番要查摸的陈凌发？傍晚，小沙弥过来引领支富德去专供香客、居士进膳的小斋堂吃晚饭。支富德过去一看，人不多，除了他们三个侦查员，另有四位，其中一对老年男女是夫妻，那个乖僻施主没出现。小沙弥说那人每天只吃早餐，一顿要吃十个馒头，然后全天不食。在寺庙进餐讲究"食不语"，支富德不便借此机会跟其他两位侦查员交换信息，只得在餐后离开斋堂时故意落后几步，和沙懋麟、孙慎言进行了简短的沟通。

　　连日奔波，支富德感到有些疲乏，晚饭后只想早些歇息。但虑及自己眼下的"佛教信徒"身份，还是强打精神去前面大殿看僧人晚课，在蒲团上盘腿而坐，口中念念有词地装模作样了一番。这几个香客、居士中，他的盘坐竟是最合格的。他自幼习练巴西柔术，回国参加革命后还是常练不辍。当然，支富德此刻不知道，数小时后他要使用这种特殊的功夫跟人做一番生死较量。

　　回到小花园，支富德在月下活动了十来分钟筋骨，这才返回自己的房间，关闭门窗，躺下后不一会儿就睡熟了。也不知睡了多长时间，蒙眬中，支富德忽然感觉似有异样动静，顿时一个激灵醒了。凝神细听，分辨出那是有人轻轻弄碎了窗户上的玻璃，正小心翼翼地把碎片一一取下来。他马上想起小沙弥说过的隔壁那个乖僻的房客，不禁一阵窃喜：好小子，正想花点儿工夫调查你，你竟然自己找上门来了，那咱就不声不响抓个现行吧。

特案组侦查员出门办案都是带着手枪的，其中组长焦允俊还是双枪，支富德也带了一支美制左轮，睡觉时放在枕头下面。可此刻他不打算使用，因为他要抓活的，而且要不声不响地把对方拿下。这自然是有难度的，白天小沙弥的介绍，已经表明对方不是善茬儿，现在的举动更是江湖上的惯用手法，估计是有两下子的。不过，这对于支富德来说算不上什么，若论格斗术，特案组里他是第一，组长焦允俊只能排在他后面。当年在战场上，支富德曾有过跟日伪士兵肉搏的经历，转入秘密战线后，又多次凭借矫健的身手死里逃生，实战经验极其丰富，而且，他还具备国内武术界不甚了了的巴西柔术这门绝技。

支富德接触柔术至今已有二十多个年头儿，曾蒙巴西柔术大师艾里奥·格雷西的亲授，获得棕带段位（巴西柔术分为白、蓝、紫、棕、黑、红六个基本段位，棕带段位属于"技术精进水平"）。1943 年春支富德回国时，曾准备开武馆教习巴西柔术，但在最后一程也即从香港前往上海的海轮上，出于打抱不平之心，从日本特务手里营救了一个中年知识分子，并用"三角锁"绞断了日特的脖子将其扔进大海。没想到，被救者是中共秘密情报战线上的一位地区负责人，对支富德那手本领极为欣赏，遂动员他投奔中共，参加抗日。就这样，抵达上海后，支富德持那人出具的一纸用暗语书写的介绍信前往延安。

此刻，支富德对于出其不意制伏这个不速之客是很有自信的。接下来的事实证明，他这份自信果真不是白给的。过程非常简单，双方甚至连一个回合都没走完——对方打开窗户攀过窗台，悄然进入房间，蹑足挪到床前，支富德突然一个滚身下到地面，双脚沾地时身体已经站立起来。这一手寻常人原本就难以做到，本应引起警惕了，可是，对方不识货，发力朝支富德猛扑过来。支富德以退为进，闪身避开拳头朝门口方向移动，对方也紧随而至。电光石火间，支富德倏地一招转身后摆拳，对方堪堪避过，可往下他就动弹不得了。支富德这是一个虚招，对方躲过拳头，却没注意脚下，被支富德一个地面踝绞放倒在地，顿时失去知觉。待到清醒过来时，手腕上已经多了副手铐。

四、崂山道士

支富德当即对此人进行搜身，搜出一个钱包和一张折叠着的废纸，并无武器。他把钱包放在一旁，也不点灯，摸黑讯问。原以为此人必是陈凌发了，哪知一问姓名，却说叫郑断水，因历史问题逃到兴化寺，是想出家的。支富德自是对其真实性有所怀疑，对方就让他看那张折叠着的废纸。支富德拧亮军用袖珍手电一看，竟是一纸松江专区公安处发布的通缉令，通缉对象就是眼前这个郑断水，有照片为证，不容怀疑。支富德纳闷儿，这家伙把通缉令带在身边做甚？问下来，令人哭笑不得——

郑断水的罪行的确很严重，此人原是奉贤县的一个恶棍，抗战时当过汉奸，杀害过中共抗日游击队员。解放后遭到通缉，在上海郊区东躲西藏，身边一直揣着这纸通缉令，为的是向知道其底细的那些狐朋狗友表明，自己一旦被捕必死无疑，反正是一只脚已经跨进棺材的人了，什么都不怕，让对方为他提供安全的避风点，好吃好喝供着。那些狐朋狗友肯定为是否举报作过激烈的思想斗争，但最后都断了举报念头，一则郑断水如今是光脚的不怕穿鞋的，活一天算一天，的确惹不起；二则也是有把柄在郑断水手里，一旦郑断水落网，把他们以前做的事说出来，定然没有好果子吃。无奈，只得供养其一段时间，再赠以盘缠送走这个瘟神。郑断水自忖绝不可能在一个地方逗留太长时间，也是见好就收，下次没准儿还可以来住几天。就这样，他竟在上海周边各县有惊无险地流窜了近一年时间。

最近，风声更紧了，他意识到上海不能再待下去，就奔徐州这边来出家。十年前他混得正得势的时候，曾随一个清乡军官训练团少将督导官来徐州游山玩水，跟兴化寺的僧人认识。生怕在兴化寺待不长，还要回上海郊区流窜，因此，那纸通缉令他还舍不得销毁。

那么，为什么要夜探支富德的客房呢？郑断水供称，晚上他听见院子里似有动静，从门缝中往外窥视，看见支富德在月下打拳，打得有模有样，似是个练家子。他不禁蓦地一惊，寻思此人要么是公安便衣，要么就是江湖人物。再往下分析，是便衣的可能性很小，若是来抓他的，早就下手了，为何等到天黑了还不动手？但心里总归是不踏实，郑断水自恃精通江南船拳，能够在船头三尺之处与人厮斗，在黑暗的卧室内更容易施展，遂决定待夜深人静之后潜入隔壁房间探个究竟。

面对着这个奇葩逃犯，支富德简直无语。如今手里有了个人犯，再想隐瞒身份怕是不可能了，便去与小花园相邻的中等客房将沙懋麟、孙慎言二人叫醒。商量片刻，三人立刻去找寺院住持，出示证件，要求寺方予以配合。从住持口中，侦查员获知了陈凌发的相关情况——

陈凌发系与沛县相邻的丰县人氏，其祖上曾是丰县富家、帮会首领，到陈凌发父亲手里家产散尽，为后代留下的只有江湖名声和一腔义气。陈凌发仗着帮会背景走遍山东、江苏、河南三地。这种角色，在民国时期最吃得开，他的朋友遍及三教九流，从国民党党政军警宪特、日伪、还乡团一直到中共地下党都与其有来往，帮各方办的事情大小无数。抗战胜利后，陈凌发定居徐州，原想过一份安稳日子，怎奈各方仍旧不断找他办事。1948 年国共内战差不多快见分晓时，可能出于对中共执政后自身安全的考虑，陈凌发决定彻底避开各方纠缠，便躲进了与陈家几代均有密切联系的兴化禅寺。

隐居到徐州解放后，陈凌发方才露面。陈凌发精通武当内家拳，遂去了徐州当地一家知名武馆担任顾问，兼带为人用气功疗伤。1949年底，徐州市公安局突然将其逮捕，当时传言中共可能要跟陈凌发算一算以前其跟旧政权及日伪方面打交道的老账，此番定有凶险。出乎意料的是，半年后陈凌发出现在徐州街头，身体气色俱佳，根本不像蹲过大牢萎靡不振的样子。然后，他就消失了，其实是再次躲入了兴化寺。

这一次，他以居士名义入寺，而且确实每天参与寺院僧人的一些功课。可是，仍旧有人寻觅过来，不是公家人外调，而是江湖上的什么事情。具体情况，他没向住持透露。反正是那人来过后，陈凌发就决定离开，不知是去帮来人办事，还是为躲避。临行前，陈凌发去布店买了五匹棉布赠予寺院。买布的当晚，他没打招呼，便悄悄离开了。

支富德三人费了不小劲儿，却是一场空欢喜，当下自是有些沮丧。不过活儿还得干下去，连夜商量了一番，决定次日去徐州市公安局了解一下，看他们那边有没有陈凌发的线索。

回过头来，再说焦允俊、张宝贤、谭弦三人赴青岛调查的情况——

三人抵达青岛后，也是先去市公安局。当时的青岛市公安局跟其他省市的公安局一样，设置了一个专门负责协助全国各地公安机关赴青外调、追捕等事项的机构，简称"外协办"。从上月开始，各地涌向青岛的外调人员骤增，"外协办"的那些弟兄日夜加班还忙不过来。焦允俊三人是晚上七点多下的火车，惦着尽快办案，连晚饭也来不及吃，直接就奔"外协办"，出示的是上海市公安局的证件。不料，接待人员还没听他介绍情况，就先给了他一张纸片。焦允俊定睛一看，是预约单，上面写着10月25日下午二时接待，不由得摇头苦笑，暗忖这真是急惊风遇上慢郎中，这么急的案子还等得了三天？只得亮明了身份。

值班组长得知来人系华东特案组的侦查员，不敢怠慢，马上通报"外协办"主任，主任随即对外调事宜作了紧急安排。得知他们还没吃晚饭，主任立刻吩咐机关食堂的师傅下三碗鸡蛋挂面端来。焦允俊三人还没喝完面汤，青岛市公安局当初负责追缉申今望、孟守玉夫妇的刑警组长刘大毛已风风火火赶到。

互相一介绍，刘大毛跟焦允俊竟来自同一个县，双方立即多了一份亲近感。刘大毛对焦允俊三人非常尊重，一口一个领导。焦允俊说老弟你这么称呼，我只好请你改日再来了。咱们不说客套话，你叫我哥就得了。不瞒你老弟说，我对这个案子真有点儿怵头，大海捞针，时间紧迫，这两口子一边逃窜一边杀人，晚一天落网就多一份危害，咱们憋着一股劲儿，只想把这对狗男女尽快拿下。言归正传，咱们直截了当谈案情吧。于是，刘大毛就介绍了当初追捕申今望、孟守玉的情况，和杨秘书说的差不多，不过是多了些细节。

焦允俊敏感地意识到，线索可能就藏在这些细节里，便盯着了解这些细节情况，还特地问到了孟守玉的社会关系。刘大毛说这也是当初他们着重调查过的一个方面。孟守玉的社会关系比较简单，其父孟洛彬系世代拳师出身，青岛当地人，早年跟申今望的养父申公大是结拜弟兄，申氏经营武馆，便请孟洛彬相帮。孟性格孤僻，沉默寡言，不喜欢跟人交流，朋友不多，只有几户亲戚。青岛警方多次走访过，没发现他们与孟守玉有联系，更别说其夫申今望了。

焦允俊三人跟刘大毛一直聊到午夜，把刘送走，三侦查员对一应案情进行了梳理。设身处地从申今望的角度考虑，他们认为，以申今望与众不同的性格和高人一筹的智商，躲入崂山应该只是为了暂避一时，并非长久之计。刚刚躲进崂山时，国共双方还呈僵持态势，但一年之后，情势发生了很大变化，国民党政府败相显现，这些情况申今望不会一点儿都不知道，他对后路肯定会有考虑。因此，在这段时间里，他应该跟外界有联系。由此，调查方向也就有了：去崂山申今望夫妇躲藏过的留仙观寻觅蛛丝马迹。

留仙观是崂山中一座规模不大的古观，只有十多个道士，道长印玉年过七旬，鹤发童颜。去年11月，申今望、孟守玉夫妇雨夜拒捕打死打伤警方便衣逃逸后，警方封了道观，把印玉等一干道士悉数带往市里讯问，当时负责这项工作的就是刘大毛。后经反复调查，认定申今望、孟守玉夫妇藏匿古观确与一干道士无涉，这才把印玉等人放回。那么，申今望是怎么跟留仙观搭上关系的呢？刘大毛告诉侦查员说，印玉与申今望的养父申公大是有着数十年交往的老友，申今望少年时从家乡沛县来青岛后，每年暑假都会到留仙观住上一个月，随印玉学习道家武术。这种交往一直持续到其学生时代结束。

刘大毛跟印玉已是熟人了，说明来意后，印玉说不就那些陈谷子烂芝麻的事儿吗，说来说去有什么意思呢？不过，老道士知道跟警察没啥讨价还价的，就吩咐小道徒上茶。几个侦查员跟印玉聊了多时，印玉还真是老生常谈那一套。看看时间已是下午三点多了，焦允俊对刘大毛说，老刘要不你先回去吧，我们三个今晚就住在观里了。刘大毛说这可不行，我是奉命行动，必须自始至终陪着你们。焦允俊把刘大毛扯到外面，悄声说："老弟啊，你没看出来，老道士对你很反感呢。估摸当初你办这个案子时没少给他脸色看。"

刘大毛这才领悟："那我就去附近村里找户人家歇下来，你有事随时可去北边儿苗家庄找我，问一下民兵队长葛大壮家就是了。"

果然，刘大毛离开后，印玉的态度就起了变化，吩咐小道士另沏了一壶极品龙井，还奉上了糕点。焦允俊说我们三人今晚不走，要在道观过夜，好好听您老人家聊聊道家精义。印玉马上出去关照伙房为客人准备晚餐。饭后，三侦查员边喝茶边和印玉聊天。印玉主动说到了申今望，说你们今晚住的这屋子，就是当初申今望住过的，他妻子住在旁边村子里。焦允俊为使对方放下戒心，故意不提申今望，而是扯到了道教上。

焦允俊曾长期在敌占区从事秘密工作，心思玲珑剔透，闲时涉猎也甚广，还有过随道士搭伴穿越敌占区的经历，对道教多少有些了解。当下跟印玉一白话，什么尊道贵德、仙道贵生、自然无为、柔弱不争、天人合一之类，竟也能说得头头是道。印玉还从没遇到过这种公家人，而且还是做警察的，甚至以为焦允俊以前当过道士或者是资深居士，当下早把之前和警方的不愉快抛诸脑后。两人长篇大论，侃侃道来，听得张宝贤、谭弦只想打瞌睡。

这场神聊一直持续到午夜过后，临末印玉说："没想到警察中还有这等人才，佩服！我知道阁下衔命而至，并非为了来此闲聊。这样吧，你们可去上海法大马路和兴里找一位名叫童纯诚的先生，关于申今望的下落，他可能说得出些有价值的内容。"

这个童纯诚又是怎么回事呢？那还要从 1947 年初春申今望逃回青岛后说起。申今望原是准备一去不返的，早已把住宅、铺子全部卖光，市内无处存身，就去崂山留仙观投奔印玉道长，说要住一段时间。印玉作为资深出家人，讲究的是六根清净，自是不问原因。至于随其而来的孟守玉，因留仙观向无妇人留宿之例，只好让她住到旁边的村里去了，但白天的时候，孟随时可以出入道观。

在留仙观居留期间，申今望每隔十天会与妻子外出一趟，貌似悠闲，可能是去附近游山玩水，也有可能是跟什么人见面，甚至到附近镇上的邮电所发信函或电报（当时的邮电所无收发报机，镇上也无电话，均由邮电所用特快函件的方式寄到市内，再译成电报拍发）也是有可能的。

三个月后的一天，忽然有人来拜访申今望。那人向印玉道长自我介绍姓童名纯诚，来自上海。印玉对外来人不感兴趣，通常交谈到这一步也就打住了。那位童先生由申今望陪着去了孟守玉的居处，饭也是在那里吃的，料想两人有事儿商量。不料到了晚上，待印玉率领众道士做过晚上的功课，申今望带着童纯诚过来，说这位客人精谙棋艺，听说道长酷嗜此道，很想和您方圆手谈。

印玉的棋艺水平据说笃定能在山东省名列前茅。之所以说是"据说"，是因为他从未参加过正式比赛，认为这不是出家人所为，不过，平时若是有高手来留仙观切磋，他则是来者不拒，而且胜多败少，曾经有过数次下赢国手的纪录。现在听说童纯诚棋艺不凡，当下命小道士备茶，说要和童先生对弈。

开局不久，两人均发现对方棋艺了得，哪敢掉以轻心，都是全神贯注，心无旁骛。申今望对围棋没多大兴趣，在一旁观战只觉得无聊，就去院子里打坐练拳。这盘棋一直下到次日清晨五点，以平局告终。这下，印玉道长不得不对童纯诚另眼相看，因童纯诚上午就要告辞返沪，便吩咐厨房备几样素菜，还从地下刨出一坛珍藏了十二年的百花露酒，为童纯诚饯行。童纯诚对印玉道长也是钦佩不已，说道长的棋艺远胜于己，之所以平局，是因为年岁已高，精力不济。临走时，童纯诚给印玉留下了自己的地址，希望哪天道长去上海时通知他一声，以便尽地主之谊。

之后，印玉再未与童纯诚见过面，也没有通过书信。至于申今望是否跟童纯诚联系过，他就不清楚了。后来申今望拒捕，打死打伤警方便衣，连累印玉被审查了一个多月，老道长就更不想跟童纯诚有甚瓜葛了。

这自然是一条重要线索，焦允俊听罢，决定立刻返沪。

五、寻踪觅迹

由正副组长带队的两拨特案组侦查员差不多是同时抵达上海的。支富德一路怎么也回上海了呢？原来，他们已经找到了陈凌发——

在兴化寺扑空之后，三侦查员去了徐州市公安局，了解 1949 年底该局抓捕陈凌发的情况。得知确有此事，但徐州市公安局此举系奉命行事，并非该局自己办案。抓捕陈凌发是中共中央华东局山东分局社会部的命令，社会部是什么机构，行内人都是知道的，况且那时徐州属山东省管，对于华东局山东分局社会部的指令，市局还不是让干啥就干啥？所以，市局经办人员只管把陈凌发弄到济南交差，对于其后的所有情况一概不问。

1950 年 7 月上旬，徐州市公安局接到山东省公安厅（当时山东分局已经撤销）的通知，说对陈凌发的审查已结束，现让其返回徐州，行动自由不受限制；如果陈有事向徐州市公安局寻求帮助，可予以解决。这话的含义，行内人心知肚明。不过，至今陈凌发也没向市局提出过什么要求，市局方面当然是多一事不如少一事，也没必要去注意这个神秘人物的动向。

要说支富德三位的运气还真不是一般的好，正说到这里的时候，一向行踪飘忽的陈凌发竟然来市局找政保一科的侦查员老方了。老方是上级指定负责跟陈凌发接触的专人，此刻正在接待特案组侦查员。接到门卫室电话，老方跟支富德等人一说，那三位自是喜出望外。这样，三位侦查员就完成了对陈凌发的外调——

陈凌发儿时跟申今望是小学同学，两人还坐过一学期同桌。后来，申今望去了青岛，两人就没了来往。1946 年申今望组建"七团"回沛县反攻倒算，中共湖西特委决定将其剪除，辗转找到了抗战时就已与中共地下党有联系并做过一些秘密工作的陈凌发。湖西特委的计划是，让陈凌发设法将申今望引离沛县、丰县，然后指派我地下锄奸人员将其干掉；如果孟守玉随行，可以一并解决。正好陈凌发在上海有个朋友想和人合伙做生意，托陈帮他物色有经商经验的合适人选。陈凌发把这事跟湖西特委的来人一说，对方认为这是个好机会。

于是，陈凌发先与申今望取得联系，得知申今望认为家仇已报，准备解散武装离开沛县，再操老本行做生意，对陈的提议很感兴趣。这正是个好机会。不过，陈凌发知道这位老同学生性谨慎多疑，并没有立刻前往拜访，而是写信建议他考虑定当。申今望收到信函后，当即修书一封，派人奔徐州直接送交陈凌发之手，要求陈赴沛一晤。两人这一见面，申今望正式提出，希望老同学帮其在南京或者上海、杭州等地寻找生意合作方。陈凌发把这个情况向湖西特委报告，特委指示：继续与对方保持联系，勿操之过急。

陈凌发不急，申今望那边倒是有些着急了，因为这时他与国民党方面已经闹僵，急于抽身而退。五天之内，他连发三函给陈凌发，催促迅即联系合作方，启动合作事宜。湖西特委指示陈凌发物色合作对象去沛县跟申今望面洽。陈凌发就跟上海的朋友联系，上海方面发来电报告知，将有一位资方代表前来，请他为申先生引见。

那位资方代表就是童纯诚。童纯诚赶到徐州跟陈凌发见面后，两人随即去了沛县"七团"的驻地——就是与申今望的副官申解扣见面的那次。申今望与童纯诚谈得很投机，答应一周之内即赴沪跟合作方洽谈。于是，童纯诚返沪通知合作方做好一应准备，陈凌发留在"七团"司令部，届时将陪同申今望一起赴沪。如果不是三天后发生张开岳火并

"七团"事件，申今望肯定在赴沪途中被湖西特委派出的锄奸人员干掉了。陈凌发逃回徐州后，向湖西特委发出了停止行动的紧急信号，同时也向童纯诚拍发加急电报作了说明。此后，陈凌发再也没跟申今望或童纯诚联系过。

10月25日晚，在上海虹桥路的特案组驻地，两拨侦查员汇总了外调所获得的情报。大伙儿分析，既然两路侦查员都查到了那个名叫童纯诚的人，看来这条线索不假。陈凌发说，他之后没有跟申今望和童纯诚联系过，而从留仙观印玉道长处获得的信息是，申今望躲在崂山期间，曾与童纯诚见过面，由此推断，两人可能还在洽谈合作经商之事。至于谈得怎样，目前还不清楚。但是，从申今望、孟守玉夫妇的逃亡路线看，他们很有可能去了上海。根据侦查员手头掌握的线索，童纯诚是申今望在上海唯一有联系的朋友，申今望抵沪后是不是去找童纯诚尚不能肯定，但童纯诚应该是知晓一些情况的。

焦允俊和郝真儒、支富德交换意见后，认为事不宜迟，须连夜行动，迅速控制童纯诚。随即，郝真儒和谭弦两人前往管段派出所了解童纯诚的一应情况，其余侦查员待命，随时准备行动，将童纯诚逮捕。

印玉道长曾告诉侦查员，童纯诚住在"法大马路"。法大马路乃是上海滩租界时期留下的坊间俗称，意思就是"法租界大马路"。在沪语中，"大"不仅表示体积，也作数量词使用。比如这里的"法大马路"，指的是法租界自北往南的第一条马路——公馆马路，亦即后来的金陵东路；英租界也有"英大马路"，那就是著名的南京路了。

郝真儒、谭弦前往金陵东路派出所，了解管段内的居民童纯诚，得知确有其人。管段户籍警老唐告诉侦查员，童纯诚是祖传三代的商业经纪人。不过，像童纯诚这类经纪人，具体做的不是撮合生意，而是撮合投资。这一行早在百年前上海滩开埠伊始就已存在，但由于门槛高、事务杂、操作繁，从业者并不多，这也是童纯诚家世袭此业的原因。童纯诚十八岁入行，从业已有二十多年，口碑不错，这跟其已故老爸是青帮中人有关系。据说其老爸在青帮中辈分颇高，连沪上大亨黄金荣在他面前都自称弟子。奇怪的是，童纯诚却没有加入青帮或者其他帮会，也不跟任何党派沾边。

听老唐说到这里，郝真儒心中闪过一个念头：这说明此人对世事看得颇透，再加上他酷嗜围棋，通常来说，这类人不一定会跟申今望这种恶魔搅得很深，很有可能不过是生意上的交往。当然，申今望与其交往的目的大概就不仅是做生意了，肯定还有其他，比如改名换姓开一家公司或者店铺，以便洗白身份什么的。

可以想象，像童纯诚这种背景的角色，解放后肯定是警方关注的对象。在金陵东路派出所，这活儿由户籍警老唐主抓，但老唐要管的事儿很多，不可能一天到晚盯着童纯诚，就把这个工作交由居委会负责，居委会又把此项使命下达给居民小组长赵阿姨。赵阿姨是没有工作的家庭妇女，正好住在童纯诚家对门，这就等于为童纯诚特设了一个监视哨。据赵阿姨说，童纯诚在金陵路吉祥街口有公司门面，基本每天都去上班；除了逢年过节，平时家中鲜有客至，本月（10 月）肯定没有人登过门。

当夜，特案组七名侦查员兵分两路，分别前往童纯诚的公司和住宅。去公司的一路扑了个空，那边已经人去室空铁锁把门，人都下班了。去住宅的一路由焦允俊带队，为慎重起见，他没有直接敲门，而是先让户籍警老唐悄悄向两侧邻居打听，是否听见童家有动静，得到肯定回答后这才下手。一举将其抓获之后，侦查员对其住宅进行搜查，除了发现一些童纯诚与北洋、民国、日伪和帮会诸方面有头有脸的名流拍摄的合影或签名赠照外，并无其他可疑物品。随即押着童纯诚去公司搜查，也毫无收获。

连夜讯问，童纯诚显得从容不迫，首先声明他没有参加过任何党派，向不过问政治，不管解放前解放后都从未沾过违法事儿。侦查员问："那么，你跟申今望接触是怎么回事？"

童纯诚反问："申今望又怎么啦？"

焦允俊冷笑一声，把一份通缉令掷向对方。童纯诚见之大惊失色："哎哟！这家伙是这么一块料啊，那我不是差点儿被他宰了吗？他还说要上我家拜访，会不会动着灭门抢劫的脑筋啊？"

原来，三天之前——10月22日，申今望已经到公司拜访过童纯诚了。当时童纯诚就很奇怪，说我留给你的是家里的地址，没告诉过你公司在哪里，你是怎么找到的？申今望不以为然地笑了笑，说鼻子下面就是嘴嘛，像童先生这样的人物，张嘴一问就知道了。据童纯诚说，如今的申今望，和上次在崂山见面时相比，简直变了个人，年龄仿佛老了七八岁，脸色蜡黄，额头皱纹密布。当下童纯诚惊问，申先生怎么变成这副模样了？申今望苦笑，说他生了一种怪病，正在求医问诊，大吃中药，苦不堪言。说话间，童纯诚果然闻到阵阵中药气味。

那么，申今望找童纯诚干什么呢？说是来摸摸上海这边的煤炭生意行情，想通过童纯诚的关系开一家煤炭公司，今后就长住上海了。上海解放后，童纯诚这一行的生意每况愈下，新开张的公司、店铺比关门的少得多，他的收入大为减少。此刻一听生意两字，顿时精神抖擞，话题立刻转移到正事儿上。聊了一会儿，童纯诚看看饭点儿已到，遂请申今望去附近西藏路上的"状元楼"午餐。饭后，申今望告辞，说过四五天再去府上拜访。

说完上述情况，童纯诚再三表示自己并不知道申今望原来是犯下这等血腥巨案的要犯。当初还是陈凌发介绍他与申今望认识的，那还是解放前两年的事儿，陈并没有告诉他申今望是还乡团匪首。他去沛县跟申今望洽谈生意上的事时，驻地有许多穿军服的人进进出出，冲申今望一口一个"团长"；而申今望自己也感叹"戎马劳顿"，"遂有弃武经商之念"，所以，他只以为申是保安团军官，捞得了钱钞后想抽身而退，去大上海经商度日。这种情况在那时并不稀奇，他曾跟人有过多次这样的合作。

申今望是个很细心的人，跟童纯诚甫一见面，接过童的名片看了一眼，随即做出了一个使童纯诚大出意料的举动——把名片一撕两半，划根火柴当场烧掉，然后解释说自己是那种记性特好的人，过目不忘。果然，上海解放后，有一天童纯诚收到了一封寄自山东青岛的信，让他去崂山留仙观一晤，共商合作事宜，落款是"过目不忘"。童纯诚一看就知道是当年的那位"团长"，便动身前往。那次见面，申今望跟他谈了打算在上海投资开店办厂的情况，说自己可能会过去找童先生帮忙。

临末，童纯诚不无后怕地说："哪里想到他是这样一个罪大恶极的恶魔，看他那副落魄样子，真是已经到了穷途末路的境地。我怀疑他这次找我就是为了谋财害命，照他那副歹毒心肠，只怕要么不下手，下手必灭门，我一家老小全都要死在他手里啦！"

讯问结束后，特案组侦查员连夜开会，决定立刻着手对童纯诚的公司和住宅进行秘密监视，等待申今望自投罗网。与此同时，特案组还向上海市公安局、苏南行署松江专署公安处发出紧急协查通知，要求对上海市各区以及苏南行署管辖各县旅馆的旅客入住情况以及居民申报临时户口的情况进行调查，寻找与申今望、孟守玉特征相符的嫌疑人。

六、病入膏肓

使一干侦查员始料不及的是，一连蹲守了七天七夜，累得人仰马翻，目标却根本没有出现。上海市各区以及松江专署管辖各县的查摸与布控也没有发现申今望、孟守玉的任何线索。焦允俊、郝真儒再次讯问童纯诚，他的说法跟之前并无两样，坚称申今望就是这么对他说的——过四五天会登门拜访。至于这厮为何爽约，他怎么会知道？

童纯诚不知道可以两手一摊，特案组却不行。那几天，无论是组长焦允俊还是指导员郝真儒，都是时时紧锁眉峰。特别是焦允俊，他是组长，特案组最高业务领导，又生性要强，没有及时拿获逃犯已经觉得脸面无光了，还时时担心恶魔会不会再次作案，真的是食不知味，一个星期下来，脸孔小了一圈。

接受追捕使命的第十五天——11月2日，焦允俊下令再次开会分析案情。这个会开的时间很长，从上午十时许一直进行到晚上九点，午餐晚餐都是在会议室吃的，边吃边继续讨论。大伙儿对申今望、孟守玉夫妇来沪的动机、下榻何处、跟童纯诚见面的原因、为何突然爽约等进行了缜密的分析，最后，把注意力集中在一个点上：申今望跟童纯诚见面，是否真想在沪上开公司作为其隐身方式，既逃避追捕，又解决生存问题？侦查员认为弄明白这个问题非常重要，这是分析这对夫妻逃犯下一步行踪的主要判断依据。

上一天，侦查员沙懋麟、谭弦两人奉命前往看守所提审童纯诚，不问别的，单问申今望跟他见面时就关于投资之事聊了些什么内容。现在，谭弦把讯问情况一五一十向大家作了介绍——

申今望的"创业"思路是，由其负责全部资金的筹措，在沪上开办一家煤炭公司，专门向上海市的工厂提供淮南煤矿的优质无烟煤。具体操作方式是，由童纯诚负责操办开办该公司的全部手续，其间所需费用由申今望承担。童纯诚的报酬可以在以下两项中选择一项：一是根据公司注册资金商量一个合适的比例，由申今望一次性支付，一是双方协商一个合适的股份份额作为童纯诚的入股投资。煤炭公司开张后，由申今望全权主持经营，童纯诚毋须再投入精力。童纯诚说，给他留下的印象是，申对做生意是很精通的，而且对这笔生意也是很有诚意的。

侦查员对此进行了讨论，包括郝真儒在内的绝大多数侦查员都认为，申今望此举的可信度很高，因为这符合他和其妻孟守玉急于洗白身份隐藏沪上的目的，对于这对逃犯夫妻来说，这应该是一条最理想的出路。之所以使用了"绝大多数"的说法，那是因为有一个人一直没有开口表态，坐在那里埋着脑袋闷抽香烟。这使呼吸系统有疾最惧烟味儿的郝真儒很不爽，也感到纳闷儿——平时老焦对此是很注意的，开会时不抽烟，也不允许其他人抽，烟瘾犯了就到外面走廊里过过瘾，今天这主儿怎么啦？

郝真儒跟焦允俊相处一年有余，对其性格比较了解，知道这位同志看似大大咧咧，其实还有着心细如发的一面，惯于为他人考虑，在他人利益与自己利益发生冲突时，他的选择总是宁愿自己吃亏。可是，今天这老焦怎么不顾自己宣布的禁令，不管不顾地大抽香烟了？想到这儿，郝真儒就点了特案组长的名："老焦，说说你的意见吧？"

焦允俊像是突然被惊醒似的一个激灵，看了看烟灰缸里的几个烟蒂，立刻把手中的香烟按熄："哦！参加革命这么些年头儿了，小农意识还没有去掉，一看今天有小杨秘书送来的不花钱的洋烟——估计是缴获的，就不管不顾地大抽特抽，应该检讨……"

郝真儒起身把窗户打开："得了，瞧你这副专心样儿，肯定是袖中另有乾坤了。"

焦允俊笑道："兄弟这点儿道行还是浅，心里有啥小九九，让你老郝火眼金睛一下子就看穿了。好吧，言归正传，说出来诸位不要在意——众弟兄刚才发表的高见，俺都听在耳里，不过，恕俺直言，对于大伙儿的高见俺不敢苟同。"

为什么这么说呢？焦允俊解释，第一，解放后，上海市的煤炭、燃油、有色金属被列为严控物资，由于关系到军用，甚至军方都插手交易。焦允俊从一位在华东军区后勤部任职的老上级处得知，军方甚至已经制订了对煤炭、燃油的严控方案，一旦发生重要战事，有可能对上海乃至整个华东地区的煤炭、燃油实行军事管制，满足战争需要。在这种情况下，政府对于煤炭贸易的管理力度是很大的，私营煤炭公司不是不可以开，但门槛越来越高，批准开业的权力不只在上海市工商局手里，华东军政委员会也要过问，甚至拥有一票否决权。在这种情况下，不管是谁，如果想要申请开办一家煤炭公司，哪怕规模很小很小，在办理手续时肯定需要多种多样的证明、证件、批文之类，绝对不像申办一家寻常商行那样简单。试想，如果申今望、孟守玉有能力获取那么些证件、证明（不说批文），这对恶魔夫妻之前疲于奔命时为何还要冒着巨大风险一路杀人？他们制造一起起旅馆凶杀案，不就是为了获取别人的出差证明吗？

第二，申今望的历史材料早已为山东、平原两省公安厅所掌握，特案组对此也了如指掌，其在青岛经营的生意是土特产批发，与煤炭根本不搭界，他于煤炭生意完全是一个外行。其妻孟守玉也没有这方面的社会关系。据其副官申解扣所述，申今望在沛县率领"七团"反攻倒算期间，也未曾跟经营煤炭的生意人打过交道。之后，申今望夫妻在青岛崂山隐居，与外界接触更少，根本没条件为经营煤炭生意做准备。至于这对夫妻的一路亡命之旅，更是没工夫操心这些事了。那么，从其在无锡作完最后一案消失到其在沪上露面这段时间里，申今望是否有可能为开办煤炭公司做准备呢？焦允俊认为这种可能性接近于零。申今望在长三角一带根本没有这方面的人脉关系，况且解放后全国煤炭资源统一调配，私营公司原有合约关系的尚在维持，没有合约关系的通常也没法儿建立新的供销关系。

当下，焦允俊如此这般说了一通，众人均表示赞同。那么，下一步应该怎么做呢？焦允俊认为，在讨论这个问题之前，要弄清一件事——既然申今望所谓的经营煤炭生意纯属子虚乌有，他此番来沪的目的到底是什么？是否会如童纯诚所担心的那样要冲其下手？

童纯诚认为这种可能性是存在的。当特案组因其并不涉案决定将其释放的时候，童极不乐意，固执地认为申今望在打自己的主意，坚决不肯离开看守所。今天上午特案组开会前，看守所还致电支富德提及此事，问到底要不要放了童纯诚。特案组当然不可能为这种事花费精力，尽管铃是他们拴的，但解铃的活儿只好交由看守所和派出所商量着办了。

在特案组看来，童纯诚的担心完全是多余的。以申今望的本领，如果他要作一起抢劫大案，随便在哪儿下手都可以，不必非得赶到上海来。那么，开办煤炭公司的可能性排除了，灭门劫财的可能性也排除了，申今望到底为什么要在上海滩露面，还给童纯诚出了一个开办煤炭公司的虚假题目呢？这一点，大伙儿讨论多时，始终不得要领。焦允俊提议，既然想不通，不妨先把这个问题放一放，换个题目，比如这对夫妻来沪后下榻何处。

之前，上海市二十个区、市郊七个县的公安分局、派出所都已经对各自的辖区进行过查摸，并未发现申今望、孟守玉下榻哪家旅馆或者居民家。这种查摸应该不会出现差错，因为旅客入住旅馆是要凭证件或者证明登记的，借宿居民家也是这样，公安局有严格的临时户口申报制度，再加上居委会的严密监视，谁家来了外人，邻居肯定知道，不报临时户口，只怕派出所就要直接传唤了。那么，他们能躲到哪里去呢？侦查员想到了青岛崂山的留仙观，不禁恍然——这对夫妇会不会效法"留仙观模式"，在哪座寺庙藏身？

上海解放后，公安局整顿户籍，把寺庙观庵的出家人也归纳进了居民户口，称为"集体户口"，以整座寺庙为一个登记单位，和尚、尼姑、道士就是集体户口簿上的一个户籍成员。如果寺庙有外人住宿，也需向派出所申报临时户口。那么，这次排查时，分局、派出所是否会去一趟辖区内的寺庙观庵呢？户籍警是应该去的。既然去了，不就可以查明申今望、孟守玉是否在那些地方下榻了吗？

这个说法不完全正确。城市、城镇的寺庙观庵有集体户口，里面的僧人、道士可以算作城镇居民。但如果寺庙在农村，里面的僧人、道士就不算城镇居民，只能作为农村户口。1950年时，农村是不发户口簿的，农村的寺庙观庵里的僧人、道士也就没有户口。直到1953年国家实行统购统销，这部分僧人、道士虽然不参加农业生产，但要吃商品粮用商品布，政府才给他们落上了非农户口。此时，侦查员认为，如果申今望、孟守玉躲在上海近郊的哪座寺庙里，倒是个相对安全的法子，因为之前并没有把调查触角伸到乡村。

焦允俊当即拍板："立刻进行补充调查！"

上海近郊上海、松江、青浦、嘉定、川沙、南汇、宝山七个县，特案组七名侦查员每人负责一个，另以特案组的名义向上海市公安局临时借调二十一名便衣警察、七辆小吉普，分成七路，每拨调查一个县。当天下午，负责去南汇调查的侦查员孙慎言就摸到了一个线索：申今望曾在南汇县新场镇的古刹北山寺下榻一个多月，10月23日才离开。

位于上海浦东地区的南汇县新场镇距市中心大约四十公里，是一座千年古镇，镇外南北两侧各有一座建于元代的古刹：南山寺和北山寺。那对逃犯夫妻的踪迹就是在北山寺调查到的——

孙慎言一行抵达新场镇后，也不去跟镇派出所联系，直接以游客身份逛北山寺。同行的市局侦查员老周少年时有过出家经历，熟知寺院情况，跟一个正在扫地的青年僧人搭上了话，聊得比较投机，得知该寺前些日子来了一对中年男女，操北方口音，自称是夫妻。女的说其夫贾曼晨身患痼疾，当地中西医生均束手无策，说最多只能活三五个月，听说上海医生了得，遂奔沪上求访数位名医，也是个个摇头。前几天去城隍庙，遇一算命瞎子，说此病能治，但须在上海东南方向近海边找一处清静之地，每日沐浴静坐，辅以中药，一段时间坚持下来，必有好转。

　　贾氏夫妇记下他口述的药方，遂奔东南方向而来。行至新场镇，贾曼晨忽有一种神清气爽的感觉，认定这里就是算命先生所说的清静之地。向镇民打听，得知附近有南山寺、北山寺各一座。因他们来自北方，遂来到北山寺，拜见住持清源长老，说明情况，奉上钞票一百万元作为香资。清源观其神色，确有痼疾缠身之状，不禁动了恻隐之心，同意他们在寺里静养。寺院后门外有一个堆放杂物的小小院落，可腾出平房一间，贾氏夫妇遂被安排在这里，一日三餐和寺里搭伙。

　　就这样，贾氏夫妇（即申今望、孟守玉）在北山寺待了下来。北山寺地处镇外僻静之地，镇上警察向不光顾，寺方也从来没有接到过关于加强治安管理的通知，所以根本没有问及两人以往的情况。这对夫妇平时静心休养，男的早晚必来寺院与僧人一起诵经念佛，穿一身寺院赠送的僧衣，盘坐蒲团倒也像模像样；女的则在寺后小院内料理一应日常生活事宜。每隔三天，必去镇上中药店赎药。

　　在清源长老看来，贾施主的气色一日差似一日，一个多月下来，已是脸颊削凹、头发脱落、佝腰屈背，与刚来时判若两人，看那模样已是病入膏肓。贾曼晨自己可能也意识到情况不妙，日前说要去一趟上海市区，找医生看看到底还能活多久。使清源不解的是，贾曼晨竟是一个人去市区的，其妻并未跟随。不过，出家人不管世事，长老也懒得过问。第二天，贾曼晨就返回了，继而于 10 月 23 日不辞而别。小院里夫妻俩的居住之处没有上锁，收拾得干干净净，屋里桌上放着一个空白信封，内有现钞一百万元。

当下，侦查员搜查了整个儿小院，没有任何收获。随后又去新场镇，在派出所民警陪同下分头走访了中药店铺，还拜访了镇上所有的中医。所有中医都说没有接诊过这么一个患者，中药店方面则说，孟守玉倒是常来赎药，差不多每隔三天来一趟，没有药方，都是口头陈述药名、用量，每次有所不同，但因其中并无涉毒药物，其剂量也没超越正常使用范围，也就破例给按名抓了药。

孙慎言这一路调查到的情况报到特案组，焦允俊一跃而起，拍着孙慎言的肩膀说："老弟，有功！回头事儿办完了，本组长为你请功！"

孙慎言离开后，一旁的郝真儒说，老焦你是不是有点儿草率，"请功"这样的话怎么可以轻易许诺？焦允俊却不以为然，也不向郝真儒解释，把刚才孙慎言提到的那些中药名称、用量默写下来，又扯开嗓门儿唤来了侦查员张宝贤、沙懋麟："你二位辛苦一下，跑一趟市卫生局，把这纸药方送过去，请他们代为向老中医请教，这些中药是干什么用的，我就在这里坐等回音。"

看着两个侦查员走出办公室，郝真儒狐疑地打量着焦允俊："老焦，你这演的是什么戏？"

"我要弄明白那厮究竟患的是什么毛病，他利用中药做文章，老子来个将计就计，也做一篇锦绣文章给他看看！"

七、杀妻被擒

焦允俊的"坐等回音"让市卫生局着实忙碌了一阵。当时上海滩的大多数名中医都是自营户，没有单位，就不受约束，而且因为是名医，通常都有些自由散漫。市卫生局通过市中医业公会花了老大劲儿，一直等到午夜过后，方才请到了八位老中医。沙懋麟、张宝贤二位已经几番瞌睡，这时候打起精神，简单介绍了案情，要求在座各位相帮分析。

八位中医传阅了那张药方，然后开始讨论。中医有流派，对于中药的使用也有不同的理解。而且大家都是业内成名人物，或多或少都有些自负，说着说着就争论不休，最后，大家请其中一位久负盛名的老先生给出一个具有结论性的意见。这位老先生有吸鸦片的嗜好，解放后还没戒掉。不过，他的医术确实了得，经常被请去给来沪的中央领导诊脉开方，政府因其这份特长，也就眼开眼闭。偏偏这当口儿他犯了瘾，哈欠不断，涕泪齐下，狼狈不堪。侦查员哭笑不得，只好让卫生局派车送他回家去过一把瘾。

等老先生重新出现在众人面前时，已是精神抖擞，说话中气颇足，发表的意见也不同凡响：从这张抄方上的药名、剂量判断，这人不是患了什么毛病，他的身体好着呢。他总共赎了几十样药，但真正用得上的不过是其中的七八种，其他全是用来蒙人的。这七八样药中，大部分外用，一两样内服，不是治病，而是为了易容。据说，这种药方子源于印度密教，后来传到西藏，那起码是三四百年前的事儿了，因为使用价值不大，知道的人并不多。之所以说这人身体好着呢，是因为这七八样药中，有两三样同时使用对健康是有妨碍的，只有体质极好的人才扛得住，这人却扛下来了。根据其服药时间推算，再过个把月，他就会变成另外一副模样。不过，这种易容术对健康有害，改变了容貌的同时也大伤身体，此人服用这种药，应该是有迫不得已的原因吧。

得知上述情况，特案组再次开会研究。申今望易容自然是为逃避追捕，但他的容貌改变了，其妻孟守玉怎么办？两人一起出没，孟守玉也是榜上有名的目标，不是依然容易暴露吗？难道这对夫妻打算大难临头各自飞了？另外，据清源长老说，申今望日前去上海，只待了一个晚上就匆匆返回北山寺了，从时间上推算，应该就是和童纯诚见面那次。既然开办煤炭公司的事纯属子虚乌有，那么，他特地从新场镇去上海跟童纯诚见面，究竟是为了什么？

几番讨论下来，侦查员达成了共识——申今望此举乃是施放烟雾弹。像他这么一个聪明人，应该估计得到追逃人员不会放过他，循着他以前的活动轨迹追踪到童纯诚身上是早晚的事。他以商谈投资为名冒险拜访童纯诚，为的就是借童纯诚之口向警方传递一个信息，误导追捕人员——他眼下藏匿于沪上某个角落治病，同时准备投资创业，指望追逃人员受骗上当，把精力花在上海这边的调查上，而他则可以从容远遁。当然，他不可能永远"在路上"，改变容貌之后，他会在某个合适的地方停留下来，谋一份职业，重新登记户口，做长期隐藏的打算。

那么，接下来应该如何调查呢？郝真儒分析，申今望、孟守玉很有可能去了长三角的某个小镇，也是以类似在北山寺逗留的方式暂时落脚，这样就可以赢得一段相对安全的时间，再设法使用非暴力手段（比如盗窃公章或者收买刻章匠刻制假公章）获取证明，设法落户，洗白身份甚至潜逃出境。

这个观点获得了部分侦查员的赞同，但焦允俊、支富德和沙懋麟却有不同看法。申今望的疑心很重，不会采用这种浪费时间的方式谋取安全，因为时间拖得越长，意外情况也就越多。比如他在无锡最后一次杀人后，曾在目前警方还不掌握的某个或某几个地方暂时栖身，然后逃窜到新场镇北山寺暂时落脚，开始用中药易容。按那位医术非常了得的老中医的估计，再过个把月，他就能完全变成另一副模样，可是，他连这一个月也等不及就逃离新场镇了。所以，焦允俊三人认为，申今望肯定会想方设法洗白身份，但不大可能再采用以前的模式。他应该是已经有了比较稳妥的落脚处，之前的一切铺垫都是为了这最后一步打掩护。

正商量到这里，特案组接到南汇县公安局打来的电话：新场镇北山寺寺后小院内发现一具女尸！

众侦查员闻之一惊，焦允俊往桌上击了一掌："到这一步，离申今望落网的时间已经不远了！"遂一跃而起，"小钟调车，叫上法医，全体去现场！"

这天上午，北山寺住持清源长老吩咐两个僧人去寺后小院，把申今望、孟守玉住过的那间平房清理一下，准备仍旧用来堆放杂物。清理过程中，不慎打翻了从院里那口水井中吊起的一桶清水。如果不是其中一个法名至净的和尚曾经有过当旧警察的经历，也就不会发现屋内角落地下埋着一具女尸了。

至净早年毕业于北洋政府京师警官学校，学的是刑侦专业，毕业后干过一段时间的刑警，后来因感情方面的挫折，看破红尘，出家做了和尚。虽然念了十几年经文，但早年学的东西是忘记不了的。他注意到，水桶打翻后，洒出来的水渗入地面的速度快慢不一，顿时心生疑窦。仔细观察那个位置所铺的砖头，似有动过的痕迹，于是断定下面埋着东西，当下就掘开看个究竟，结果发现了孟守玉的尸体。

孟守玉是被活活掐死的。她出身武术世家，本人也是行家，遭人从背后突然袭击，曾奋力挣扎，左手的两个指甲缝里有血渍，显然是在挣扎时抓破了凶手的某处皮肤，法医推测应是手背部位。使焦允俊等人感到幸运的是，孟守玉所穿的薄丝棉夹袄的内贴袋里，竟然有一张纸条——新场镇邮电所出具的一纸电报收据。

新场镇上的邮电所是没有电报房的，以往，镇上人如果有急事要拍发电报，则需去南汇县城邮电局办理，接收的电报则由县城邮电局寄至新场镇。这个情况申今望应该是知晓的。不过，10月中旬起，情况发生了变化。县邮电局为改变这种落后的通信状况，规定各个不设电报房的镇邮电所也可以接受电报业务，以电话方式告知县局，县局译码后拍发；收到的电报也是这样处置。估计孟守玉口袋里的电报收据就是这样来的。

当然，特案组这时最关心的不是电报收据的来源，而是这份电报的内容。焦允俊立刻叫上一个侦查员，两人直奔新场镇邮电所调取那份电报底稿，一看，是发往商丘市博爱镇"六顺国医诊所"的，只有短短一句话："拜上齐世伯，世侄不日将当面拜会，以尽先父遗愿。"

毫无疑问，那位"齐世伯"即申今望的最终投奔目标。特案组全体侦查员当即驱车前往商丘，抵达博爱镇后，直闯"六顺国医诊所"。那位被申今望称为"世伯"的老者齐浩，系一位年近八旬的中医，精擅正骨伤科，系豫东名医。

侦查员询问得知，齐浩系申今望的养父申公大的武林拜弟，两人练的都是少林功夫，申公大后来开了武馆，齐浩则一直行医。申公大经营武馆时，经常要应付一些名为求教实为踢馆的武林人士，有时遇到厉害的，就请武艺比自己更高超的齐浩前来增援。申今望还没过继给伯父时，武馆遇到了一桩棘手的事，一个与申公大有宿怨的强敌，十年前曾败于申公大之手，之后上武当山拜师，练了一身武当功夫。下山后，他给申公大下了帖子，一月之后登门求教。

其时申公大已年届六旬，气力不济，遂飞函齐浩求助。齐浩立刻奔赴青岛，弟兄俩积极备战。一月之后，那人如约而至，稍一搭手，就发觉申公大的武功已经大不如前，而齐浩也不咋样，就提出以一对二。申、齐也意识到来人武功高强，一个人绝对应付不来，于是双双上阵，结果还是败北。那人临走时留下了自己的住址，说二位今生别想挣回这份面子了，不过，你们的后人可随时找我比试。对手走后，申、齐两人商定，由申公大将侄子过继到名下，待养子习练数年把基本功打扎实后去武当山拜师学艺，日后必以武当功夫击败对手，以雪今日之耻。

之后，齐浩每年都要抽段时间，借采药为名前往武当山盘桓，七八年下来，与武当山道士建立了关系。按说让申今望去学艺的时机已经成熟，但这时申公大却变卦了，齐浩提起此事，他总是故意回避。齐浩又等了数年，申公大却病殁了，这件事就这样黄了。哪知，时隔二十多年，突然收到了这样内容的电报，而且相同内容的电报一天内送来了两份，一份发自江苏省南汇县，另一份发自上海市区（这使侦查员感到颇为不解），里面说的分明是上武当山之事。还没容他把此事考虑清楚，申今望就风尘仆仆赶来了。

多年前败于对手之后，齐浩视青岛为自己的耻辱之地，发誓不把那人打败就不去青岛，所以他从没见过申今望。见面后瞧这位世侄是这副模样，第一个念头是有人假冒。可是，盘问之下，申今望所说的申公大的情况准确无误。对自己这副脸黄肌瘦的模样，申今望的解释是偷偷习练内功的不良反应，估计是练岔了。齐浩试了试他的身手，觉得功夫似还可以，就先将他安顿下来，待他托人去青岛调查清楚后再决定下一步怎么做。

一行侦查员立刻追问申今望的下落，齐浩说他让申今望去郊区乡下一个道士朋友处暂住。那道士已经六十多岁，年轻时在武当山待过一些年头儿，可以给申今望聊聊武当山的情况。如果申今望确实可去武当山，那这种聊天也是帮助他届时尽快进入状况。当然，齐浩并没跟申今望说透，只是说先得致函武当方面联系一下，听听对方的意见。

事不宜迟，焦允俊让齐浩带路，直扑乡下抓捕申今望。路上，郝真儒道出实情，老中医大惊失色，连说"想不到"。

当天晚上，申今望在商丘郊区寻牛庄被捕。抓捕时发生了打斗，但特案组有格斗好手焦允俊、支富德等人，又是在对方熟睡时突然动手，抓捕还算顺利，众侦查员也无人受伤。

申今望被捕后，特案组连夜将其押往上海。途中经过南京时，郝真儒到邮局给特案组材料员钟思捷、会计兼办事员蒋瑛发了一份电报，让去购买一支人参，烹汤后送看守所备用。一行人到达上海后，每人吃了一碗面条，给申今望的那碗中掺了人参汤汁，防止人犯精力不济，难以承受接下来长时间、高强度的讯问。

讯问时，特案组侦查员分两拨轮流上阵，焦允俊那拨打头阵。申今望在交代一应罪行时很是爽快，对杀死其妻孟守玉之事也供认不讳，甚至心平气和地解释说杀妻原因有二：去除累赘并为妻子提前消除烦恼。那为什么发两份电报呢？申今望说他让孟守玉去南汇县城发电报，可她去了一趟新场镇，很快就回来了。那几天夫妻俩正闹矛盾，孟守玉回来后沉着脸，一副爱答不理的样子，问她是否发了电报也不吭声。申今望原就准备离开北山寺前干掉妻子的，此刻见状非常恼火，遂下手杀妻，然后揭开地砖挖坑埋了，连尸体口袋里多余的钞票也没掏出来。当晚，申今望不辞而别。次日到达上海市区后，他以为孟守玉昨天没有拍发电报，便去江西中路的上海电报局往商丘发了一份。

申今望的逃亡计划是这样的——

解放前国民党政权对他的通缉，他根本没当回事，事实上青岛警察局也根本没把通缉令当回事。但他在沛县杀人太多，担心那些人忘不了他，想图份安静，就躲进了崂山。在崂山期间，他偶尔还带着妻子下山去市内转悠一圈，下个馆子看场戏什么的。解放后形势大变，他不敢再下山了，遂开始盘算逃亡计划，想来想去，最后想到了通过商丘齐世叔介绍去武当山的主意。

　　申今望心计甚深，并没把这个计划向妻子透露。一番准备后，正要往商丘发信联系，前来抓捕他的警察到了。拒捕逃窜后，申今望不敢直接逃往商丘，一路迂回，试图转移追捕视线。为了解决住宿登记问题，更为了一路留下痕迹，把追捕人员引到江南一带，就制造了旅馆系列杀人案。在无锡作了最后一起旅馆杀人案后，夫妻俩在江湖上消失了一段时间，直到9月中旬方才重新露面。其间，申今望弄到了一个中药易容的古方，试着改变容貌，发现竟似有用，便躲藏在上海郊区北山寺里用药。10月22日，他担心在北山寺住的时间过长发生什么变故，为再次转移警方追逃视线，他冒险跟童纯诚见面，编了一套谎言糊弄住对方，同时也是为了糊弄警方。之后，他杀死妻子，离开新场镇。

　　侦查员当然要弄清楚申今望在无锡杀人后到潜藏北山寺之间这段时间里的行踪，申今望却拒绝交代。为此，特案组两拨侦查员跟他轮流"聊"了一天一夜，未能获得任何线索。焦允俊恼了，说给老子也搞一根人参吃吃，我跟这小子耗到底。会计兼办事员蒋瑛正要执行，被郝真儒阻止，说给人犯吃人参公家可以报销，这个上级有规定，你老焦自己吃那就得自己掏钱，公家没钱给你。焦允俊正赌气要打电话找战友借钱，"老大"马处长来电话了，问明情况后，说特案组全体撤回，这个案子已经结束了，你们写结案报告就是，然后休整待命，讯问的活儿自然有预审部门去做。

　　后来听说，预审处也没啃下这块骨头。直到两个月后申今望被押解沛县处决，也没交代在无锡杀人后到潜藏北山寺这段时间里的行踪。

图书在版编目（CIP）数据

华东特案组 / 东方明，魏迟婴著. -- 北京：群众
出版社，2025.01. -- （啄木鸟）. -- ISBN 978-7-5014
-6429-6

Ⅰ.I247.5

中国国家版本馆 CIP 数据核字第 2024ZT3343 号

华东特案组

东方明　魏迟婴　著

策划编辑：杨桂峰
责任编辑：吴贺佳
装帧设计/封面插图：王紫华
责任印制：周振东

出版发行：群众出版社
地　　址：北京市丰台区方庄芳星园三区 15 号楼
邮政编码：100078
经　　销：新华书店
印　　刷：天津盛辉印刷有限公司

版　　次：2025 年 1 月第 1 版
印　　次：2025 年 1 月第 1 次
印　　张：15.25
开　　本：787 毫米×1092 毫米　1/16
字　　数：190 千字

书　　号：ISBN 978-7-5014-6429-6
定　　价：58.00 元

网　　址：www.qzcbs.com
电子邮箱：qzcbs@sohu.com

营销中心电话：010-83903991
读者服务部电话（门市）：010-83903257
警官读者俱乐部电话（网购、邮购）：010-83901775
啄木鸟杂志社电话：010-83904972